AF482917

SUSO Y EL VIAJE CUÁNTICO

María Elena Benito González

SUSO

Y EL VIAJE CUÁNTICO

Primera edición: enero de 2024
ISBN: 978-84-10177-44-4
Copyright © 2024 María Elena Benito González
Editado por Editorial Letra Minúscula
www.letraminuscula.com
contacto@letraminuscula.com

ÍNDICE

¿DÓNDE ESTÁ MI CUERPO?

Me llamo Suso, tengo once años y he perdido mi cuerpo.

¡Lo sé! Estaréis pensando cómo puede uno perder su propio cuerpo. Puedes extraviar las gafas, olvidar el estuche en el colegio, volverte loco buscando ese calcetín que misteriosamente se traga la lavadora... Hasta puede uno perder tres o cuatro kilos haciendo dieta, pero ¿perder el cuerpo entero?

No os precipitéis en vuestras conclusiones: no estoy loco; es solo que os llevo un libro de ventaja, y sin tener todos los datos que escribí en mi libro anterior, es normal que estéis un tanto desconcertados.

Se me hace raro tener que justificarme y explicar que no estoy loco. El primer libro que escribí comenzaba contando que eran mis padres los que estaban como dos cencerros. Si esto es el *karma*, no tiene ninguna gracia.

Justo ayer di por terminado ese libro y, a última hora de la tarde, se lo enseñé a mis padres. Quedaron impresionados y marché a dormir ilusionadísimo. De hecho, estaba teniendo un sueño maravilloso hasta que me desperté, hace unos minutos y me encontré en esta situación. En mi sueño, varias editoriales querían publicar mi libro y millones de personas lo leían y despertaba la conciencia de la humanidad y el mundo cambiaba y...

Pero eso es otra historia. Ahora, tengo otras prioridades. Intentaré ser breve para poneros al día de mis circunstancias; para que me acompañéis en mi aventura necesito compartir con vosotros el porqué de este viaje y el motivo de mi angustia actual. Hace apenas unas horas me fui a dormir, pero al despertarme para ir al baño me di cuenta de que mi cuerpo no era el de siempre. Mi conciencia sí: de hecho, en el momento que ocurrió todo, estaba charlando tranquilamente con mi vocecita interior, el pequeño *mini Suso*. Imaginad mi angustia cuando al buscar mi imagen en el espejo del baño no la encontré: en cambio, era el cuerpo de mi madre el que se reflejaba ante mis ojos.

Caben varias teorías que expliquen lo que ha pasado: puede ser que mi madre esté loca de verdad y el niño llamado Suso sea solo una de las muchas voces que habitan en su mente; también es posible que sea yo, el pequeño Suso, el que haya perdido la razón, o podría ser que «las sombras» me hubieran interceptado en el mundo de los sueños y hubieran intervenido para eliminarme. Así me vería obligado a abortar mis planes: acabo de crear un «club de niños despiertos» que tiene por objetivo liberar a toda la humanidad del mundo virtual y de las garras del futuro metaverso.

Necesito que seáis testigos de mi viaje para que me ayudéis a sacar una conclusión. Todo esto ocurrió hace apenas unos minutos. Estoy dejando constancia escrita de a dónde me dirijo, por si no consigo volver. Tengo que darme prisa: la ventana temporal que me trajo a esta situación seguramente continúe abierta, pero sospecho que la «apertura» no durará mucho y no puedo dejar que se cierre.

Si consigo mi objetivo, demostraré que las teorías del doctor en Física, Jean Pierre Garnier Malet, son correctas: pretendo dormirme y al entrar en la fase REM del sueño, *liberar* a mi *Suso cuántico* para que abandone el cuerpo físico de mamá y viaje al mundo de las posibilidades infinitas. Mi *Suso cuántico* es todo energía, por lo que puede viajar en el espacio y en el tiempo y llegar a la gran base de datos universal, donde todas las líneas temporales son posibles. Allí, mi *Suso energético* buscará mi cuerpo físico para traerlo de vuelta. Miguel Juan Pellicer lo consiguió, aunque él solo tuvo que recuperar una de sus piernas que le había sido amputada. Es el protagonista del «Milagro de Calanda». Lo cuento en mi otro libro, pero todavía no he tenido tiempo de publicarlo ni vosotros de leerlo.

¡Ay! Mi querido cuerpo, con sus treinta y pocos kilos, su piel morena y su pelazo oscuro y fuerte. ¡Lo quiero de vuelta tal y como era, hasta con los tres remolinos rebeldes que tengo en la coronilla!

Prometo no volver a quejarme de que aún soy bajito, ni preocuparme de si tendré o no *lorcitas* como papá. No hay nada como perder algo para echarlo de menos. Ahora que no está conmigo, reconozco que era un buen cuerpo: me llevaba a todas partes, me permitía jugar durante horas, tenía un cerebro muy listo que sacaba buenísimas notas y estaba desarrollando una gran resistencia física gracias a los paseos interminables que daba con mamá.

Me anima saber que tengo varias oportunidades para cumplir esta misión: cuando dormimos, *navegamos* por 4-6 ciclos de sueño antes de despertarnos. Cada uno de esos ciclos tiene su fase NREM y su fase REM, que es la que ahora me interesa… Eso me lo sé muy bien, porque la tesis doctoral de mami era precisamente sobre el sueño. Escuché decenas de veces sus ensayos para la lectura de la tesis: repasaba en alto todo el tiempo, mientras fregaba los cacharros, mientras iba de camino al trabajo, mientras hacía sus ejercicios… Nunca pensé que sacaría utilidad a toda aquella información. Y mira tú por donde… Espero solucionar este entuerto a la primera y liberarme de esta angustia que me presiona el pecho. Ahora que lo pienso, ya he dormido unas cuantas horas, así que, puede ser que solo disponga de tres o cuatro ciclos más de sueño esta noche…

En fin, amigos, tengo que dejar de escribir. Debo volver a la habitación. Abro con cuidado la puerta, porque no sé muy bien qué me voy a encontrar. ¡Tremendo! Contemplo mi cuerpo arropadito en la cama, tumbado del lado izquierdo, mirando hacia la ventana, como siempre… Parece que descanso plácidamente, sin embargo, «yo» estoy aquí fuera, de pie, en el cuerpo de mamá. ¿Estaré inmerso en una especie de «sueño lúcido»? ¿Será esto lo que llaman «viaje astral»? Ojalá hubiera prestado más atención a mamá cuando me contaba sus rayadas mentales y me hablaba de estos temas.

Antes de meterme en la cama, algo me impulsa a asomarme a la habitación de mis padres: allí está papá, roncando como un oso cavernario, solito. «Yo» estoy aquí, de pie, en el cuerpo de mamá. Me doy cuenta de que hay otro problema: ¿dónde está el *mini yo* de mamá? He desplazado la conciencia de mamá de su cuerpo. Seguro que la pobre *mini Elena* está perdida en el mundo de las infinitas posibilidades. Pobrecita, ¡con lo miedosa que ha sido siempre! Quiero pensar que cuando restablezca el orden, todo volverá a su lugar, pero ahora mismo no estoy seguro de nada. El *mundo cuántico* es algo nuevo y totalmente desconocido para mí.

Me reconforta ver a papá durmiendo. ¡Transmite tanta paz! Me despido mentalmente de mi querido *oso panda*, el legendario *lama mostoleño*. Espero que cuando papi despierte encuentre a mamá a su lado y a mí en la cama, como siempre. Eso significará que he triunfado en mi misión.

No debo perder más tiempo. Tengo que iniciar el viaje. Vuelvo a mi habitación y me meto en la cama junto a mi cuerpo. Pongo en marcha la respiración de emergencia que me enseñó mamá: cojo el aire en cuatro segundos, me mantengo en apnea contando hasta siete y expulso el aire a lo largo de unos ocho segundos. En apenas cuatro o cinco ciclos respiratorios empiezo a notar que me pesan los párpados. Visualizo con claridad mi objetivo, rememoro los detalles de mi plan para darle las órdenes correctas de búsqueda a mi *Suso cuántico*. Hacer esto es la manera de proporcionar a mi *yo energético* las coordenadas exactas de mi destino, al menos eso creo. Repito también la frase de Pitágoras que me enseñó mami: «Acostúmbrate a controlar tu sueño, y no dejes que el dulce sueño se apodere de tus lánguidos ojos sin antes haber repasado lo que has hecho en el día».

Ya estoy de camino al más allá: me desplazo a gran velocidad a través de una especie de tubo oscuro, salpicado de luces. Es como un tobogán que me traslada a la velocidad de la luz. ¿Cómo sé que me muevo a la velocidad de la luz? Porque ahora soy luz, una sucesión de fotones, sin masa, sin materia. ¡Me siento tan ligero! También soy pensamiento, como si hubiera arrastrado alguna *partícula* de mi conciencia al túnel del sueño. Soy un observador perfectamente consciente de lo que está pasando. Sí, esto debe ser lo que se llama un «sueño lúcido». Sé que estoy soñando, soy consciente de mi plan y de la importancia de mi objetivo. De algún modo me siento dueño de mi destino otra vez, tengo cierta sensación de control que me hace pensar que puedo dirigir la situación hacia el desenlace que necesito. Por un instante, me siento como un superhéroe que domina el espacio y el tiempo. ¿Tendré el poder de gobernar el mundo de las posibilidades infinitas? Esto me convertiría en la persona más poderosa de todo el universo.

De repente, la feria de luces se apaga. Ahora mismo no veo nada. Es como si mis ojos necesitaran adaptarse al cambio. ¡Esperad, esperad! Parece que empiezo a percibir algo.

¡Dios mío! ¡Gracias! Lo que veo es la puerta de mi casa. Podría haber aterrizado en cualquier planeta del universo y lo he hecho en la Tierra; podría haber caído en cualquier país del mundo —¡imaginad que acabo en Rusia!, hablo chino, inglés, francés, portugués y español, pero de ruso ni papa—.

Soy una máquina, ha salido todo *guay*, he dado en el clavo como un GPS: estoy en España, en Móstoles, justo a la puerta de mi casa, viendo nuestro precioso *loft* a pie de calle. Estoy asomado a la ventana del salón y contemplo a papá y a mamá en la cocina, charlando alegremente. Yo no estoy con ellos, así que es probable que esté volviendo de jugar con mis amigos y por eso estoy aquí, observándoles desde la ventana, antes de llamar a la puerta. Pero algo raro está pasando. ¿Cómo es posible que esté mirando hacia dentro de casa y al mismo tiempo esté viendo el parque detrás de mí? ¿Qué le pasa a mi visión? Intento tocarme la cara para ver qué está sucediendo con mis ojos y las manos no me responden. Le doy la orden a mis ojos de que enfoquen mi cuerpo y me quedo paralizado. Soy… ¿verde? ¡Diosito, dime que me he convertido en el increíble Hulk! Pues no, no soy el increíble Hulk; he dado en el clavo aterrizando en el lugar adecuado, pero digamos que no he llegado en el vehículo correcto. Me encuentro en el cuerpo del caracol Imanol; estoy babeando, adherido a la ventana del salón de mi casa. ¡Madre mía! ¡Qué *marronaco*! ¿Y ahora qué? Desde este cuerpo no voy a poder arreglar nada. Acabo de viajar a la velocidad de la luz y ahora estoy aquí, arrastrándome con la lentitud de un caracol. ¿Qué tipo de broma macabra es esta?

Decido resignarme y dejar que este ciclo de sueño pase. Será mejor que me esconda antes de que alguna alimaña del parque me convierta en su aperitivo. No tengo claro qué pasaría si muero en alguno de los escenarios, pero prefiero no arriesgarme, no vaya a ser que tenga un número limitado de vidas, como los jugadores de *Jumanji*.

¿Estará por aquí el gato Leo? Apareció en el barrio hace apenas un año, y ese gato callejero es implacable. Si me ve, soy *caracol muerto*. Se zampó a la salamanquesa Teresa, que vivía detrás de nuestro buzón. Come palomas, ratas y todo tipo de comida que le dejan los vecinos. Juraría que alguna vez hasta le he visto mascar chicle. Pensando en Leo, caigo en la cuenta de que no sé en qué fecha estoy. Tal vez Leo todavía no haya llegado a nuestras vidas. Ahora me doy cuenta de que debería haber tenido en cuenta tres variables: llegar al sitio adecuado —*lugar*—, en el momento preciso —*tiempo*—, y en el vehículo correcto —*mi cuerpo*—. Mientras me deslizaba por aquel agujero de gusano plagado de luces, recordaba que existen cien mil millones de galaxias y, a su vez, cien mil millones de estrellas solo en nuestra galaxia, la Vía Láctea. Únicamente centré mi atención en aterrizar en el lugar correcto. Quizás por eso me encuentre ahora en esta situación.

El miedo a que aparezca Leo me hace aventurarme hacia el interior de mi casa. La ventana está un poco abierta y me dirijo a ella. ¡Joooopeee! ¡Qué rooolloooooo! ¡Qué desespeeeeración! Me muero muuuchoooo. Me muevo taaaaan lento que tengo que observar las referencias a mi alrededor para cerciorarme de que realmente me traslado.

Por fortuna, *la mente* es mucho más que el cerebro, porque en el cuerpo de Imanol cabe un cerebro muy pequeño. Sin embargo, «yo» sigo pensando con claridad y mis pensamientos se encadenan con la velocidad de un rayo: ya que estoy aquí, intentaré recopilar datos. Me dirijo a la cocina para ver la agenda de mamá; la tiene siempre abierta, en la barra que separa la cocina del salón: es su rincón de pensar. Me servirá para averiguar en qué fecha estamos. Me ha parecido que mis padres están igual físicamente, en sus cuarenta y tantos, pero ¡quién sabe! Recuerdo haber visto fotos de cuando tenían veinticinco años y ya estaban así: mi madre delgada y con sus largas y desproporcionadas piernas que le hacen parecer un bicho palo, con su largo pelo negro y su afilada nariz; mi padre, calvo prácticamente desde los dieciséis y con el característico morfotipo corporal de *los Romeo*: espalda ancha, cuerpo rollizo y fuerte, y piernas cortas aunque poderosas. Mis padres parecen felices y tranquilos; tal vez no me echen en falta. Eso solo sería posible si aún no hubiese nacido. O si fuera mayor y ya me hubiera emancipado. Esto último es más improbable: la edad media de emancipación está en torno a los treinta y cinco años en España, y si ya hubiera cumplido esa edad, sin duda habría notado el paso del tiempo en mis padres.

Siento estar divagando tanto, pero es que en el cuerpo del bicho este me muevo tan despacio que me da tiempo a pensar *mogollón*. Ya he recorrido la ventana por dentro y he bajado al suelo. Me doy la vuelta a mirar cómo he dejado el cristal: ¡vaya reguero de babas! Ya veréis cuando lo vea mi madre... En realidad, no me he dado la vuelta porque no me ha hecho falta: puedo darle la orden a mi ojo para que mire en cualquier dirección. ¡Por fin alguna ventaja! Esta especie de estrabismo de caracol tiene su puntito.

Enfilo la recta hacia la cocina. Tengo unos doce metros por delante. Ahora no me hace tanta gracia que mi casa sea tan grande. Me lo tomo con calma. Sé que aquí dentro no corro peligro. Si mamá me encuentra me cogerá del suelo y me pondrá en un táper con lechuguita, espinacas, acelgas... lo que tenga en la nevera en ese momento. ¡Aunque también podría ser que me pisara papá, que es más despistado! Por si acaso, avanzo pegadito a la pared y a los bordes de los muebles.

Es curioso esto de la horizontalidad. Lo de ir reptando tampoco está mal: no tienes riesgo de caerte ni de torcerte el tobillo. Además, soy muy flexible. Si no fuera por el caparazón podría hacer todo tipo de contorsionismos. Llevar la casa a cuestas es un poco rollo. Cuando regrese a la normalidad, tampoco volveré a quejarme por tener que llevar la mochila del cole.

A lo tonto, a lo tonto… ya estoy llegando a la barra de la cocina. Todavía no tengo cogidas las distancias y me golpeo el ojo con la pata de la barra. Se me retrae la antena hacia dentro. Vuelvo a estirar el ojo con cuidado y corroboro que todo está en orden. Mis padres ya no están por aquí, terreno despejado. Ojos retráctiles, ¡moooola! Je, je, je. Mi vocecita interior me llama al orden para que no me desconcentre: «No te distraigas, Suso, empieza a trepar; solo un metro más y alcanzarás tu objetivo».

Me sorprende mi poderío recorriendo cuesta arriba las patas de la barra de la cocina. Las babas me proporcionan una gran adherencia y el hecho de que mi centro de gravedad esté tan cercano a la superficie de contacto me confiere seguridad. ¡Al final, acabaré cogiéndole gusto a esto de ser caracol! Estoy a punto de conseguirlo. Soy un tipo incansable, un luchador, un campeón.

¡Prueba superada! Ya estoy arriba. No me equivoco: en la esquina de la barra está la agenda de mamá, totalmente abierta y con su boli al lado para poder apuntar *ipso facto* cualquier pensamiento interesante. Me ubico justo encima para ver bien las letras. Estoy en la página de la derecha, así que estoy viendo jueves, viernes, sábado y domingo; las fechas son 1, 2, 3 y 4 de abril. El viernes es festivo. Estamos en Semana Santa, pero, ¿de qué año? Me acerco a la parte superior de la hoja y leo: «Semana 14 del 2010».

Necesito detenerme a pensar: ¿qué conclusiones me proporciona esta información? El dato más sorprendente es que soy un caracol que sabe leer. ¡Impresionante! Lamento no poder contárselo a nadie. Confirmo mi teoría de que la mente va más allá del cerebro, y menos mal, porque los caracoles ni siquiera tienen un cerebro como tal.

Ahora me alegro de que mis padres me hayan obligado a ver tantos documentales. Empiezo a recordar cosas sobre los caracoles: no tienen cerebro sino que las células nerviosas se concentran en una especie de ganglios que se encargan de regular prácticamente de manera automática sus procesos vitales. Es como si tuvieran un par de neuronas, pero tan bien conectadas que les permiten crear pensamientos asociativos con los que realizar tareas complejas, como orientarse y recordar sitios donde encontraron comida. Tampoco tienen buena vista, más allá de detectar los cambios de luz, sin embargo, aquí me tenéis, leyendo la agenda de mamá. Y si no recuerdo mal, encima son medio sordos, sin embargo, «yo» me acabo de sobresaltar con un ruido. Más que oírlo lo he sentido en mi cuerpo: la vibración de la puerta de la habitación se ha transmitido por el ambiente y he percibido la onda mecánica longitudinal a través de mis visceritas de caracol. ¡Qué sensación más rara! Oriento uno de mis tentáculos adecuadamente para que el ojito que está en su extremo pueda ver lo que está pasando: es mamá que ha salido de la habitación y se dirige al baño.

Me invade la morriña y la melancolía: mamá y papá estarán en la habitación disfrutando de sus aficiones respectivas, la lectura y la Xbox. Imagino a papá jugando al *Call of Duty* o al *Halo*. Tendrá algo de comer a mano, seguro: gusanitos naranjas o cortezas de morro de cerdo. Mamá estará leyendo a su lado, sentada en el sillón, con los pies reposando en lo alto de la cama. ¡Ojalá estuviera ahí, con ellos!

Mamá sale del baño y me saca de mis pensamientos. Regresa a la habitación. No me ha visto. Tengo un rato más para seguir con la investigación. ¿Dónde estábamos? ¡Ah, sí! Estaba extrayendo conclusiones sobre mis hallazgos recientes: en primer lugar, sé leer; en segundo lugar, si estamos en abril de 2010, yo aún no he nacido. Mi fecha de nacimiento es el 12 de octubre de 2010. No sé si eso es bueno o es malo. Quiero decir, que puede ser que en esta línea de tiempo, Suso no exista, o también puede ser que sí exista y que no haya llegado todavía. Me estoy aturullando. Voy a moverme un poco y a seguir buscando más información.

Me desplazo hacia la otra página de la agenda; tal vez las anotaciones de mamá de los días 29, 30 y 31 de marzo me aclaren algo. ¡Uyyy! ¡Qué escalofrío! He pasado por encima de la espiral metálica de la agenda y está fresquita; me ha dado gustito, je, je, je. Juego con mis tentáculos para orientar un ojo hacia delante y otro hacia atrás, me apetece ver qué se siente al tener un campo de visión de 360°. De momento, lo que siento es mucha vergüenza: ¡cómo le he dejado la agenda a mamá! Soy una auténtica fábrica de babas, el camino que he seguido por la página se adivina con claridad; he dejado arrugado y húmedo todo el papel y he arrastrado parte de la tinta con mis mocos, convirtiendo su preciosa letra en un auténtico borrón. ¡Con lo pulcra que ella es para sus cosas! ¡Ay, Dios! ¡Que las babas no son lo peor! ¿Qué es esa mancha oscura que he dejado en «Viernes Santo»? ¡No me lo puedo creer! ¿Me he hecho *popó*? No soy consciente de haber hecho fuerza; ni siquiera soy consciente de dónde tengo el *cu...*, el ano. Pliego mis tentáculos para orientar los ojos hacia mi propio cuerpo. Quiero saber por dónde he soltado semejante porquería, pero no encuentro nada. ¡Vaya incoherencia! Sé leer pero no sé dónde tengo el trasero ni puedo controlar mis deposiciones. ¡Y justo me tenía que pasar encima del «Viernes Santo»! Soy un blasfemo. Diosito, perdóname, sabes que no lo he hecho a propósito. A este paso, en el próximo ciclo de sueño, acabo en el cuerpo de una lombriz como castigo.

En fin, esto ya no tiene remedio. Debo seguir con las indagaciones. ¡Ojos, volved a enfocar el papel! Aquí dice: «Ecografía de los tres meses». ¿Ecografía de los tres meses? Eso quiere decir que todavía no he nacido pero estoy en camino. Y aquí hay más cosas: mamá ha enganchado un papel con un *clip* al borde de la agenda, pero está doblado por la mitad. Voy a pasearme por encima para desplegarlo del todo. No tengo manos, ¡pero soy un caracol *mazo* listo! Es una especie de foto con el fondo negro y una gama de grises y blancos. ¡Arrea! Adivino una cabeza, un enorme abdomen y unas piernitas. ¡Es una ecografía mía! ¡Y tengo una *almendra* considerable! Me cuadran las fechas: si en abril tengo tres meses, podría nacer perfectamente el 12 de octubre. ¡Sí, tengo que ser yo! Mamá ha apuntado algo al lado: «Nuestro "guisantito" mide seis centímetros y pesa catorce gramos».

¡Qué emocionante! Mi cuerpo físico está en camino. Dentro de lo malo, si me quedase a vivir en esta posibilidad, tendría que esperar once años para llegar a la vida que tenía antes, pero no me importaría. Además, eso me daría el don de la clarividencia, porque sabría paso a paso lo que va a ocurrir en el futuro. Sería un superhéroe, con un increíble superpoder. O también podría ser como Elrond, el elfo, el padre de Arwen en el Señor de los Anillos.

De repente, una sospecha me baja de la cresta de la ola. Mi conciencia está dentro de este caracol. ¿No debería estar ya con «guisantito»? Sigo leyendo las notas de mamá: «Nombres preferidos de niñas: Ana y María; nombres preferidos de niños: Jesús y Manuel». Mi alegría momentánea se desvanece por completo. No está claro que ese feto que está creciendo dentro de mamá sea yo. Ni siquiera podemos saber todavía si será un niño o una niña. ¿Qué puedo hacer?

Necesito recordar una de mis conversaciones con mamá: aquella en la que hablábamos del momento en que el alma se unía al cuerpo de un ser humano, el instante en que la parte energética o espiritual se depositaba en su habitáculo físico. Piensa, Suso, piensa… ¿Mi *Suso cuántico* debería haber colonizado ya ese montón de células que se dividen rápidamente en el útero de mamá? Creo que recuerdo la conversación que necesito. Fue justo después de ver un documental sobre Egipto. A mamá le entusiasma todo lo relacionado con los egipcios, porque tenían conocimientos increíbles, muy avanzados para su época. En el documental hablaban del «ojo de Horus», un emblema egipcio que era una especie de talismán. Se le atribuían propiedades protectoras, de salud y renacimiento. Eso es, «renacimiento». Sigue pensando, Suso, lo del «renacimiento» es lo que necesitas saber. Recuerdo aún más: el «ojo de Horus» también se conocía como *Udyat,* cuyo significado es «el que está completo». Mamá detuvo el documental justo en el momento en que se estaba mostrando una imagen del «ojo de Horus» y se fue corriendo a la habitación; volvió emocionadísima con una de sus láminas de anatomía en la mano. Recuerdo la conversación como si fuera ayer:

—Mira, Suso —me dijo.

—¿Qué es eso, mamá? —le pregunté.

—¿No te recuerda a algo? Mira la televisión —me replicó, entusiasmada.

—Mamá, esta lámina de anatomía se parece un montón al dibujo del «ojo de Horus» —le dije.

—¡Efectivamente, hijo! —contestó—; vamos a hacer una prueba.

Entonces, mamá agarró una pintura azul y fue delineando en un corte sagital del cerebro la forma del «ojo de Horus».

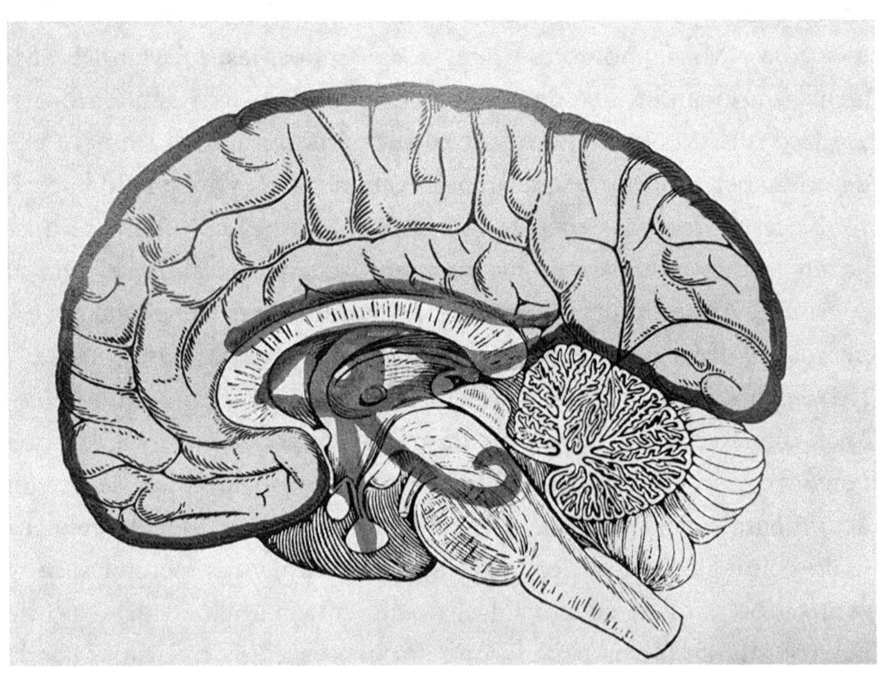

Lámina de anatomía con el «ojo de Horus» (imagen propia)

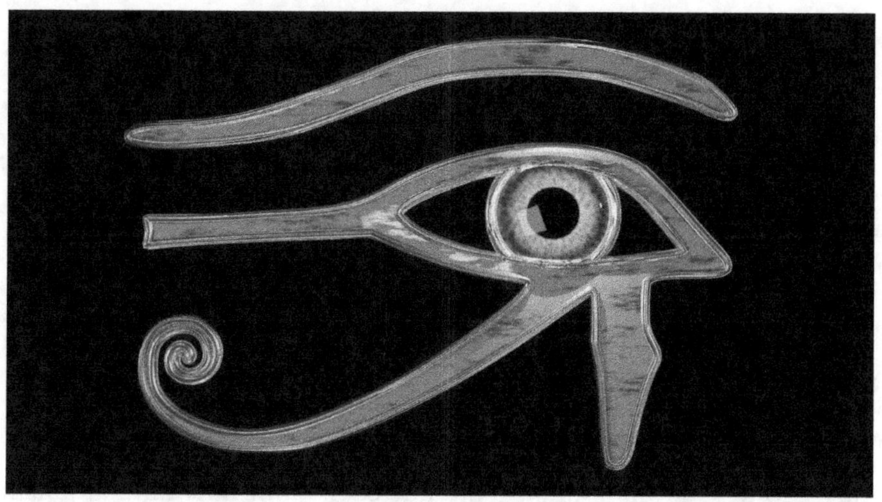

Ojo de Horus (Pixabay)

Ese «ojo» comprendía anatómicamente la glándula pineal de nuestro cerebro, y también lo dibujaban estructuras como el cuerpo calloso, el tálamo, el hipotálamo o el bulbo raquídeo. ¿Para qué tener un ojo en el centro del cerebro si ahí no se ve nada? ¿Por qué reacciona ese ojo a la luz? Mamá me explicó que *la pineal* era responsable de producir la hormona melatonina que nos anima a dormir por la noche y hormona serotonina, que nos ayuda a empezar a funcionar por las mañanas. Para eso, detecta la luz la glándula pineal. También tiene células visuales, como los conos de la retina y, de hecho, está conectada a través del ganglio cervical superior a la retina.

—Mamá, ¿para qué va a servir un «ojo» en el centro del cerebro? —insistí—. ¿Para qué equiparlo con receptores si no está orientado al exterior como los ojos normales? No tiene ningún sentido.

—Resulta que no solo los egipcios conocían este «ojo» sino que también los místicos orientales hablaban de un «tercer ojo» en el ser humano u «Ojo de la Sabiduría» —explicó mamá—. Según la tradición védica, anterior al hinduismo, se relaciona con el *sexto chakra*. En India se lo conoce como «ventana de Brahma»; en China, como el «Ojo Celestial»; los taoístas lo denominan «el Palacio Niwan».

—¿Y? —pregunté con curiosidad.

—Pues que todas estas culturas no se habrían interesado por esto si no fuera importante, Suso —prosiguió mamá con su explicación—. De todos modos, no me has dejado terminar. Iba a contarte lo que decía sobre esta glándula el filósofo Descartes.

—¿Un filósofo? —le pregunté—; me interesa, mamá. ¿Qué decía Descartes?

—Descartes la calificó como «tercer ojo» y se atrevió a decir que allí se asentaba el alma racional —dijo.

—¿Una ubicación para el alma? —pregunté.

—Exacto, Suso —afirmó mi madre—. Seguramente Descartes se hizo eco de la leyenda que cuenta que el Creador introdujo la pineal en nuestro organismo para que pudiésemos estar en unión con Él. Sin embargo, «las sombras» encontraron la manera de hacer que se atrofiara esa glándula para que nos olvidásemos de Dios y nos convirtiésemos en esclavos de lo material.

—¡Uala! —expresé con asombro—. Yo no quiero que se me atrofie la pineal, mamá. ¿Qué puedo hacer?

Ella se echó a reír.

—¡Mamá, te estás riendo! No puede ser... ¿Otra vez me vas a decir que la solución a todos mis problemas está en cuidar la dieta y en una adecuada higiene de sueño?

—Prácticamente sí —dijo ella con cara de sabionda—. Pero se te olvida algo.

—¡Ya sé! —respondí al instante—. También debo aprender cosas nuevas cada día, y escribir y charlar con mi vocecita interior: el pequeño *mini Suso*. Claro, me cuadra, *mini Suso* tiene línea directa con el mundo de las voces y allí seguro que charla con Dios.

—Correcto, hijo. Deberíamos huir de numerosos elementos nocivos de la dieta como el flúor, el mercurio, los plaguicidas, los insecticidas, los edulcorantes —como el aspartamo—, los azúcares, las harinas refinadas, el tabaco, el alcohol, las grasas *trans*, los aditivos.

—Y siguió con la lista—. Además, hay químicos por todas partes, como en los productos de limpieza, la pasta de dientes, el agua que bebemos o los *chemtrails* vertidos por los aviones en la atmósfera. Y no te olvides del estrés, que nos obliga a estar orientados continuamente a lo exterior y elimina nuestro diálogo interno y nuestros momentos de introspección, aquellos en los que podríamos contactar con nuestro «yo superior».

Parecía ser un libro abierto lleno de sabiduría, y su lección siguió:

—Añade otro factor a esta ecuación del desastre: más de la mitad de la población duerme fatal, por lo que ni siquiera son capaces de acceder a su parte *energética* durante sus sueños.

—Mamá —la interrumpí—; eso haría que la humanidad se convirtiese en un montón de zombis desconectados de su esencia, como los esclavos encadenados en la caverna de Platón.

—Es una pena, Suso, pero en eso estamos. Acabas de describir la época en la que nos ha tocado vivir.

Ahora lo visualizo con claridad. La pineal es la antena que nos une con el mundo energético y divino. Recuerdo aquel día en el parque, rodeado de decenas de niños del «club de los niños despiertos»; ese día tuve una hermosa visión: decenas de cordones de luz salían de las cabezas de los niños y se perdían en el cielo. También observé aquellas personas grises y que no reflejaban la luz. Esas personas habían perdido sus cordones e interrumpido su conexión con la Fuente.

Estoy contemplando el fotograma en mi mente y me doy cuenta de que la mayor parte de personas *fundidas* eran adultos. Todo encaja: con el paso del tiempo, su glándula pineal se habrá ido calcificando. Me apresuro a buscar a mamá en mi imagen mental y descubro lo que ya sabía: su hilo de luz es tan fuerte y brillante como el de los niños. Su estricta dieta, su trabajo mental, su contacto diario con la naturaleza y su increíble rutina de sueño demuestran ser eficaces.

Por fin me ha venido a la mente el dato que necesitaba. ¿Cuándo un montón de células pasan de ser solo eso, simples células, a considerarse un ser humano? ¿Cuándo se pone en marcha la *Wifi* que nos conecta con Dios o el *mundo de las ideas*? Un científico norteamericano, experto en psiquiatría, llamado Rick Strassman, hablaba de cuarenta y nueve días. ¿Por qué ese número? Pues porque a los cuarenta y nueve días la glándula pineal se hace visible en el feto y, en ese momento, el alma puede entrar en el cuerpo del bebé utilizando como canal su glándula pineal. Mi alegría por haber recordado el dato se desvanece al instante, cuando empiezo a echar cuentas:

¡Leches! ¡Nooo, nooo, nooo! ¡No puede ser! Eso sería a la séptima semana de embarazo. Si mamá está embarazada de tres meses, «yo» debería haber colonizado ya ese cuerpecillo que crece en su interior. ¡Por favor, que haya algún error en los cálculos! De lo contrario, voy listo.

¡Sustaco! He vuelto a notar otra vibración. ¿Qué pasa ahora? Mis padres están saliendo de la habitación y se dirigen hacia donde yo estoy. Vendrán a la cocina a preparar la comida o la cena. Espero que mamá no se enfade por el desastre con su agenda y que me ponga algo para comer: ¡estoy hambriento!

¡Qué viene! ¡Qué viene! ¡Qué viene! Me va a ver en tres, dos, uno…

—¡Vicen! —grita alertando a mi padre—; mira dónde ha aparecido un «Imanol».

—¿Cómo? —pregunta él.

—El caracol. Está encima de mi agenda. ¿De dónde habrá salido? Llevará varios días por la casa, porque es imposible que haya entrado hoy y recorrido toda la distancia que hay desde la ventana.

—¿Imposible? —pregunto mentalmente aun sabiendo que no va a escucharme—; pues aquí me tienes: soy un caracol *fondista*. Doce metros en apenas dos horas. Mira, mira, seguro que si te fijas verás todavía mis babas húmedas por todo el suelo del salón, je, je, je.

—Pues te ha puesto *fina* la agenda, *cariñiti* —apunta papá—; yo creo que hasta te ha dejado un *cagarro* en el «Viernes Santo».

—¿Qué dices, Vicen? ¿En serio? Pues sí. Eso parece. ¿Será posible? —refunfuña mamá.

En ese momento, dirige su dedito acusador hacia mí y me dice:

—Imanol, eres un pedazo de bandido. Nos has babeado hasta la ecografía de «guisantito». No, no, no me mires con esa cara. Has sido tú. Mírale, Vicen, el muy sinvergüenza.... si me está haciendo una caída de ojos, como disculpándose. Mira cómo baja sus tentaculitos... ¡Ay! ¡Si es que te como!

Entonces, acerca su cara a la mía y me pregunta:

—¿Tienes hambre? Te voy a sacar lechuga fresquita, fresquita.

—¡Olé! ¡Gracias mami! — le digo en mis pensamientos.

Papi se agacha hacia mí y me murmura algo:

—Menudo pedazo de chantajista emocional estás hecho. Le has *guarreao* toda la agenda y encima te sirve un banquete. Y a mí me pone a dieta por menos de nada —rezonga—. Lo llego a hacer yo...

Mamá me coge en la mano para meterme en un enorme táper lleno de lechuguita y acelgas. Sus «dedos de lápiz» me parecen todavía mucho más largos desde esta nueva perspectiva. Le doy besitos *multifásicos* en la palma de la mano con mi pequeña boca. Espero que se dé cuenta. Su mano está fresquita, como siempre. El contacto físico con mami me da fuerzas renovadas. ¡Qué hambre tengo! Empiezo a comer con avidez lo que ahora, en mi cuerpo de caracol, me parecen manjares. Me recreo en esta jungla verde y fresca. ¡Ñam, ñam, ñam! Por unos breves instantes, me abandona la preocupación. Ahora soy todo instinto, buscando satisfacer mis necesidades básicas de caracol. Estoy al límite del *torzón*. ¿Me habré *empachao*? Tengo una sensación rara, como de mareo. ¿Se me habrá ido toda la sangre al estómago para hacer la digestión? ¿Qué estoy diciendo? Si ni siquiera sé si tengo sangre. Se me nubla la vista. No veo nada, sólo luz. ¿Qué está ocurriendo? ¡Estoy abandonando este cuerpo!

—¡Vicen, Vicen! —grita mamá con voz potente—; he notado un retortijón en el abdomen, como si «guisantito» se hubiera tropezado.

—Tendrás hambre, mujer —responde papá—. Es muy pronto para que notemos los movimientos del bebé. El ginecólogo te dijo que se perciben a partir de la semana dieciocho.

—Tienes razón —reconoce mamá—; serán imaginaciones mías.

¿Dónde estoy? Escucho la conversación de papá y mamá, pero ya no les veo a través de mis ojos de caracol. Estoy muy a gustito, calentito, relajadísimo, tengo la sensación de hallarme en flotación, ¡pero no puedo ver nada! Es raro, no tengo ni idea de lo que está ocurriendo; sin embargo, me siento seguro y protegido: hay algo que me resulta familiar. Lo que siento me recuerda al... ¡No puede ser! ¿El *abraciti* de familia?

Eso es. Papá acaba de abrazar a mamá. Y yo me siento como si estuviera en medio de los dos, lo cual significa que... ¡acabo de colonizar el cuerpo de «guisantito»! Noto el latido de colibrí de mamá y también percibo el latido del gran oso panda, mucho más lento y lejano. ¡Qué alivio! Lo he conseguido. He llegado a la escena justo a tiempo. El *mini yo* de Suso está en el cuerpo de Suso, ¡como debe ser!

—Mamá, ya puedes ir tachando nombres de la lista. Borra a María, a Ana y a Manuel. Yo quiero ser Jesús, para que me acabéis llamando Suso. ¿Me copias mami? —le hablo telepáticamente, confiando en que mami capte mis vibraciones mentales.

—¡Vicen! —dice mamá—; dame la agenda, ¡rápido!

—¿Qué pasa, mi pequeño colibrí? ¿Qué estás tachando? —le pregunta mi padre después de alcanzarle la agenda.

—Va a ser un niño, y quiere llamarse Jesús —afirma tajante mamá.

—Pero, ¿qué dices? ¿Te has vuelto loca?, ¿cómo lo sabes? —añade papá, anonadado.

—Me lo ha dicho él —contesta mamá—. Se llamará Jesús Romeo Benito y le acabaremos llamando Suso.

—¡Mujer, cada día me das más miedo! —replica mi padre—. Cuanto más conectada te encuentras con tu voz interior y tus mundos de *yupi*, más desconectada me parece a mí que estás de la realidad. En fin, da igual por qué lo sabes y de dónde te ha venido la información. Aceptamos Suso por unanimidad, mi querida *brujita*.

—¡Suso, hijo, te he oído! —me dice mi madre acariciándose la tripa—. ¿Es eso lo que querías? ¿Estás contento?

—¡Ay, mami!, ¡muy contento!, ¡gracias! —le respondo en mi mente, pero ahora sé que me escucha.

—Estás paliducha, cariño. —añade papá con preocupación—. ¿Te encuentras bien?

—Ser un *huevo kinder* es duro, Vicen —responde mamá—. A ratos me faltan las energías. Es como llevar un *alien* dentro. ¡No quiero ni pensar cómo será esto cuando esté de nueve meses!

—¡Vas a estar muy graciosa! —bromea papá—; serás un *bicho palo* con tripa.

—¡Qué graciosete! —dice ella, y también se echa a reír—. El próximo lo vas a engendrar tú, por listo. Con la deriva que están tomando las leyes de género, todo es posible.

—Quita, quita. Lo único que va a hacer engordar a este cuerpo son los derivados del cerdo que me meta entre pecho y espalda. ¡Anda! Déjame que te acompañe a la habitación. Te echas una horita y luego comemos. No me importa esperar. He estado picoteando mientras jugaba a la consola.

—Vale, mejor así —concluye mamá—, porque ahora mismo estoy sintiendo náuseas y el cuerpo me pide dormir.

Mamá y yo nos vamos a dormir. Noto la disminución de la frecuencia de su latido cardiaco mientras se va relajando. Percibo perfectamente la ralentización de su cadencia respiratoria. Se duerme antes que yo. Quería aguantar despierto un poquito para poder hablarle en sus sueños, decirle que estoy aquí, a su lado, que todo va a salir bien y que vamos a ser la familia más feliz del mundo.

Esta línea de tiempo está en orden. Creo que no puedo hacer mucho más desde aquí y me está entrando sueñito. Antes de dejarme llevar por Morfeo reviso todo lo que me ha pasado. Me doy mensajes positivos: si incluso aterrizando en el cuerpo de un caracol he podido avanzar en mi misión, estoy seguro de que podré afrontar casi cualquier escenario en el que me plante con mi siguiente salto cuántico.

Otra vez, la sensación de vértigo se apodera de mí y ya no tengo el control. Estoy inmerso de nuevo en el tubo de luces. Soy como

Einstein, cuando se imaginaba viajando, montado en un fotón, moviéndose a la velocidad de la luz; solo que yo no pretendo descubrir la teoría de la relatividad: me conformo con descubrir qué ha pasado con mi cuerpo.

Suso en el cuerpo del caracol (Pixabay)

UN «PORTAL» POCO SOFISTICADO

Aquí estoy, más allá del espacio y el tiempo, viajando a la velocidad de la luz por un «agujero de gusano». En mi primer ciclo de sueño me he convertido en caracol. ¿Qué me esperará ahora? Si fuera capaz de recordarlo todo al despertar, no solo demostraría que las teorías del doctor Jean Pierre Garnier Malet son ciertas. Sería capaz de confirmar los estudios de Einstein en lo relativo a la existencia de los «puentes de Einstein-Rosen». Sus cálculos matemáticos admitían la posibilidad de doblar «la malla del espacio-tiempo» para crear atajos en el universo.

Recuerdo la sencillez con la que mamá me explicó la existencia de estos hipotéticos atajos con una cartulina y una regla. Dibujó dos cruces, una cerca del borde superior y otra del inferior y midió la distancia entre ambas cruces: sesenta centímetros. La explicación fue algo así:

—Suso, ¿cuánto crees que tardaría uno de nuestros queridos caracoles en recorrer esa distancia? —me preguntó.

—No sé, mamá —le respondí—. Depende de la recompensa que le pusieras al otro lado.

—¡Tienes razón! —me dijo riéndose—. Imaginemos que es algo muy apetecible y que el caracol se mueve de manera continua y obediente.

—Pues salgamos de dudas —le propuse con entusiasmo.

En ese momento, mamá dobló la cartulina sobre sí misma, situando las dos cruces una encima de la otra, y con un movimiento rápido y seco, hizo un agujero con la punta del lapicero en el papel, atravesando las dos cruces del tirón.

—¿Cuánto tardaría ahora el caracol en viajar desde el punto «A» al punto «B»? —me preguntó entonces.

—Nada, mamá —le respondí—; solo tendría que atravesar el agujero y ya estaría en el punto «B».

—Pues ya está, Suso. Intenta imaginar que ese pliegue, en lugar de en una cartulina se está produciendo a nivel del espacio, acortando así distancias enormes y, por tanto, disminuyendo el tiempo que se tardaría en recorrer esas distancias en línea recta —me explicó.

—Creo que cojo el fondo del asunto, mami. ¡Qué pasote! —le contesté alegremente.

Me siguió explicando las teorías que tanto le fascinaban:

—La idea de encontrar un atajo para viajar a través del espacio y el tiempo ha cautivado la imaginación de la humanidad desde hace mucho tiempo. Y Albert Einstein, usando ecuaciones, postuló la existencia de estos atajos a través del universo, para que en vez de tener que recorrer miles de años luz pudiéramos doblar el «espacio-tiempo» y crear un túnel. Revisando sus ecuaciones con el físico Nathan Rosen, en el año 1936 afirmaron que si tuviéramos una fuerza lo suficientemente grande para distorsionar la «malla» y doblarla, en teoría, se podría acortar la distancia entre dos puntos y, por tanto, el tiempo necesario para viajar de uno a otro. Un agujero en cada uno de los puntos que llegara a unirse, crearía un túnel a través del espacio-tiempo. ¿Eres capaz de visualizarlo, Suso?

—Lo de la «malla» no lo entiendo muy bien —contesté.

—Las ecuaciones de campo que conforman la teoría general de la relatividad de Albert Einstein describen al espacio-tiempo como algo geométrico, una especie de «malla» que se curva dependiendo de los objetos y de las fuerzas que actúan sobre ella —añadió mamá.

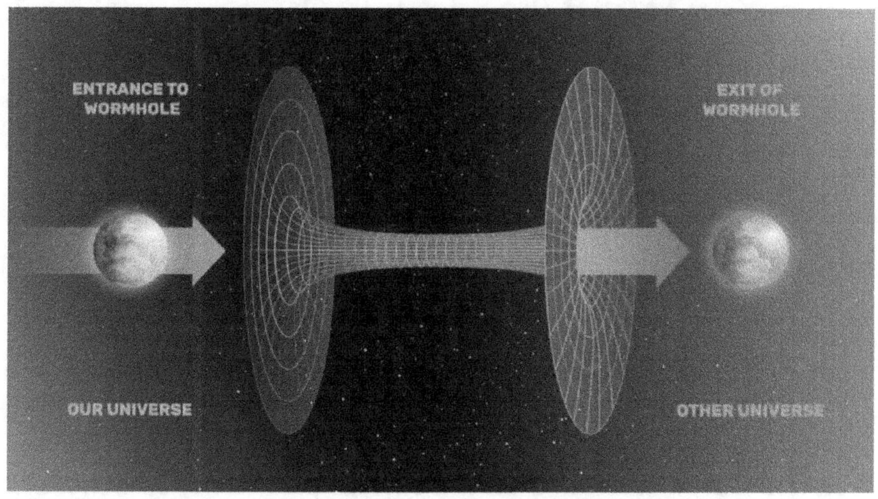

Malla espacio-tiempo. Agujero de gusano (Pixabay)

—¿Y hasta ahora alguien ha conseguido curvar la «malla» para viajar? —le pregunté.

—Ese es el problema, hijo; harían falta fuerzas increíbles para curvar esa «malla» —dijo—. Aunque...

—¿Aunque qué? —le pregunté emocionado.

—Muchos científicos piensan que después del *Big Bang* se crearon innumerables agujeros de gusano que quedaron esparcidos por todo el universo —agregó.

—¿O sea que tal vez no haga falta crear esos agujeros porque ya estén ahí? —le pregunté con asombro—. Serían puertas como las de la película *Stargate*. Sólo haría falta saber dónde están esas puertas, a dónde llevan y las coordenadas necesarias para activarlas.

—¡Buen aprendiz! —me dijo con orgullo—; eso es, Suso. Otros científicos piensan que los agujeros negros son la entrada a esos atajos en el espacio-tiempo.

—No, mamá, yo no lo creo —le respondí con temor—; los agujeros negros lo devoran todo. Yo pienso que si entras en un agujero negro, ¡de ahí no sales!

—Eso es lo que no sabemos aún —me dijo con su voz tranquilizadora—. Necesitaría demostrarse que existen también los agujeros blancos, es decir, agujeros que expulsan todo lo que ha entrado por los agujeros negros. Serían una especie de imanes que atraen por un lado pero repelen por el otro.

—¡Fascinante! —expresé con entusiasmo.

—¿En qué piensas, Suso? —me preguntó—. Has entrado en uno de tus trances.

—Estaba dándole vueltas a lo de «curvar la malla del espacio-tiempo», mami —le dije—. Y me he acordado de la película *Regreso al Futuro*. Cuando Marty McFly viajaba en el tiempo en el DeLorean, Doc necesitaba mucha energía para poner en marcha el vehículo, y utilizaba el rayo de una tormenta, ¿te acuerdas?

—Es verdad, hijo —respondió sorprendida con mi razonamiento—. No había caído. ¡Eres más listo que los ratones *coloraos*!

Disfruto de estos momentos de claridad mental. Mis pensamientos son tan rápidos como mi viaje en el túnel. Todo es tan veloz que el tiempo deja de existir. Si todo se convierte en fugaz e instantáneo, la dimensión tiempo desaparece. Es lo más cerca que me he encontrado nunca de la *eternidad*. Es raro, pero este *entendimiento* me ha producido una enorme sensación de paz. Lo eterno no debería preocuparse por nada, ¿verdad? Podría quedarme alojado en esta agradable sensación. «¡No, Suso! —me dice mi vocecita interior—; tienes algo pendiente. Has emprendido este viaje para encontrar respuestas; *tu casa energética* estará aquí siempre que quieras volver. De momento, tienes una misión en el mundo físico, material, y la tienes que cumplir. La Fuente, cuyo plan es perfecto, te ha elegido por algo».

Cuando hablaba con mamá aquel día, no se me ocurrió incluir los sueños en la lista de «entradas» a los «agujeros de gusano». Y ahora, aquí estoy, sin el DeLorean ni ninguna *Stargate*, sin ningún agujero negro, sin necesidad de plegar la malla universal. Todo se simplifica cuando pasas a la dimensión energética: en esta dimensión, nuestro *yo energético u ondulatorio* conoce el camino de regreso a casa. Tiene grabados en su memoria los atajos del universo que le llevan a su origen, a la Fuente, a la Inteligencia Infinita, a Dios. Imagino ese cordón de luz que salía de las cabezas de los niños despiertos y se perdía en el cielo. ¿Y si ese fuera el canal? ¿Y si cada uno de nosotros, los seres humanos, tuviésemos nuestro propio «agujero de gusano» para unirnos a la «base de datos universal» siempre que quisiésemos?

Ahora que recuerdo las conversaciones con mamá, me da por pensar que, tal vez, tanto *adoctrinamiento* no fuera casual. ¿Por qué tenía tanto interés en que aprendiera tantas cosas y sobre temas tan variados? Anatomía, fisiología, terapia manual, historia, física, matemáticas, economía, filosofía, astronomía. ¿Me estaría preparando mamá como preparaba Sarah Connor a su hijo John en la película *Terminator*? ¿Acaso intuía que de mí dependería salvar a la humanidad? ¿Me enseñó tantas cosas para que tuviera las herramientas necesarias para el cumplimiento de una misión?

¡Qué ida de olla tengo! ¡Ay! ¡Duele! ¿Qué está pasando? Se supone que mi *cuerpo energético* no debería notar dolor. Debo haber aterrizado ya en un *cuerpo físico*. Diosito, que sea el mío, ¡*porfaaaa*! ¿Qué noto exactamente? Sí, lo percibo con claridad: tengo la cabeza a punto de estallar y, además, siento un escozor terrible en el moflete izquierdo. ¡Ostras! ¡Otra vez! Pero, ¿qué...?

—¡Despierta, hijo, despierta! —me dice alguien.

—¿Qué pasa? —pregunto—. Papá, ¿eres tú?, ¿por qué me pegas?

—¡Abre los ojos, *desgraciao*! —me responde la voz desconocida con enfado—. ¿Qué voy a ser yo tu padre? Soy Andrés, tu vecino.

Abro los ojos y encuentro delante de mí a un señor que no conozco, aunque despierta en mí un extraño sentimiento de familiaridad. Tendrá como unos setenta años, es de complexión fuerte, bastante alto y huesudo.

—Pareces nuevo, hombre —me dice—. ¡Mira que ponerte detrás de la *Paquita,* con lo bruta que es! Te ha *arreao* una coz en la cabeza que ha sonado a dos calles de distancia. La Claudia y yo pensábamos que te había *matao*.

—¿La Paquita? —pregunto.

—La mula, hijo, la Paquita —me responde.

—¿La Claudia?

—La Claudia es mi señora, hijo —me dice con extrañeza.

—Pero, ¿soy tu hijo o no? —le pregunto, confundido.

—¡Que no, leches! —exclama con furia.

—Es que como me llamas «hijo», me lías. Estoy confuso —le digo.

—¡Y tanto que lo estás! —añade, y me pregunta—: ¿Recuerdas tu nombre?

—Me llamo Suso… *creo*… —respondo.

—¡Suso! —dice—. ¿Qué clase de nombre es ese? Tú te llamas Pedro.

—¿Pedro? —pregunto con sorpresa.

—Sí, Pedro —repite—. Anda, incorpórate. ¿Reconoces el lugar? ¿Recuerdas los nombres de tus padres?

Estoy tirado en el suelo, en la arena. Miro a mi alrededor y no reconozco el entorno. No hay edificios; solo pequeñas casitas, bastante humildes. No veo calles asfaltadas, tampoco hay coches; sí hay animales correteando por todos lados: la Paquita, algunas cabras, ovejas, gallinas y un *perrete* muy curioso que me está lamiendo una mano.

—No me suena nada —digo—; pero sí recuerdo los nombres de mis padres: se llaman Vicente y Elena.

—¡Vaya por Dios! ¡No has *acertao* ni una! —dice el hombre con preocupación—. ¿Puedes levantarte y andar? Yo te ayudo. Ven, que te voy a llevar a tu casa. Dame un segundo. No te caigas, ¿eh? Voy a recoger el cántaro que llevabas en las manos para devolvérselo a tu madre. Por fortuna no se ha roto.

Parece que aguanto en pie, aunque la cabeza me duele muchísimo. La Paquita me está mirando fijamente, así que, tambaleándome, decido dar unos pasos para alejarme de ella, por si las moscas. Vuelvo a centrar la atención en el señor que me he encontrado al despertar, con la esperanza de recordar algo más. Pero no, no sé quién es. Mis ojos se detienen en la fachada de la que parece ser su casa. La casa sí que me suena. Pero, ¿de qué? ¿Estaré en el pueblo de mi madre? No, no es eso. Estoy en… ¡Móstoles! La fachada no es exactamente igual, no está enlucida en blanco, pero reconozco la ventana mediana y la pequeñita, la forma de la casa, el tejado. ¡Es la casa de Andrés Torrejón! Y este hombre me ha dicho que se llama Andrés. ¿De verdad tendré ante mí al legendario alcalde mostoleño? ¡No es posible! Me giro para observar los alrededores. Hay solo un par de casas antes de la de Andrés. Luego, solo puedo ver un camino de tierra que se pierde en el campo. ¡Madre mía! ¿Y el Móstoles que conozco? Por allí debería estar la enorme Avenida de Portugal, flanqueada por numerosos bloques de pisos. ¿Dónde han ido a parar las calles asfaltadas y los grandes edificios? Observo en la dirección opuesta y veo bastantes casas más, pero nada de edificios altos, son todas pequeñas construcciones que me permiten contemplar el campo en el horizonte. ¡Móstoles está en pañales! Voy de mal en peor. He llegado aquí usando un cuerpo humano como vehículo, sí, pero ni siquiera es mi cuerpo y, además, he aterrizado quién sabe cuándo.

—Andrés —digo tímidamente.

—Dime hijo, ¿te encuentras mejor? —me pregunta.

—¿En qué año estamos? —consulto.

—Pues no, no estás mejor —concluye— ¡Vaya *torrija* tienes!

—¿*Torrija*? Lo que tengo es un traumatismo craneoencefálico en toda regla y ahora estoy sufriendo una enorme conmoción. Espero no tener lesiones cerebrales irreversibles. ¡Dime en qué año estamos! ¡Necesito saberlo! —le pido con desesperación.

—En el 1808, y hoy es lunes 2 de mayo —responde con desgano, y agrega—: de lo que has dicho antes, no he entendido nada.

—¡Apaga y vámonos! —exclamo.

—¿Qué tengo que apagar? —me pregunta—. ¡Qué raro hablas, hijo! Y claro que nos vamos. Que te aguanten tus padres y que llamen ellos a don Severino. El médico tendrá que dilucidar por qué deliras.

—¿Está muy lejos mi casa, Andrés? —le pregunto.

—¡Qué va! Está ahí mismo, ¿la ves? Ahí enfrente. La quinta casa contando desde aquí. La que tiene el poyete de piedra y la parra trepando por la fachada. Esa enorme higuera que asoma por detrás de aquel muro está en el centro de vuestro patio —contesta describiendo todo con asombro.

—¡Ah! ¡Vale! —le digo.

—¡Luiiiiisaaaaaa!, ¡Migueeeeel! —grita con fuerza.

—¿A quiénes llamas, Andrés? —le pregunto.

—A tus padres, *atontao*... ¡Ya verás cómo se va a poner tu madre cuando te vea la cabeza! —añade.

—Don Andrés, ¡buenos días! ¿Qué hace usted con Pedro? ¿Le está molestando? —pregunta Luisa—. ¡Este niño es un demonio! Le mandé a por agua hace un lustro y todavía estoy esperando.

—No, Luisa —dice Andrés—. No me ha molestado. Es que la Paquita le ha *arreao* una buena coz y se ha quedado inconsciente durante un rato. Ahora está un poco desorientado.

Mi madre *postiza* se fija por fin en mí y se lleva las manos a la cara. Se le han abierto los ojos como platos. Debo estar horrible.

—¡Ay, Dios! ¡Cómo tienes la cabeza, hijo! ¡Si te ha dejado hasta la marca de la herradura en la frente! Esto está muy hinchado. Tienes la cabeza deformada. ¡A ver si te ha roto el cráneo la Paquita! —exclama Luisa preocupada.

—¡*Hala*! ¡Qué exagerada eres! Seguro que no tengo tanto *bollo*. Será el clásico chichón de toda la vida —digo.

—¿Qué has dicho? —me pregunta asombrada.

—Que eres una exagerada, ¿mami? —le respondo.

En ese momento, me cae una *torta* del todo inesperada, en plan látigo, una bofetada, rápida y seca; ¡es que ni la he visto venir! ¿Mi madre *de aquí* es una *ninja* del siglo XIX? Está claro: las madres de todos los tiempos tienen una habilidad innata para las artes marciales, debe ser algo inherente a la condición de madre.

—No le dé más golpes en la cabeza, mujer —dice don Andrés—, que bastante ha tenido por hoy.

—Pero, ¿a qué ha venido el bofetón? —pregunto—. ¿Qué he hecho? ¿Por qué me pega esta mujer, Andrés?

—¿Que qué has hecho? —dice ofuscada—. Hablarle «de tú» a tu madre, y por lo que veo también a don Andrés. Un poquito de respeto, por favor, que es el señor alcalde. ¿Y qué es esa ñoñería de «mami»? A mí me llamas «madre», y siempre de usted, ¿entendido? ¿Qué clase de educación te estamos dando?

O sea que, tengo razón, este Andrés es «mi Andrés», mi querido alcalde de Móstoles, Andrés Torrejón. ¡Madre mía! ¡Qué fuerte todo! Si tuviera aquí mi móvil me haría un *selfie* con él ahora mismo. ¡Esto no se lo va a creer nadie!

—¡Niño!¡Niño! —dice don Andrés, con autoridad—. ¡Que te está hablando tu madre! ¿Oyes lo que te está diciendo? Este niño está en la higuera, Luisa.

—¡Claro que la oigo! —le respondo—. ¡Y *la siento* más que la oigo! ¡Vaya leche me ha *soltao* la muy bruta! La oigo pero no la entiendo: ¿por qué os tengo que llamar «de usted» si se supone que ya os conozco? Los niños llaman a sus madres «de tú», de toda la vida.

—¿Otra vez? —dice mamá—. Es que te...

Mamá vuelve a levantarme la mano, esta vez del revés. Controla los dos estilos de bofetada, con la palma y con el dorso. Aunque esta mujer me ha caído un poco mal de entrada, tengo que reconocerle la sofisticación en la técnica: ¡qué elegancia!, ¡qué rapidez! El gesto es impecable, la velocidad no es la de la luz, pero casi; tiene el miembro superior bastante largo, así que el brazo de palanca es bueno; ha levantado su mano derecha hasta llevarla más allá de su oreja izquierda, en plan bufanda; me temo que tal amplitud en el gesto le permitirá desarrollar una enorme fuerza de contracción. Lo veo venir. ¡Esto va a *picar* mogollón! Cierro los ojos esperando el impacto, pero no llega. Cuando los abro, veo que don Andrés ha interceptado la mano de mamá y la sujeta por la muñeca.

—No le pegue más, Luisa —le pide don Andrés con tono de súplica—. Y llame a don Severino, que el chiquillo es siempre muy educado. Está así de raro por el golpe de la Paquita.

—Gracias, don Andrés. Ahora mismo mando a Miguel a buscar a don Severino —dice.

Decido meterme en el papel e intentar fingir que soy el tal Pedro. De lo contrario me va a ir fatal en esta línea de tiempo. Aquí, con menos de nada te llevas una bofetada.

—Madre, no se enfade conmigo —le digo con sumisión—. Tomo nota de lo de llamarle «de usted».

—¿Que «tomas nota»? —me pregunta.

—Sí, quiero decir, que me he *enterao*, que «le copio» —le explico.

—¿«Tomar nota»? ¿«Copiar»? ¿De qué hablas, Pedro? —dice con asombro—. ¡Si no sabes escribir!, nunca has ido a la escuela.

—¡Cómo que no! —protesto—. Mi letra es una de las mejores de la clase, de todo el colegio Villaeuropa diría yo... La profesora Marta me lo dice siempre. Mi letra es prácticamente tan bonita como la de mam...

¡Ya la he liado otra vez! Se me ha vuelto a ir *el personaje*.

—¡Ay, don Andrés! Que tenía usted razón. —dice mi madre—. Este niño está fatal. ¡Miguel! ¡Miguel!

—¿Qué pasa, mujer? —pregunta el tal Miguel apareciendo por la puerta—. ¿Por qué tanto alboroto?

—Vete corriendo a buscar a don Severino. A nuestro Pedro le ha dado una coz la Paquita y está muy malito —le suplica.

—¿Qué pasa hijo? ¡Vaya chichón tienes! Mira que te tengo dicho que nunca te pasees por detrás de los caballos y las mulas. Esa Paquita es un engendro del mal. ¿Estás bien, Pedro? —me pregunta.

Afortunadamente mi padre *postizo* es más cariñoso que mi madre. Me levanta la mano, pero él lo hace para acariciarme la cara y palparme con delicadeza el chichón, no como la otra bestia parda que dice ser mi madre.

—Tengo un poco de pupa, *papi*... —le contesto—. Perdón, quise decir, que me duele un poco la cabeza, *padre*... ¿Lo he dicho bien?

—Este niño no está bien, Miguel —dice mi madre *postiza*.

—Sí, habla raro —concuerda mi padre *postizo*—. Voy a buscar al médico, en el hospital de pobres. Don Andrés, ¿me acompaña? Así, me puede ir dando más detalles de lo sucedido mientras vamos de camino.

—¡Claro que le acompaño! —responde don Andrés—. Tiene usted razón, lo más rápido es ir directamente al Hospital de don Romualdo Marcos. Seguro que don Severino está asistiendo a algún enfermo allí.

Mi madre Luisa me conduce a una habitación para que intente descansar un poco. Coge una palangana y moja un trapo con agua fresquita. Me lo coloca en la frente con delicadeza. El alivio es inmediato.

—Gracias, madre —le digo.

—De nada, hijo —contesta con cariño—. ¡Me has dado un buen susto! Intenta dormirte un poco. Enseguida traerán a don Severino. Seguro que no es nada.

—No, madre. No puedo dormirme ahora —le explico—. No puedo agotar así este *portal* sin haber averiguado nada. Todavía no sé qué hago aquí, tal vez tenga que solucionar algo en esta época. Tampoco he encontrado mi cuerpo ni el *mini yo* de mi madre del siglo XXI.

Me he vuelto a despistar. Tengo que intentar centrarme. Estoy revelando más información de la necesaria. La cara de mi madre Luisa es una mezcla de sorpresa, preocupación y pena. Los ojos le empiezan a brillar y unas cuantas lágrimas resbalan por sus mejillas. Se teme lo peor. Me acaricia suavemente la cara y el pelo.

—Vale, hijo, lo que tú digas —añade apenada.

Se ve que me quiere, pobre mujer. Mi resentimiento inicial por la bofetada de hace un rato empieza a desvanecerse. Mi ansia de venganza desaparece y una enorme ternura ocupa su lugar. La mujer está preocupada por su pobre Pedro. Creo que, como hijo *postizo*, es mi obligación intentar tranquilizarla.

—Madre, cuénteme cosas de mí. A ver si así me vuelve la memoria —le digo.

Mi madre Luisa me cuenta que tengo dos hermanos mayores, que ya están haciendo su propia vida: uno en Navalcarnero y otro en Alcorcón. Yo vine de sorpresa a este mundo, cuando ya no me esperaba nadie. Pedro (o sea yo), también tiene once años. Como no tengo hermanos de mi edad, siempre ando por ahí zascandileando con la nieta del alcalde que es de mi edad. Por lo visto, es mi mejor amiga y se llama Paula.

También me dice que, esta mañana, me había mandado con el cántaro a la fuente, para traer un poco de agua. La fuente está en dirección contraria a donde tuve el accidente; madre Luisa dice que seguramente me pasé por la casa de don Andrés a ver si estaba su nieta por ahí.

No me da tiempo a recopilar más información. Apenas habrá pasado cuarto de hora, pero mi padre ya está de vuelta. Oigo varias voces masculinas que se acercan por el pasillo.

—Ahí lo tiene, don Severino —señala mi padre—. Mire qué destrozo tiene en la frente.

—¡Buenos días, Luisa! ¡Buenos días, Pedro! —saluda don Severino mientras entra a la habitación—. A ver qué tenemos aquí.

—Pues una cabeza del tamaño de un asteroide —le digo—. Me siento como si el cráneo me fuera a reventar en cualquier momento. Me palpita como si tuviera otro corazón en la frente.

—¿Un asteroide? —pregunta con asombro el médico.

—¿Ve como habla raro, don Severino? —comenta mi madre—. Utiliza palabras inventadas.

—Inventadas, lo que se dice inventadas… ¿Qué sabes tú de asteroides, Pedro? —me interroga don Severino.

Ya me he colado otra vez. Es que hablo antes de pensar. A ver cómo salgo yo de esta sin que piensen que estoy poseído o algo así.

—A ver, si estamos en 1808 como me ha dicho don Andrés, el astrónomo Giuseppe Piazzi ya habrá descubierto el asteroide *Ceres*, ¿no? Me acuerdo perfectamente, es una fecha súper fácil de recordar: el 1 de enero de 1801, así que no he dicho ninguna tontería —explico.

—Pero, ¿de qué hablas, Pedro? —me pregunta mi padre.

—Lo que dice es cierto —aclara don Severino—. Tengo la astronomía por una de mis aficiones. Pero no es una información que sea accesible a cualquiera. Este tipo de datos científicos se comparten solo en círculos muy selectos ¿Con quién ha estado este niño últimamente?

—Con nadie, don Severino —responde mi madre—. Está rodeado de cerdos, vacas, gallinas y poco más. A no ser que su nieta, don Andrés, sepa de estas cosas; ella va a la escuela.

—¿Mi Paula? —dice don Andrés—. ¡Imposible!

—Ya averiguaremos eso más tarde —añade mi madre—. Don Severino, estoy muy preocupada. No recuerda nada, ni quién es, ni quiénes somos nosotros.

—Es cierto, yo estaba con él cuando despertó. Le pregunté su nombre y me dijo un nombre raro —acota don Andrés—; algo así como un «chucho».

—¿Chucho? No, don Andrés —le corrijo—. Le dije «Suso», Su-so.

—Déjenme a mí —dice don Severino—. Veamos, Pedro: ¿qué puedes contarme sobre ti y sobre lo que te ha pasado?

—Pues está claro —contesto—. Me despisté y la Paquita me arreó una coz en la zona frontal izquierda, ocasionándome un traumatismo craneoencefálico. Me duele mucho la cabeza y no ha habido herida abierta para drenar la presión, así que, mi principal temor es tener una hemorragia cerebral. Todo cuadra, el dolor de la cabeza, las náuseas que tengo, mi aparente confusión, lo raro que hablo...

—Pero, ¿qué? ¡No entiendo nada! —exclama el facultativo—. ¿Ha venido otro médico antes de llegar yo?

—No, don Severino —contesta mi madre—. Todo eso que dice se lo inventa.

—Pues inventa con mucha coherencia —dice el médico sorprendido—. ¿Qué más síntomas tienes, Pedro?

—No sé si tengo las pupilas asimétricas, don Severino. No me las veo. A lo mejor eso me lo podría mirar usted —le respondo.

—¡Claro, claro! —dice el doctor haciendo caso a mi sugerencia—. Bien, por fortuna hay simetría pupilar.

—¡Menos mal! —suspiro—. A nivel motor, me encuentro bien, don Severino. No noto parestesias ni parálisis en el lado derecho, el contrario al golpazo. Eso es buena señal, ¿no?

—Digo yo... —murmura don Severino con asombro—. ¿Algo más?

—Tengo la sensación de que el dolor de cabeza aumenta al estar tumbado, doctor. Yo creo que si me pongo de pie aliviaría la presión en el cráneo. Además, aquí tumbado, podría dormirme y no es conveniente. Opino que debería levantarme y estar bajo vigilancia por si pierdo el conocimiento o me entra somnolencia. Si me duermo y hay hemorragia craneal podría entrar en coma y no me habría dado tiempo a cumplir con mi misión —le explico.

—¿Tu «misión»? —pregunta don Severino.

—No deje que le arrastre a sus mundos, don Severino —aconseja mi madre—. Céntrese en el diagnóstico y el tratamiento. ¿Qué hacemos?

—Pues lo que ha dicho el chaval —responde—; que se levante y que esté acompañado todo el tiempo. —Y dirigiéndose a mi madre, le dice—: Luisa, puede usted seguir aplicándole compresas frescas para ayudar a que baje la inflamación. Esta tarde a última hora me volveré a pasar a verle.

—Muchas gracias, don Severino —dice mi padre—. Pase usted por la cocina que le doy las dos docenas de huevos acordadas. No le puedo pagar de otra manera. Aún no he ido al mercado a vender, como cuentan que por Madrid las cosas andan revueltas...

—De nada, Miguel, no se preocupe... Mejor no baje a Madrid, acérquese a la plaza del pueblo y venda ahí lo que pueda —le comenta el doctor—. ¡Ah! Pedro, procura no...

—Ya imagino lo que me va a decir —le interrumpo—: que procure no hacer esfuerzos, ni trotar o correr, para mantener la presión del asteroide controlada, ¿a que sí?

—Ehhhh… ¡sí! —responde con cara de asombro—; justo eso, hijo, justo eso.

Sé que me he pasado presumiendo de conocimientos. Mi padre del siglo XXI tiene razón, soy un *niño pera*, un *empollón* y un *redicho* pero ha merecido la pena por ver la cara de don Severino. El hombre se ha ido totalmente *descolocao*. ¡Mientras no se vaya a buscar al cura del pueblo para que me haga un exorcismo, vamos bien!

—Don Andrés, necesito su ayuda —dice mi madre—. Yo no puedo quedarme con Pedro. Tengo a dos vacas a punto de parir. ¿Me haría usted el favor?

—Yo tengo que ir a mis tierras, Luisa —responde don Andrés—. Pero a estas horas ya debe haber venido mi nieta Paula. Estará preparándome el almuerzo para que me lo lleve al campo. Le daré a Paula las indicaciones necesarias para que cuide de Pedro.

—Muchas gracias, don Andrés —concluye mi madre—. Le dejo pues con el crío y marcho a ver a las vacas.

—¡Vaya tranquila! —dice don Andrés—. Todo irá bien. —vuelve la mirada hacia mí y me dice—: Pedro, hijo, levántate y vamos a buscar a Paula.

—Sí, don Andrés —respondo mientras me reincorporo.

Mi madre Luisa, aprovecha el paño húmedo de mi frente para limpiarme un poco la cara. Me apaña un poco el pelo con sus propias manos y me ayuda a levantarme y a ponerme los zapatos.

—Te quedas bajo el cuidado de don Andrés y su nieta, Pedro —me dice—. Ten mucho cuidado y pórtate bien, hijo.

—Lo haré, madre —respondo.

La Paquita (Pixabay)

ME HE «ENAMORAO»

Nos dirigimos caminando de nuevo a la casa de Andrés. Tengo muchas ganas de conocer a la tal Paula. Dicen que somos inseparables. Seguro que es maja y divertida y lista y... ¡Tierra trágame!

—¡Abuelo!¡Abuelo! —grita una niña que viene corriendo hacia Andrés.

¡Es la niña más preciosa que hubiera imaginado nunca! Después de su carrera se abalanza sobre los brazos de Andrés. Es morena, tiene un precioso pelo negro recogido en una coleta baja que le llega hasta la cintura; es más alta que yo y muy delgada. Va vestida con una blusa blanca abullonada y una larga falda marrón que le llega casi a los tobillos. Por encima, lleva una especie de mandil de color granate. Tiene unos enormes ojos almendrados, color miel, con unas pestañas larguísimas. Son unos ojos tan grandes que la hacen parecer irreal, casi como uno de esos dibujos de *manga* diseñados por ordenador. Además, cuando detiene su mirada en mí, me doy cuenta de que sus ojos brillan como las estrellas.

—Paula, ya estás aquí —dice don Andrés—. ¡Qué bien!

—Claro, abuelo, ya le he preparado el morral con la comida, aquí lo tiene —le comenta mientras se lo acerca a las manos—. Me dijo usted que hoy iba a la huerta a remover un poco la tierra y a acabar de hacer los surcos para plantar unos tomates.

—Gracias, hija. Así es. Pero te tengo que encomendar otro trabajo.

—Lo que usted mande —añade Paula con dulzura—. Dígame, abuelo.

—Tienes que pasar el rato con Pedro, hasta que vuelva su padre del mercado o su madre del establo —le encomienda don Andrés—. Me temo que tardarán. La Luisa me ha dicho que tenía dos vacas a punto de parir.

—¡Claro, abuelo! —asiente la bella niña—. Para mí estar con Pedro no es un trabajo, ¿verdad que no, Pedro?

No me veo la cara, pero noto que tengo la boca abierta; creo que hasta he babeado y todo. Siento mariposas en la boca del estómago. ¡Está claro, me he *enamorao*!

—¡Contesta, *atontao,* que te está hablando mi nieta! —grita don Andrés—. Ya está en la higuera otra vez. Este niño no va bien. Paula, yo llevo prisa, encárgate tú del zagal. Tienes que vigilarle porque está un poco raro. Esta mañana le dio una coz muy fuerte la Paquita y se está comportando de modo extraño. Además, no se acuerda de nada. Llévatelo por ahí a dar un paseo tranquilo por el pueblo, para ver si va recordando cosas. ¡Ah! Y nada de trotar ni hacer esfuerzos, ¿de acuerdo? Si ocurre algo, marchas a buscar a don Severino. Nos ha dicho que pasaría toda la mañana en el Hospital de don Romualdo. A Pedro le duele mucho la cabeza y la tiene muy hinchada, ¿ves?

—¡Anda! Es verdad, Pedro. Tienes aquí la firma de la Paquita —me dice Paula apoyando la yema de su dedo índice en mi frente—. Te ha *dao* de lleno, ¿eh? ¡Estás horrible! Y necesitas un buen baño.

Aunque me clava su dedito con fuerza en el lugar del golpe, no me importa. ¡Es tan mona! Por primera vez reparo en mi aspecto. Me miro de arriba abajo. Llevo una camisa que en algún momento debió ser blanca, unos pantalones marrones roídos y cubiertos de polvo y algo en los pies que deben ser zapatos. ¡Lo que daría yo por llevar mis cómodas Skechers o mis zapatitos Fluchos! Menos mal que madre me ha *ateclao* un poco el pelo y la suciedad de la cara antes de venir aquí; si no, lo mismo la muchacha habría salido corriendo del susto. Me decido a contestar. Tengo que demostrarle que no me he *quedao* tonto, como dice su abuelo.

—Paula, sí, el bicho ese maligno que tenéis por mula me ha puesto *fino* —le comento.

—¿Te ha puesto *fino*? —pregunta Paula con cara de sorpresa.

—Y así todo el tiempo, hija —aclara don Andrés—. No hay quien le entienda. Bueno, os dejo solos. A ver si tú descifras en qué idioma habla el zángano este.

Permanecemos en silencio unos instantes, mientras contemplamos alejarse a don Andrés. Paula se acerca a entornar un poco la puerta de la casa de su abuelo, que está abierta de par en par.

—Ya nos podemos ir —me dice.

—¿No cierras con llave? —le pregunto—; a ver si os van a robar.

—¿Robar? Aquí nos conocemos todos. Todos cuidamos de todos. Nadie se atrevería a robar. Además, mi abuelo es el alcalde. Todo el pueblo le quiere mucho y le respeta —me explica Paula.

—De donde yo vengo, te entran a robar incluso estando tú dentro de casa —le digo, y al momento me arrepiento.

—¿De donde tú vienes? —me pregunta con una sonrisa dibujada en el rostro—; si vives cinco casas más abajo.

—Olvídalo, Paula. No sé lo que digo. Estoy confuso y un poco mareado —le miento para zanjar mi descuido.

En cuestión de días, los soldados franceses rondarán el pueblo todo el tiempo. La ubicación estratégica de Móstoles lo convertirá en un lugar de paso continuo para las tropas francesas. Robarán y destrozarán todo lo que encuentren a su paso, arrebatarán la comida y las reservas de los mostoleños, sacrificarán a sus animales. ¡Hasta me da pena la Paquita! Al fin y al cabo, ella no tiene culpa de nada.

—No te preocupes, Pedro —me anima Paula—; tú cuéntame lo que quieras. No importa que digas tonterías. Seguro que si vamos hablando de todo un poco, se te va refrescando la memoria.

En ese momento, Paula me agarra de la mano y comienza a caminar.

—¿Por qué me agarras de la mano? ¿Somos novios o algo así? —le pregunto.

—Ja, ja, ja, ja. No, bobo —me contesta—. ¡Somos amigos! Pero me has dicho que estás mareado, así que mejor te llevo *agarrao*.

—¡Ah, vale! —le digo con gusto.

Solo por esto, me dejaba dar otra coz de la Paquita. Por cierto, ¿dónde andará esa malvada mula? Me giro para asegurarme de que no está al acecho, y me la encuentro, otra vez, mirándome fijamente. Pero, ¿qué le habré hecho yo a esa mala bestia? Vaya *portal* tan poco sofisticado he elegido para viajar: la coz de una mula loca y vengativa.

Paula me hace de guía por el pueblo. Me va contando una a una de quién es cada casa, a qué se dedican los habitantes del pueblo, cómo se organizan los caminos, las calles, las plazas. Dónde están las ermitas, las tahonas, los mesones, las fuentes.

Me hace preguntas de vez en cuando y no acierto ni una sola respuesta. A excepción de la casa de Andrés, no llego a reconocer ninguna de las otras construcciones. Sin los grandes edificios, las calles asfaltadas y los negocios de *mi época*, no tengo referencias y me desoriento con facilidad.

Hay tres grandes ejes en el pueblo: el camino de Extremadura a Madrid, y los antiguos caminos reales, el de Segovia a Toledo y el de Valencia a Salamanca. Paula me señala otra dirección más y me explica que había otra ruta desde Segovia a Andalucía, que también pasaba por el pueblo. Reconozco en esos caminos la estructura radial de las principales calles del Móstoles de mi siglo.

Paula me dice que ella sí va a la escuela y que el maestro les ha contado que Móstoles, hace algunos años, era mucho más importante que ahora, porque era un significativo cruce de caminos. Sin embargo, ahora, el trasiego de viajeros y comerciantes era mucho menor porque la Corona había desplazado ese cruce de caminos a Madrid. Solamente el camino de Extremadura, que partía de Madrid y continuaba pasando por Móstoles, seguía teniendo relevancia.

Me *mola mogollón* haber viajado a esta época. Pero he de reconocer que el pueblo, bonito, lo que se dice bonito, no es. Como a mi madre de verdad, la del siglo XXI, a mí también me gusta el orden, y aquí reina el caos: las manzanas y solares son totalmente irregulares, las casas se agrupan y adosan unas a otras sin ningún orden aparente, dejando entre ellas espacios que se aprovechan como corrales y patios. Incluso hay alguna pequeña huerta urbana. Es la excepción, porque Paula me explica que las grandes huertas y sembrados están en las afueras del pueblo. Por lo visto, se cultivan cereales, legumbres y hortalizas; también hay viñas y algunos olivares.

Las casas se ven un tanto destartaladas, construidas *de aquella manera*, con materiales pobres, debido a los limitados recursos económicos de los lugareños: barro, madera, cañas, cal y yeso. Reconozco perfectamente los ladrillos de adobe: son como los de las casas del pueblo de mi padre Vicente (el del futuro), en Zaragoza. Sin materiales de construcción de calidad, parece que no se arriesgan a construir más de una planta: solo he visto un par de casas con dos alturas. Los muros de las edificaciones son gruesos y las ventanas pequeñitas. La mayoría de los tejados son a dos aguas, de teja árabe. En el hueco que deja el tejado, queda un altillo que sus habitantes utilizan para almacenar el grano de cereal de las cosechas.

Por lo que veo, las casas tienen más fondo que fachada; la casa donde he estado descansando, la de mis padres Miguel y Luisa, era muy oscura, y ahora entiendo por qué: solo tiene luz natural y buena ventilación la habitación que da a la fachada. El espacio se distribuye en alcoba (salón), cocina, despensa y uno o varios dormitorios. Me cuesta entender a Paula cuando me habla de las «oficinas». Resulta que así es como llaman a la zona dedicada a la cuadra, el pajar, el patio, el granero, el corredor o el portal.

Las calles son bastante anchas, o al menos eso me parece. Puede que sea solo una impresión, porque como no hay coches, todo el espacio está disponible para los caminantes. Al fijarme en la gente y en su vestimenta, me da la sensación de encontrarme en el *Mercado Goyesco* de las fiestas de mayo de Móstoles y en las recreaciones de escenas de la época que se hacen cada año. Tengo que cambiar el *chip*: lo que tengo delante no es una recreación. ¡Esto es real! ¡Estoy en 1808! ¡Qué estampa! De vez en cuando pasa algún carromato o jinete montado a caballo. Se me van los ojos observando todo lo que me rodea. Andrés tiene razón, parece que estoy *atontao*.

El firme es muy irregular, de tierra, por lo que hay polvo por todas partes, en suspensión, flotando en el ambiente. Espero que el cuerpo de Pedro no tenga alergia, porque ya lo que me faltaba... ¡empezar a estornudar con la cabeza a punto del estallido!

Hoy está despejado y hay sol. Intento imaginar cómo lucirá el escenario en un día de tormenta: hay muchos socavones y baches en el camino, por lo que seguro que se llenará todo de grandes charcos y barrizales.

Contemplo a una vecina mientras vacía un orinal desde la ventana. Eso me hace prestarle atención a mi olfato. El olor no es nada agradable. Podríamos decir que el ambiente *pesa* olfativamente hablando. Está claro que los sistemas de alcantarillado no han llegado aún al pueblo; si no han llegado, en algún sitio tienen que acabar las aguas fecales, ¿no? Caminaré con cuidado, las deposiciones de los animales domésticos y de las caballerías están por todas partes.

—Pedro, llevo un buen rato hablando sola —dice Paula—. ¿No reconoces nada? —me pregunta.

—A decir verdad, creo que sí —respondo—. Por fin veo algo que me resulta familiar. Este edificio debe ser el ayuntamiento, ¿no? Coincide con la ubicación del nuevo. Y esa es la iglesia de Nuestra Señora de la Asunción, ¿verdad? No está exactamente igual que en mi época, pero reconozco el ábside y la torre: arte mudéjar de los siglos XII y XIII y ese toque románico tardío del siglo XIII en el ábside.

—¿Tu época? ¿Arte mudéjar? ¿Románico? —pregunta Paula con cara de asombro—. Pedro, ¿qué está ocurriendo aquí?, tú no vas a la escuela. Nunca has sabido ese tipo de cosas.

En ese instante, dejo de caminar. Me giro hacia Paula y me dirijo a ella con tono muy serio:

—Paula, tienes que escucharme con atención —le digo—; yo no soy Pedro. Bueno, tengo el cuerpo de Pedro, pero mi mente es la de otro niño que se llama Suso. Vengo del año 2021. No tengo ni idea de cosas de campo, ni de cuidar al ganado, pero sé leer, escribir, usar ordenadores y móviles y hasta hablo francés, inglés, portugués y un poco de chino. ¡Necesito que alguien me crea!

La cara de Paula es todo un poema. La tengo *en shock*. Decido envalentonarme y seguir adelante.

—Mira, también reconozco la ermita de Nuestra Señora de los Santos. Ahí está, en esa colina. En el futuro tendrá una preciosa escalinata escoltada por dos enormes rosaledas. Y ahí, entre La Asunción y Los Santos, estará la Fuente de los Peces. Los peces serán esculpidos por un tal Juan Lorenzo, que además será un reconocido maestro chocolatero de Móstoles. No sé si habrá nacido ya, porque nunca me aprendí su fecha de nacimiento... Lo que sí sé es que la fuente será inaugurada en el año 1852 y tendrá un agua tan rica que nacerá la leyenda de que «quien bebe el agua de la Fuente de los Peces se queda a vivir en Móstoles». El agua saldrá de la boca de dos delfines de metal con una cara muy simpática, y el agua sobrante de la fuente nutrirá el lavadero que construirán justo ahí, al sur de la plaza del Pradillo. Bueno, en realidad serán un conjunto de pilones donde se reunirán las mujeres para lavar la ropa. Pero en mi época, sí que construirán un bonito lavadero como homenaje al antiguo.

La muchacha sigue muda. Intento que interactúe conmigo haciéndole una pregunta.

—Paula, esa otra fuente que me has enseñado, la que está un poco más abajo, ¿cómo has dicho que se llamaba?

—La fuente de «los pilares del concejo» —balbucea.

—Cuando la gente vea lo buena que es el agua de la Fuente de los Peces, dejará de usar la fuente de «los pilares del concejo» y se convertirá en un abrevadero de ganado —concluyo.

—Ahora lavamos la ropa en este arroyo que pasa por la plaza; nadie ha hablado nunca de construir un lavadero —dice Paula.

—Nunca me imaginé que por el centro del pueblo hubiese pasado ningún arroyo. ¡Qué *pasote*! ¡Si ahora pasa el metro! ¿Qué habrá ocurrido con el agua del arroyo? —me pregunto y ella me mira boquiabierta.

—¿El metro? —pregunta ella.

—Es una especie de ferrocarril, pero subterráneo. Madrid tendrá uno de los mejores metros del mundo en el siglo XXI. Y llegará a Móstoles, a Alcorcón, a Fuenlabrada —respondo.

—¿Ferrocarril? —pregunta Paula.

—¿Cómo? ¿El ferrocarril tampoco ha llegado a España? —pregunto desconcertado—. Es verdad, perdona Paula. Pero está a puntito de hacerlo; si no recuerdo mal, en 1802, el ingeniero inglés Richard Trevithick y su compatriota Andrew Vivian patentaron el invento: imagínate una especie de carro de metal que se llamará locomotora; gracias a la fuerza del vapor se desplazará sobre unos rieles o vías por medio de un engranaje que moverá sus ruedas. El primer ferrocarril circulará en Gran Bretaña, en 1825. A España no llegará la primera línea ferroviaria hasta 1848 —explico.

Parece que Paula, por fin, ha salido de su letargo.

—¡Cuéntame más cosas! —me pide, entusiasmada—. Pero, como me estés engañando, te juro que no te vuelvo a dirigir la palabra. Me estás contando cosas del futuro y eso no puedo comprobarlo. ¡Seguro que te lo estás inventando todo!

—¡Que no, Paula! —le aseguro—; ¿tú sabes por qué Móstoles se llama así?

—La verdad es que nunca me había hecho esa pregunta —me dice—. ¿Por qué?

—Es solo una teoría sin confirmar, pero parece ser que Móstoles es de origen romano; se encontrarán o se han encontrado ya, eso no lo sé, algunos restos arqueológicos que demuestran que los romanos estuvieron aquí —le explico—. Tú me has dicho que hay olivares y viñas, y que el aceite y el vino de Móstoles tienen muy buena calidad, por eso me he acordado de esta interesante hipótesis: «Móstoles» podría proceder etimológicamente de las palabras *mustum* y *olea,* que significan «mosto» y «aceite de oliva». Se ve que ambos cultivos han sido importantes aquí durante mucho tiempo —concluyo.

—¡Qué bonito, Pedro! —dice Paula mientras me mira fascinada—. Eso sí me ha gustado.

—¿En serio que no empiezas a sospechar que «yo» no soy «Pedro»? ¿Sabría tu amigo Pedro algo así? ¿Qué más puedo hacer para que me creas? —le suplico.

—Se me ocurre una cosa —me dice entusiasmada—; ven conmigo.

—¿A dónde vamos? —le pregunto.

—Volvemos a casa de mi abuelo. Allí tengo todo lo necesario para saber si estás diciendo la verdad o no —contesta, mientras me toma de la mano.

Volvemos a casa de Andrés por un camino diferente. Desde la iglesia de Nuestra Señora de la Asunción atravesamos un par de solares, dejamos atrás unos cuantos grupos de casas y aparecemos rápidamente en la casa de Andrés por la parte de atrás. Entramos por el patio directamente a la cocina. Paula me conduce al despacho de su abuelo: abre un escritorio y saca un papel, una pluma y un recipiente con tinta.

—Eres muy listo, ¿no? —me dice mirándome a los ojos—. Sabes historia, leer, escribir, idiomas... Pues, ¡demuéstralo! Escribe, escribe —me reta—, ¡seguro que no sabes ni con qué mano agarrar la pluma!

—Trae *p'acá*, incrédula —le respondo—. Lo que pasa es que siempre he escrito con *bolis* y lapiceros, nunca con pluma y tinta. ¿Alguna recomendación?

—Nada complicado: mojas la punta, escurres un poco para no hacer borrones en el papel y, cuando notes que te quedas sin tinta, vuelves a mojar. ¿Serás capaz? —me dice desafiante.

—¡Lo vas a *flipar!* —le aseguro—; quiero decir, ¡te vas a quedar con la boca abierta! ¿Qué quieres que escriba? —pregunto.

—¡Sorpréndeme! —concluye.

Miro la cara de Paula y me doy cuenta de que está convencida de que no sé escribir. He conseguido impresionarla con algunos de los datos que le he dado en el paseo, pero aun así no me cree. Tengo que escribir con mi mejor letra y, además, algo impactante, que desvanezca sus dudas por completo. Necesito que alguien me crea, necesito que alguien me llame por mi nombre. Si no, ¡siento que me voy a volver loco!

—¡Voy!, pero no me mires fijamente, que me pones nervioso —le digo—. ¡Me recuerda a la mirada de la mula de tu abuelo!

—De acuerdo —asiente Paula—; me retiraré un poco.

Me concentro al máximo. Mojo la pluma en la tinta tímidamente; quiero comprobar la viscosidad del líquido para no gotear ni hacer borrones por el papel. Empiezo a escribir:

«Móstoles, a 2 de Mayo de 1808. Mi nombre es Suso Romeo, tengo once años y vengo del año 2021. Mis sueños me han traído a un día muy importante para la historia de España. Hoy, España se levantará contra los franceses. Andrés Torrejón, alcalde de esta villa, firmará un bando para sacar a los españoles de su letargo: "La Patria está en peligro, Madrid perece víctima de la perfidia francesa; españoles: acudid a salvarla"».

—¿Puedo mirar ya? —me dice impaciente—. Estás tardando mucho. ¿Tanto se tarda en escribir tu nombre? Porque imagino que, como mucho, habrás conseguido escribir «Pedro».

—Ya puedes mirar —le respondo, y le acerco el papel.

Que sea lo que Dios quiera. Espero que no se desmaye. ¡No tengo yo hoy el cuerpo para más sobresaltos!

Paula coge el papel. Sus ojos se abren al máximo. Ya eran grandes de por sí, así que ahora parece que se le van a salir de las órbitas. Mientras lee, noto cómo le empiezan a temblar las manos. Cuando termina, me mira con una expresión confusa. Mis conocimientos sobre lenguaje corporal me ayudan a interpretar que está a medio camino entre la sorpresa y el espanto. No dice nada. El silencio se me hace incómodo y eterno.

—Paula —le digo mientras la miro—; dime algo. ¿Estás bien?

—No... Sí... —titubea—; bueno, no sé. Tú... no eres mi amigo Pedro. ¿Quién eres?

—Lo pone ahí, te lo acabo de escribir —le insisto—. Me llamo Suso y vengo del siglo XXI. Ayer me acosté y, al despertar, he venido a parar al cuerpo de tu amigo Pedro.

—Suso… —murmura.

Escuchar mi nombre de la boca de Paula es auténtica música para mis oídos. Yo mismo empezaba a dudar de mi identidad.

—Suso es un nombre muy raro —comenta.

—Es un diminutivo cariñoso, una especie de mote. Así me llaman mis padres y mis amigos. En realidad me llamo Jesús. Ya ves, te empiezan a llamar «Jesusito», luego «Susito» y finalmente, la cosa acaba en «Suso».

—Suso… —repite ella intentando asimilar la información.

¡Madre mía! Está en una especie de trance. ¡Esta chica se ha *quedao p´allá*! Como venga don Andrés y la vea así, me llevo otro par de bofetadas. Aquí, por menos de *na*, te cruzan la cara. ¿Cómo conseguir que reaccione? «Piensa, Suso, piensa».

De repente, empiezo a escuchar un montón de voces que se acercan a la casa. En unos segundos, Paula y yo estamos rodeados. Don Andrés ha vuelto acompañado de cuatro hombres más. Se les ve nerviosos y muy alterados. Creo que el gran momento ha llegado.

Pluma, tinta y papel (Pixabay)

EL GRITO DE LIBERTAD ESPAÑOLA

Don Andrés da un grito tan enérgico que hace *regresar* a Paula al instante.

—Paula, ¿estáis aquí? ¡Menos mal! —dice aliviado—. Necesito que vayas corriendo en busca de tu madre, tu hermana y tu tío Claudio. Quiero teneros aquí en casa, por lo que pueda pasar.

—Sí, abuelo. Pero, ¿qué ocurre? —pregunta Paula.

—No preguntes y corre —contesta don Andrés—. ¡Apresúrate!

Me levanto y me dispongo a marchar con Paula, pero Andrés me detiene con otro grito.

—¡Tú no, Pedro! —me ordena—. Paula irá corriendo y don Severino ha indicado que no hagas esfuerzos. Tú te quedas aquí con nosotros.

—Sí, señor, como usted diga —respondo.

—No les estorba el chico, ¿verdad caballeros? —pregunta a sus acompañantes—. Ha tenido un accidente hoy y el médico ha ordenado tenerlo bajo estricta vigilancia. Es el hijo de unos vecinos.

—¡En absoluto, Andrés! —contesta uno de los caballeros—. ¿Cómo te llamas, chico? —pregunta dirigiéndose a mí.

—Dicen que me llamo Pedro —respondo.

—¿Dicen? —pregunta sorprendido el mismo hombre—. Pues sí que te has dado un buen golpe, muchachito. De lo que hablemos aquí hoy, no puedes contar nada a nadie, ¿de acuerdo? ¿Sabrás guardar el secreto?

—Soy una tumba, señor —le aseguro con voz seria—. Puede contar conmigo. ¿Cómo se llama usted?

—Soy Juan Pérez Villamil, o eso dicen —aclara, mientras suelta una carcajada.

¡Qué tío más majo! Me ha acariciado la cabeza mientras se reía. Tiene un acento asturiano inconfundible. Habría sabido quién era aunque no me lo hubiera dicho. Estoy delante del mismísimo Juan Pérez Villamil. Los otros tienen que ser Esteban Fernández de León, Pedro Serrano y Simón Hernández. Pero no sé cuál es cuál. ¿Será posible? He *caído* en la reunión dónde se decidirá el futuro de España, el cónclave clandestino que marcará el inicio de la Guerra de la Independencia.

Mientras ellos se presentan y se saludan, yo intento esforzarme para traer a mi *memoria de trabajo* los conocimientos de historia que tengo almacenados en mi *memoria a largo plazo*. Voy a necesitar todos los datos que pueda recuperar para no perderme nada de lo que se hable aquí hoy. ¡Gracias, *papá Vicente*! Mi querido *oso panda* me contaba tantas cosas de historia…

—¿No sería mejor que fuésemos al ayuntamiento? —propone otro de los hombres.

—No sé, Simón —responde don Juan—. Son muchos los ojos que vigilan. Tal vez sea mejor y más discreto que despachemos aquí.

Es curioso. Yo tenía entendido que la reunión tenía lugar en la Casa Consistorial, pero por lo visto los acontecimientos van a ocurrir en la casa del mismísimo Andrés. Gracias a su intervención, he identificado también al otro alcalde de Móstoles, don Simón Hernández. Es un poco más joven que Andrés, tendrá unos sesenta años. Y también es fuerte y moreno. Otro recio labrador, como Andrés.

—¿Qué es tan grave para que me hayan sacado ustedes a rastras de mis terrenos? —protesta don Andrés.

—Créame *uzté, don André*. La gravedad de la situación justifica la premura por traerle de vuelta al pueblo —explica el que, por su acento es sin duda alguna, Pedro Serrano, conocido como *El Postillón andaluz*.

—Don Pedro tiene razón —dice don Juan—. Le pongo en antecedentes, Andrés. A eso de las cinco de la tarde paseaba yo con varios amigos por el camino de Extremadura cuando un emisario llegó hasta el grupo a toda velocidad. Le dimos el alto y le pedimos que se identificase. Enseguida, percibimos su nerviosismo. Se negó a identificarse e intentó emprender la marcha sin dar respuesta. Afortunadamente, el caballo, que era tan nervioso como el jinete, se encabritó y varios objetos cayeron de las alforjas. El emisario consiguió huir pero tenemos en nuestro poder las órdenes secretas que transportaba.

—¿Qué órdenes? —pregunta preocupado don Andrés.

—Portaba un documento que avisa a las autoridades competentes de que, bajo ningún concepto, intenten interceptar los movimientos de los soldados franceses que pasen por sus tierras —aclara don Juan.

—¿Pretenden que dejemos campar a los franceses a sus anchas? —pregunta don Andrés—; ¿qué está pasando aquí?

—Hemos sido traicionados —dice don Juan—; han entregado España a los franceses.

—Entonces, los rumores que llegan de Madrid, ¿son ciertos? —añade don Simón.

—Lamentablemente no son rumores —explica don Juan—. Después de interceptar al emisario, nos dimos la vuelta para regresar al pueblo y entonces nos encontramos con otro grupo de personas que huían de Madrid. Cuando estuvimos cerca, nos dimos cuenta de que sus rostros reflejaban pánico y desesperación. Buscando entre ellos alguna cara conocida, me encontré a mi buen amigo Esteban, aquí presente, y a este otro caballero, don Pedro Serrano. También venía en el grupo nuestro párroco, Fausto Fraile. Puede confirmar todo lo que les vamos a contar. Prosiga usted con la narración de los acontecimientos, Esteban.

Entonces don Esteban Fernández de León continúa con el relato:

—Yo salí de Madrid a eso de las once menos cuarto, y cuando estaba muy próximo al puente de Toledo me encontré expuesto al fuego de fusil y cañón que por allá se hacía. Los madrileños se han amotinado. Están luchando con lo poco que tienen a mano. El pueblo está solo, batiéndose en Madrid contra las tropas de élite del general Murat, los mamelucos de Egipto y los coraceros. Ha sido un espectáculo horrible, una matanza. El caos y el miedo dominan las calles de la capital. Proseguí raudo hasta Alcorcón y de allí partí con mi familia hacia aquí, hacia Móstoles, en compañía de don José de Ibarra, el cura don Manuel García, don Pedro Serrano y seis soldados. —hace una pausa nerviosa y prosigue—. Como le comentaba don Juan hace un instante, también nos encontramos con su joven sacerdote, Fausto Fraile, que venía veloz, montado a caballo y con el rostro totalmente desencajado después de ser testigo de lo que había acontecido en la jornada madrileña. Finalmente, tropezamos con el grupo de don Juan y procedí a narrarle la masacre de la mañana en Madrid. Sin más dilación, nos dirigimos a buscarles a ustedes, don Andrés, don Simón.

—¿El pueblo amotinado? Pero, ¿dónde está el ejército? —pregunta escandalizado don Simón.

—El ejército permanece acuartelado —apunta don Esteban—, salvo los oficiales y soldados del Parque de Artillería de Monteleón.

—A estas horas ya ni siquiera podemos contar con ellos —añade don Pedro Serrano—. Las últimas personas que se unieron al grupo cuando veníamos de camino a Móstoles nos informaron de que el cuartel de Monteleón había caído: sesenta militares valientes y un centenar de civiles hicieron lo imposible por resistir, pero fueron derrotados a eso de las dos de la tarde. Con ello, los franceses dan por finalizado el motín. La represión ha sido muy violenta y me temo que las represalias lo serán aún más —se lamenta.

En ese momento, Andrés se gira y se dirige a mí.

—Pedro, hijo, sal a la puerta de la casa y al primer vecino que encuentres, dile que marche a buscar a don Fausto, el párroco.

—¡Sí, señor! —respondo con diligencia.

Lo primero que veo al asomarme a la puerta es a la Paquita, ¡cómo no! Salgo sigilosamente de la casa y me pego todo lo que puedo a la pared para proteger mi retaguardia. Me deslizo unos metros hasta la casa de al lado y oigo voces dentro. Al instante, un chaval un poco mayor que yo sale de la casa con un gato en brazos.

—Hola —le saludo—; ¡necesito ayuda!

—¿Qué te pasa Pedro? —me dice el chaval—. Ya me han *contao* lo de la coz de la Paquita, ¿estás mejor?

—Debe ser que no, porque no sé quién eres —le contesto.

—Pues sí que te ha *dao* fuerte la mula, ¿no? —añade sorprendido—. Soy *el Daniel*.

—¡Ah! ¡Daniel! Pues encantado de conocerte... otra vez, supongo —le digo—. Oye, tengo un encargo importante del señor alcalde: me ha pedido que le encomendara al primer alma que se cruzase en mi camino la importante misión de ir a buscar al párroco, don Fausto —le comento—. ¿Irás por mí? Yo no puedo correr, me lo ha prohibido el médico.

—¿Un encargo de don Andrés? —pregunta Daniel—. ¡Por supuesto que puedes contar conmigo! Encontraré al cura, aunque tenga que levantar la última piedra del pueblo.

—Gracias, Daniel —le contesto.

Todo el mundo respeta y quiere a don Andrés, Paula tenía razón. En esta época no hay móviles, ni televisión, pero las noticias corren que vuelan. Todo el pueblo sabe lo de mi coz y me temo que, en breve, todos también sabrán lo que está ocurriendo. Me apresuro a volver a la casa. No quiero perderme nada. La Paquita sigue ahí.

—¡Paquita bonita! Vamos a llevarnos bien, ¿vale? Yo ahora entro en la casa y aquí no ha pasado nada, ¿eh? —le digo con voz pausada.

Lo consigo. Me clava los ojos de nuevo pero decide que no merece la pena moverse. ¡Menos mal! Enfilo el pasillo hacia el despacho. Las voces de los hombres se oyen desde la calle.

—Ya está, don Andrés —le digo al entrar en el despacho.

—Gracias hijo —responde—. Siéntate por ahí y no hagas ruido.

Parece que no me he perdido nada: en mi ausencia han aprovechado para mover la mesa del despacho y colocarla en el centro de la habitación. Han traído taburetes de la cocina y permanecen todos sentados, observando el documento y los objetos sustraídos al emisario.

—Aquí hay otro papel —comenta don Simón—, pero no entiendo lo que dice. Este documento ni siquiera estaba lacrado...

¿Otro documento? No tengo conocimiento de que se le sustrajeran dos documentos al emisario. Papá solo me había hablado acerca de la orden de no interceptar a los franceses en su avance. Tengo que acercarme a ver de qué se trata. Me asomo con cuidado entre las cabezas de don Andrés y don Simón.

—¡Ah! ¡No es nada nuevo! —exclamo—. Se trata del mismo mensaje pero escrito en francés. Se ve que alguien lo escribió en francés y ordenó que se tradujera al español para su envío.

Ya lo he vuelto a hacer. Soy un *bocachancla*. Al instante, me encuentro observado por cinco pares de ojos que se me clavan como alfileres. ¿Cómo interpretar esas miradas? Sorpresa, incredulidad, y ¿un poco de espanto? Me ejecutan por espía aquí mismo. La he *cagao*, pero bien.

—Pedro, ¿qué está pasando aquí? —me pregunta don Andrés con desconfianza—; ¿con quién has hablado? Tú nunca has ido a la escuela, no sabes leer y mucho menos francés. ¡Si es una broma, no es el momento! —añade visiblemente enfadado.

—El chico tiene razón, Andrés —corrobora don Juan—. Es el mismo texto en francés. Debe tratarse del mensaje original. ¡Quién sabe si escrito del mismísimo puño y letra del general Murat!

—No es posible —aclara don Andrés—. Conozco a este niño desde que nació. Y no sabe leer ni escribir. ¿Quién eres? ¡Tú no eres el pequeño Pedro!

Un escalofrío me recorre la espalda. No tengo ni idea de qué hacer. Explique lo que explique nadie me va a creer. En ese momento, don Juan Pérez Villamil retira los dos documentos de la mesa para observarlos con detenimiento y, al levantarlos, aparece debajo el trozo de papel con el que intenté convencer a Paula de mi identidad. Está boca abajo, puede ser que no vean lo que hay escrito en él. ¡Mi gozo en un pozo! Esteban se decide a coger el papel, se da cuenta de que hay algo escrito y empieza a leerlo en alto:

—«Móstoles, a 2 de Mayo de 1808. Mi nombre es Suso Romeo, tengo once años y vengo del año 2021. Mis sueños me han traído a un día muy importante para la historia de España. Hoy, España se levantará contra los franceses. Andrés Torrejón, alcalde de esta villa, firmará un bando para sacar a los españoles de su letargo: "La Patria está en peligro, Madrid perece víctima de la perfidia francesa; españoles: acudid a salvarla"».

—Pero, ¿qué…? ¡No entiendo nada! —exclama don Andrés—; ¿quién ha escrito esto?

¡Me han pillado! Ya no hay vuelta atrás. Percibo el calor en mi rostro. Ahora mismo debo estar *colorao, colorao*. Don Andrés detiene su mirada inquisitiva sobre mí.

—¡No puede ser! —grita don Andrés.

No tengo más remedio que intervenir y confesarlo todo.

—Sí, sí puede ser, señor. Lo siento, he sido yo. Quería demostrarle a Paula que sabía escribir.

—¿Es alguna especie de juego? ¿Cómo se te ha ocurrido escribir algo así? —me pregunta don Juan.

—No es ningún juego, señor —le respondo—. Me acosté el 9 de septiembre de 2021 siendo un niño que se llamaba Suso. Y hoy, he abierto los ojos en el cuerpo de un niño que se llama Pedro y estoy aquí con ustedes, en el año 1808. Sé que no me van a creer, pero por favor, no soy ningún espía ni tampoco soy un brujo. ¡No me quemen en la hoguera! —les suplico—. Vengo del futuro y soy un niño muy inteligente. Me gustaba mucho estudiar y aprender cosas de historia. También soy de Móstoles, pero del Móstoles de 2021, un Móstoles enorme, donde viven más de doscientos mil habitantes. Por eso sé tantas cosas de lo que va a pasar hoy. He investigado mucho sobre la historia de mi ciudad.

—¡Más te vale no estar mintiendo! —me increpa don Andrés—. Si has escrito esto, no te importará escribir algo más, ¿verdad? Siéntate aquí y, ¡empieza! Escribe aquí, justo al lado de tu otra «obra», para que podamos comparar la letra.

Andrés se levanta de su silla para cedérmela. Me coloca el papel delante y me acerca la pluma y la tinta. No sé qué escribir. Ya no puedo decir que no sé nada, por lo que decido tirarme de cabeza a la piscina. Comienzo a escribir, encomendándome a Dios por lo que pueda pasar.

—Necesito un poco de espacio —les pido—. Si me observan tan fijamente me agobio y me bloqueo.

—¡Escribe! —me ordena don Andrés.

Me esmero al máximo; todavía no he cogido el puntillo a lo de la pluma y la tinta. Ya que no me dejan intimidad, abrazo con el brazo izquierdo el papel y bajo la cabeza al máximo, para intentar que no me vean mientras escribo. Tengo pillado el gesto, que es el que uso para evitar que el jeta de mi amigo Rodrigo me copie la solución de los problemas de *mates* en el cole.

—Ya está —anuncio.

Esta vez es don Juan quien lee en voz alta:

—«No hay fuerzas que prevalezcan contra quien es leal y valiente, como los españoles lo son».

En ese instante, se hace un silencio sepulcral. Yo mismo tengo un nudo en el pecho y adivino el mismo nudo en el pecho de mis interrogadores. A todos los presentes nos duele España. Yo sé, y ellos intuyen, todo el sufrimiento por el que van a pasar los españoles. La alusión al valor y la lealtad del pueblo español les ha llegado al corazón.

—¿Qué hago yo contigo ahora? —me pregunta don Andrés.

La súbita aparición de un hombre en el despacho nos sobresalta a todos. La situación era tan tensa que ninguno le hemos sentido entrar.

—Don Fausto Fraile, ¡gracias a Dios! —exclama don Juan—. ¡Qué susto nos ha dado!

—Caballeros —dice don Fausto—, aquí estoy. ¿Ya han puesto ustedes al corriente a los alcaldes?

—Justo en eso estábamos, don Fausto —contesta don Juan—. Pero ha surgido un «problema» adicional.

Los allí presentes me miran todos a la vez. Hasta siendo poseedor del gen *notecoscas* de mamá, soy capaz de darme cuenta de que «yo» soy el «problema».

—Venga usted conmigo, don Fausto —dice don Andrés—. Necesito que hablemos en privado.

Don Andrés conduce a Fausto Fraile a la cocina. Les oigo cuchichear pero no soy capaz de entender lo que dicen. Don Simón, don Esteban, don Pedro y don Juan no me quitan el ojo de encima. No sé si decidirán ejecutarme, así que, de momento no les guardo rencor sino un enorme respeto y admiración. Me entretengo recordando mentalmente sus cargos y su importante papel en los acontecimientos de este día.

Juan Pérez Villamil hoy cumple cincuenta y cuatro años. ¡Vaya manera de celebrar su *cumple*! Pobre hombre. Es un señor culto y educado. Hasta estudió en la Universidad de Oviedo. De hecho, creo recordar que es miembro honorario de la Real Academia de la Lengua (espero no haber cometido ninguna falta de ortografía en mi reciente demostración). Si sobrevivo un rato más, confirmaré que fue él el artífice e instigador del Bando de la Independencia. Tiene importantes cargos: auditor general, secretario del Almirantazgo y fiscal togado del Consejo de Guerra. Está claro que, por los ambientes en los que se mueve en Madrid, tiene mucha información. Su presencia aquí hoy, en primera línea, se explica porque también tiene una casa de descanso en Móstoles, con su huerta y sus terrenillos, en la calle que va hacia Navalcarnero. Por eso pasa aquí largas temporadas.

Esteban Fernández de León es un buen amigo de Juan Pérez Villamil. Fue intendente del Ejército, así que también tiene muchos contactos. Hoy venía a darle una importante noticia a su amigo Juan, cuando todos los acontecimientos se precipitaron ante sus ojos y en Madrid empezó la masacre.

A Pedro Serrano, el andaluz, la historia le recordará como *El Postillón*. El mote le viene por su profesión: *mozo de postas*. Si todo va bien, antes de las siete de la tarde marchará raudo por la carretera real de Extremadura para portar copias del documento que se redacte en este encuentro.

Simón Hernández es el otro alcalde de Móstoles. Como os decía, también es labrador, igual que don Andrés. Se le ve mayor, aunque no tanto como este último. Yo diría que estará en torno a los sesenta años. Tiene cuatro hijos. Uno de ellos, Antonio Hernández, es también mozo de postas, como Pedro Serrano. Los mostoleños le conocen como Antonio *El Postillón*. Según los datos que tengo, debería estar al caer. Acompañará a Pedro Serrano en parte de su camino.

El regreso de don Andrés me saca de mi mundo de conjeturas y datos históricos.

—Caballeros, efectivamente, don Fausto me confirma toda la historia que me han contado ustedes —afirma don Andrés—. También le he puesto al día de nuestro pequeño «descubrimiento».

He dejado de ser un «problema» y ahora soy un «descubrimiento». Lo sé porque don Andrés me está mirando otra vez.

—Pedro, hijo —me dice don Fausto—. Yo también te conozco desde que naciste. Se me hace difícil creer lo que el señor alcalde me ha contado en la cocina.

Empiezo a inquietarme. El tiempo pasa. A las siete, dos jinetes deberían estar de ruta portando un mensaje que todavía no se ha escrito. Creo que me tengo que poner serio. Yo no debería ser el centro de atención.

—Pues tendrá que hacer usted un acto de fe, don Fausto —le digo con tono imperativo—. Yo más no les puedo contar. Si creen que estoy mintiendo, échenme a patadas de aquí; si creen ustedes que estoy poseído, háganme un exorcismo; pero lo que sea, decídanlo ya y pónganse a hacer su trabajo. El tratado de Fontainebleau ha sido una patraña. Manuel Godoy no es trigo limpio. Nos han tomado el pelo.

¿Qué más pruebas necesitan? ¡Estamos aquí hoy para demostrar que los españoles no somos tontos!

—¿Y tú qué sugieres, niño? —me pregunta don Juan.

—¿Yo? Nada —respondo—. Estoy aquí para ver si usted se decide a hablar por fin, don Juan. Es usted el que ha convocado a los alcaldes con un objetivo muy claro. La nueva Junta de Gobierno, de la que usted formará parte, aún no se ha constituido. Por eso, necesita a alguien que dé validez legal al documento que quiere redactar.

La cara de Juan Pérez Villamil se queda blanca como la nieve. Intercambia una mirada —de las que matan— con su amigo Esteban.

—Te juro que yo no he hablado con nadie en el pueblo, Juan —se excusa don Esteban—. La información me ha sido facilitada esta mañana en Madrid y he acudido raudo a comunicártela.

—¿Qué está pasando aquí? —pregunta don Andrés con suspicacia.

—Don Juan —le digo—; los alcaldes merecen saberlo.

Puede que esté cambiando la historia, pero nunca me pareció justo que Andrés y Simón firmaran el documento, arriesgando sus vidas, sin saber quién estaba detrás del plan. A papá y a mamá (mis padres del siglo XXI), siempre les han encantado las conspiraciones y los misterios. Este tipo de detalles les apasionan. Pasamos unas horas muy entretenidas discutiendo sobre este tema hace tiempo. Estoy deseando saber qué cuenta don Juan. *Papi* siempre pensó que el propio rey exiliado estaba organizando el *cotarro* desde su exilio.

—Ya hablaré contigo luego, pequeño *metomentodo* —me amenaza don Juan—. Señores, el chico tiene razón; no sé quién le ha proporcionado la información, pero está en lo cierto. Todos sabemos que la actual Junta de Gobierno está controlada por el sanguinario general Murat, cuñado de Napoleón. Ha sido organizada una nueva Junta de Gobierno, de la que he sido nombrado miembro. Me he enterado hoy mismo por boca de mi leal amigo Esteban Fernández, aquí presente. Pero los nuevos miembros ni siquiera nos hemos reunido ni hemos tomado posesión de nuestros cargos. Por esto, carezco de autoridad para firmar ningún documento —plantea desconsolado—. Es por ello que recurro a ustedes, don Andrés, don Simón, como alcaldes de esta Villa, para que me ayuden a redactar un bando con el que podamos alertar a todos los pueblos posibles y así, todos unidos, organizar mejor nuestra resistencia contra los franceses.

—Pero, ¿quién está detrás de todo esto? —pregunta don Andrés—. ¿Podemos fiarnos?

—Ninguno tiene toda la información —explica don Juan. Pero sospecho que son los propios gobernantes los que están detrás, el mismísimo Fernando VII y sus asesores. Han hecho tantas concesiones a los franceses que al final se han encontrado atados de pies y manos. Ahora intentan liderar de algún modo el levantamiento contra el enemigo. Si se hace de manera descentralizada y caótica no tendrá mucho recorrido. —Y agrega, mientras camina nervioso en círculo, en medio de la sala—. Miren, sin ir más lejos, el motín de Aranjuez del pasado mes de marzo; lo de Madrid, puede acabar también hoy mismo si no hacemos nada.

—Los madrileños han plantado hoy una semilla —añado—. De nosotros depende que dé sus frutos; si ustedes no hacen nada, el grito de libertad de los madrileños se perderá en el viento. Hoy, estamos aquí para que el *Bando de la Independencia* vea la luz.

—¿El *Bando de la Independencia*? —pregunta don Simón—. Pero, nosotros, unos simples alcaldes de pueblo, ¿podemos hacer eso?

—Según la legislación tradicional castellana, los ayuntamientos tienen la obligación de emprender la defensa del territorio en caso de invasiones extranjeras —aclara don Juan—, especialmente en el caso de faltar el rey y no tener libertad sus representantes inmediatos, es decir, la Junta de Gobierno.

—¡Pero tendremos un problema con los militares! —plantea don Esteban—. La jerarquía militar respeta férreamente la cadena de mando. Seguro que desconfiarán de una comunicación, por muy patriótica que sea, que provenga de unos simples alcaldes. Esperarán órdenes del ministro de Guerra o del infante don Antonio Pascual de Borbón, tío y regente de Fernando VII.

—Pues esto es lo que hay —zanja don Fausto—. ¿Qué hacemos, entonces? ¿Esperar a la constitución *oficial* de la nueva Junta de Gobierno?

—Tal vez sea lo mejor después de todo —concluye don Juan—. Si el ejército no nos respalda, habría puesto en peligro sus vidas para nada, señores alcaldes. Quizás deberíamos esperar a que los cargos se hiciesen oficiales.

—¿Cómo? —interrumpo—. Pero, ¿qué está diciendo, don Juan? Eso es algo que deben decidir ellos. Andrés, Simón, no podemos esperar. Los madrileños están muriendo por decenas. Mañana, antes de la madrugada del 3 de mayo, centenares de madrileños serán fusilados. ¡Ellos merecen que hagamos algo!

¡Dios mío! No puede ser. Si no se convencen, tal vez perdamos España en manos de los franceses. Entonces, todo mi mundo dejará de existir y mi España, mi querida España, ¿qué será de ella?

—El chico tiene razón —dice don Andrés—. Juan, ya sabía usted a lo que venía. Tiene en mente el documento, ¿verdad?

—Sí, Andrés. Tengo claro el mensaje —responde don Juan—. Pero necesitamos que esté aquí alguno de los escribanos del ayuntamiento para que confirmen con su fe notarial la legalidad y fe jurídica del acto. ¿Alguien ha mandado llamar a don Manuel o a don Estanislao? En cuanto alguno de los dos esté aquí, yo le dictaré *el Bando*.

—Me tomé la libertad de mandar a buscar a don Estanislao —comenta don Fausto—; estará aquí en breve. De hecho, tal vez ya esté esperando fuera. Iré a comprobarlo.

Don Fausto abandona el despacho y se dirige al exterior. Vuelve de inmediato acompañado de don Estanislao. El tiempo apremia, por lo que, sin explicación alguna, le indican que se siente y que empiece a escribir. Don Juan comienza a dictar el Bando que tantas veces he leído:

Bando de los Alcaldes de Móstoles (1808)

Señores Justicias de los pueblos, a quienes se presentase este oficio, de mí, el Alcalde de Móstoles:

Es notorio que los franceses apostados en las cercanías de Madrid y dentro de la Corte, han tomado la defensa, sobre este pueblo capital y las tropas españolas; de manera que en Madrid está corriendo a esta hora mucha sangre; como españoles, es necesario que muramos por el Rey y por la Patria, armándonos contra unos pérfidos que, so color de amistad y alianza, nos quieren imponer un pesado yugo, después de haberse apoderado de la augusta persona del Rey; procedamos, pues, a tomar las activas providencias para escarmentar tanta perfidia, acudiendo al socorro de Madrid y demás pueblos y alentándonos, pues no hay fuerzas que prevalezcan contra quien es leal y valiente, como los españoles lo son.

Dios guarde a Vuestras Mercedes muchos años.

Móstoles a dos de Mayo de mil ochocientos y ocho.

—Solo faltan sus firmas, caballeros —advierte don Juan—. ¿Están decididos? Esto les traerá serias consecuencias.

—¡Venga ese parte! —arenga don Andrés—. No temo ni a Napoleón ni a Francia. Le declaro la guerra y seré feliz si muero defendiendo a mi patria.

—¡Venga el parte, pues! —exclama también don Simón—. ¡Por nuestra patria! La suerte está echada.

¡Dios! ¡Qué grandes! No puedo evitar que dos enormes lagrimones resbalen por mis mejillas. La presión en el pecho es tan fuerte que me cuesta respirar. Ahora mismo, estoy viendo delante de mí, el mismo documento que veré dentro de más de doscientos años en el museo de mi ciudad. La sensación que siento es indescriptible.

—Me atrevería a dar un consejo, caballeros —agrega don Fausto—. Ese parte es demasiado largo. Sirva este para las autoridades oficiales y ayuntamientos, pero creo que deberíamos redactar algo más escueto para mejor entendimiento de los españoles, algún mensaje que se extienda rápidamente por los caminos y los lugares de reunión. Algo corto, que se pueda transmitir incluso boca a boca. Esto podría valer, ¿quién lo ha escrito?

Me fijo en don Fausto con atención y me doy cuenta de que, lo que tiene entre las manos, es el papel donde he demostrado mis habilidades de escritura.

—«La Patria está en peligro —lee don Fausto—; Madrid perece víctima de la perfidia francesa; españoles: acudid a salvarla».

—Breve y conciso —dice don Juan—. Me parece perfecto. Gran idea, don Fausto.

—Lo ha escrito el zagal —señala don Andrés—. ¿Cuál era ese nombre raro que me dijiste al despertarte, hijo?

—Suso, don Andrés, me llamo Suso —le recuerdo—. ¿Qué hora es?

—Casi las seis y media —responde don Pedro Serrano.

En ese momento se oyen voces fuera. Varios vecinos del pueblo se han cruzado también con el grupo de huidos de Madrid y se han enterado de las últimas noticias. La gente pide ir a ayudar a los madrileños de inmediato. Don Andrés sale a tranquilizarlos. Les explica que hay que organizarse y alertar a todos los pueblos cercanos. Solo organizándose y unidos encontrarán la fuerza para enfrentarse al enemigo.

Cuando regresa, viene con un hombre joven que no conozco, aunque enseguida le saco el parecido. Su intervención confirma mis sospechas:

—Padre —dice Antonio Hernández—, ¿qué mensaje hay que transportar? Estoy preparado. Moriré antes de dejar que me arrebaten el documento. Como postillón de Móstoles es mi obligación. Será también para mí un honor.

—Hijo —le responde don Simón visiblemente orgulloso—; quiero que acompañes y escoltes a don Pedro Serrano. Los dos postillones juntos tendréis más posibilidades; id juntos hasta Navalcarnero. En las cercanías de Madrid es donde encontraréis más altercados y confusión. La noticia está llegando rápidamente a los pueblos vecinos. Desde Navalcarnero, don Pedro proseguirá su camino. Conoce bien la ruta. Tú vuelve a Móstoles, hijo mío. El enemigo está cerca. Te necesitamos aquí. Andrés y yo somos mayores. Cuantos más hombres jóvenes tengamos en el pueblo, más opciones tendremos contra el enemigo —aclara.

—Con su escolta hasta Navalcarnero tendré suficiente, Antonio —confirma don Pedro Serrano—. Allí cambiaré de caballo y estaré en Talavera de la Reina antes de que acabe la noche.

—Deben ser cerca de las siete —advierto—. ¡Debéis partir!

Salimos en grupo para despedir a ambos mozos de postas. Decenas de vecinos se congregan en la zona, intentando averiguar lo que está pasando. De repente, oigo la voz de Paula a mis espaldas:

—¡Abuelo!¡Pedro! ¡Estamos aquí!

La he oído, pero no soy capaz de verla. Su voz parece provenir de la parte trasera de la casa. Doblo la esquina para ver si Paula está en el patio y... ¡zas! No he visto nada, solo me ha dado tiempo a sentir un enorme golpe en la cabeza. Me desplomo en el suelo. Esto es el fin.

—¡Pedro! Dime algo, ¡Pedro! —me suplica Paula zarandeándome.

—¿Qué ha pasado, Paula? —pregunta don Andrés—. ¿Qué hace el chaval en el suelo otra vez?

—Abuelo, la Paquita lo ha *enganchao* otra vez. Pero ahora no me contesta. ¡Lo ha *matao*! —grita Paula.

—Déjame a mí —dice don Andrés—. ¿Cómo era? ¡Ah, sí! Suso, hijo. ¿Estás ahí?

—¡Aaayyyy! —murmuro.

—Suso, ¿me oyes?, ¿puedes verme? —me pregunta don Andrés.

—Don Andrés —contesto—; le oigo pero no le veo. Tengo los ojos abiertos pero lo veo todo negro. Tengo mucha *pupita*. ¿Está ahí Paula? Quiero decirle una cosa.

—Estoy aquí, Suso —responde Paula con preocupación—. ¡Dime!

—Móstoles ya no será un lugar seguro los próximos seis años —le explico—. Ya no podrás dejar la puerta abierta. Los franceses camparán por aquí a sus anchas. ¿Recuerdas las ermitas que me enumeraste?

—Sí —afirma—; ¿pero eso qué tiene que ver ahora?

—La ermita de San Marcos, la que está a una legua del pueblo, os servirá de refugio —le anticipo—. Al estar retirada del pueblo y medio escondida por la alameda del Soto, los soldados franceses no se percatarán de su existencia; llevad víveres y provisiones hoy mismo. ¿Lo recordarás?

—No me hará falta —dice Paula—. Estarás tú aquí para recordármelo. ¡No te puedes morir! ¡No se puede morir! ¿Verdad abuelo? ¡Que alguien llame al médico!

—No me muero, creo —le aclaro a Paula—. Emprendo mi camino. Estoy en medio de un importante viaje. Me temo que tengo que abandonar este cuerpo para seguir buscando el mío. Buscaré tu rastro en mi época. Localizaré a los descendientes de tu abuelo y veré si vuelvo a *encontrarte*. Además, tengo que pedirte un favor...

—¡Lo que sea! —exclama la muchacha.

—Cuando «yo» me vaya, estoy seguro de que Pedro volverá con vosotros. Necesito que te encargues de que aprenda a leer y a escribir —le pido—. Me ha prestado su cuerpo en esta aventura. Sin él nada habría sido posible. Se merece una oportunidad. Saber leer y escribir le abrirá muchas puertas. ¿Me prometes que le enseñarás?

—¡Te lo prometo, Suso! —asegura Paula con convicción.

—*La virgen del Pilar diceeee, que no quiere ser francesaaa, que quiere ser capitaaanaaa de la tropaaa aragonesaaaa...* —canto sin pensarlo.

—Está delirando —comenta don Andrés.

—¡Qué vienen! ¡Qué vienen! ¡Qué vienen! —grito emocionado.

—¿Quiénes vienen, hijo? —pregunta don Andrés—. ¿Los franceses?

—No, son los bandoleros, *les brigands*, veo a Curro Jiménez, al Algarrobo, al Estudiante. Son los valientes españoles, defendiendo sus propias tierras, sus casas, los montes —les explico.

—Vuelve con nosotros, muchacho —me pide don Andrés con un nudo en la garganta.

—Don Andrés… Andrés, ¿eres tú, Andrés? ¿Sigues ahí? —le pregunto volviendo a tutearle.

—Aquí estoy, hijo —me dice al tiempo que me agarra la mano.

—Vienen tiempos difíciles —le adelanto—. La guerra durará seis años. Pero ganaremos. No debes tener miedo, Andrés. Vendrán a por ti y a por Simón y os llevarán ante Murat. Os condenarán a muerte, pero tranquilo, la pena no llegará a cumplirse. Pagarás una fianza de treinta mil reales y serás libre.

Noto que se me cierran los ojitos. Mi conciencia está luchando entre dos mundos. Sé que debo marchar, pero no quiero dejar tan pronto a mis amigos. Tengo que contarles todo lo que pueda para infundirles ánimo y esperanza.

—Hijo, ¡abre los ojos, no nos dejes! —me suplica don Andrés.

—Habéis hecho lo correcto —le aseguro—. La historia os recordará. Serás grande, Andrés, muy grande. Y esta villa se convertirá en un importante municipio, con más de doscientos mil habitantes. Toda España conmemorará vuestra gesta. Tu casa seguirá aquí en el 2021. Yo vendré a visitarla, y habrá un museo mostrando el Móstoles de 1808. Parece que lo estoy viendo, tiene una maqueta preciosa, con las doscientas setenta casas del pueblo, el ayuntamiento, las ermitas, la fuente, los olivares, las huertas. ¡Soy tan afortunado! He podido estar aquí en persona y conoceros a todos, mis héroes, mis ídolos, mis amigos.

—Hijo, ¡gracias! —dice don Andrés—. Nos has dado mucho.

—Vosotros mucho más a mí —susurro débilmente.

Lo último que escucho es la voz de Paula gritando mi nombre:

—¡Suso!, ¡Suso!, ¡Suso!...

¡Qué bien suena mi nombre en sus labios! He dejado de ver negro. Ahora me deslumbra una luz muy potente. Poco a poco se va atenuando y se interrumpe transformándose en fogonazos y destellos. Otra vez me estoy moviendo a gran velocidad. El portal en el tiempo se ha vuelto a abrir. He de reconocer que la coz de la Paquita no es muy sofisticada, pero ha sido un mecanismo tan eficaz para viajar en el tiempo como el *DeLorean* de Michael J. Fox o la *Stargate* de James Spader y Kurt Russell.

La experiencia ha sido un tanto agotadora. Decido dejarme llevar por una agradable sensación de abandono. ¿Dónde me llevará mi siguiente salto? ¡Ojalá lo supiera!

Fogonazos y destellos en el agujero de gusano (Pixabay)

¡HOMBRE AL *AGUAAAAA!*

Cuando viajo en el tiempo la sensación de libertad es inmensa. No echo nada en falta, nada me retiene, solo fluyo. ¿Debería intentar escapar de esta *comodidad* y diseñar «yo» un plan? ¿Y si intentara concentrarme otra vez en las coordenadas de mi destino? Lo cierto es que no sé qué hacer, porque cuanto más me concentro, más me alejo de mi objetivo. Ya lo habéis visto: del cuerpo de un caracol que babeaba la casa de mis padres en el año 2010, he pasado al cuerpo de un niño *atontao* por la coz de una mula en el siglo XIX. Tal vez deba asumir que hay *Algo* que me guía, y dejarme llevar. Quizás deba pasar por ciertas experiencias sí o sí. A lo mejor, hasta que no recorra cierta parte del camino, no entenderé lo que está pasando.

Los caminos de Dios son inescrutables, pero nunca casuales; todo forma parte de su plan, un plan perfecto, completo, entero. Él contempla la totalidad, desde su magnificencia y eternidad. Sin embargo, ¡mi perspectiva como ser humano es tan limitada! Lo único que he conseguido en mis dos saltos anteriores es aterrizar en España. Acierto en el lugar, sí, pero no tengo control sobre el tiempo ni sobre el cuerpo en el que aterrizo. Asumo mis limitaciones y decido seguir *descansando* en la *atemporalidad*.

De repente, percibo una especie de vértigo. Debo estar *frenando* en mi trayecto. Recupero el control de mis sentidos: noto sensación de flotación otra vez, pero en esta ocasión no estoy calentito, como cuando colonicé a «guisantito» en el cuerpo de mamá. Es como si flotara en agua fría. Percibo también sabor salado en la boca; intento olfatear, pero no puedo, y lo que aspiro por las fosas nasales es muy denso. De repente, experimento una presión enorme en los pulmones, no puedo respirar por más que lo intento. Mi angustia se incrementa. Creo que sé lo que está pasando: ¡me estoy ahogando! Pero no puedo moverme, soy incapaz de reclutar mi musculatura para hacer algo. Intento abrir los ojos y tampoco me responden. Estoy en el límite entre la consciencia y la inconsciencia. Creo que marcho de nuevo hacia la eternidad ¡o no!

—¡Hombre al aguaaaaa! ¡Hombre al aguaaaa! —escucho.

De repente, siento que alguien me zarandea de manera violenta. Me da la vuelta rápidamente para sacarme la cabeza del agua y me pega dos bofetones tan enérgicos en la cara que casi me hace salir los dientes en *rompan filas*. Las bofetadas resultan ser eficaces, porque acto seguido, mi cuerpo se convulsiona, abro los ojos y empiezo a toser, expulsando el agua que había anegado mis pulmones. Me encuentro boca arriba y veo el cielo azul. Mi rescatador me tiene sujeta la cabeza para mantenerla fuera del agua y nada con brío hacia lo que parece… ¡no puede ser! ¡El casco de un barco antiguo!

—¡Ayudadme a subirlo! —grita mi rescatador.

—¡Toma, Martín! —le contestan desde el barco—. Átale bien el cabo alrededor de la cintura y ya nos encargamos nosotros.

Mi salvador me ata con agilidad una cuerda alrededor de la cintura, los glúteos y la pelvis, me indica que me agarre a la cuerda con las manos y da una señal a los marineros que están en la cubierta para que me suban.

—¡Ay! ¡Ay! —murmuro quejumbroso.

—Pero chico, ¿tú de dónde has salido? —me pregunta la primera cara que contemplo al llegar al barco—. Almirante, ¿le reconoce? Yo diría que este joven no forma parte de nuestra tripulación.

—No, Juan, no le reconozco —contesta el almirante—. Chanchu, ¿le resulta familiar?

—Lo cierto es que no, almirante —responde el tal Chanchu—. Pero, puede ser que se trate de alguno de los grumetes de la *Pinta*, que va siempre por delante. Tal vez se haya caído por la borda en un descuido. ¡Incorpórate, chico! —me ordena—. ¿Cómo te llamas? ¿En qué barco viajabas?

—No lo sé, señor —contesto—; no recuerdo nada.

Esto de la amnesia va a ser mi recurso estrella para todos los *aterrizajes*. Tengo que hacerme *el tonto* mientras obtengo más información.

—Respira, hijo, respira —me ordena el almirante—. Tómate tu tiempo.

En ello estoy. Me tomo mi tiempo, sí, pero para procesar y analizar toda la información que me rodea. Estoy en la cubierta de un barco de madera, de los antiguos, con sus mástiles, sus velas y montones de cabos por todas partes. ¿Seré Jack Sparrow y estaré en la Perla Negra? «¡No digas tonterías, Suso y sigue procesando los datos!». Vale, vocecita interior, no me regañes. ¿Qué más información tengo? ¡Memoria eidética, ponte en marcha!: ¡Ostras! ¿Alguien ha dicho la *Pinta* en algún momento? Sí, alguien ha dicho: «Puede que se trate de alguno de los pajes de la *Pinta*, que va siempre por delante». Tengo dos teorías: la primera es que mi cerebro ha estado falto de oxígeno demasiado tiempo y he sufrido daños cerebrales irreversibles que me causan alucinaciones. La segunda, que estoy en la *nao Santa María* y tengo delante de mí al mismísimo almirante Cristóbal Colón, al maestre y propietario del barco, Juan de la Cosa y, si no recuerdo mal, el tal *Chanchu* era el contramaestre de esta nave. Lo que es evidente es que es vasco: su acento no deja lugar a dudas.

En ese momento, se arrodilla a mi lado mi ángel de la guarda, que acaba de subir al barco después de rescatarme.

—Dice que no sabe quién es, que no recuerda nada —comenta Chanchu—. ¿Tú reconoces a este muchacho, Martín?

—No, no me suena de nada —dice Martín—, pero me recuerda mucho a mi hermano pequeño, *el Francisco*. ¿Podemos llamarle *Francisco* hasta que recuerde su nombre?

—Francisco, pues —concluye el almirante—. ¡Señores, no desatiendan sus funciones! Seguimos adelante. Esta noche, cuando juntemos los barcos como es costumbre, intercambiaremos el parte y averiguaremos de qué barco ha caído el muchacho. Martín, quédate con el chico —le ordena mientras me señala—; que te acompañe en tus quehaceres, a ver si así va refrescando la memoria.

—Sí, señor —responde Martín.

El almirante, Juan, Chanchu y el resto de marineros curiosos que se arremolinaban a mi alrededor se retiran a sus puestos. Me quedo a solas con Martín. Es un joven bastante alto, apuesto, con una expresión muy amable y tendrá unos dieciséis años. Va vestido solo con unos pantalones marrones, aún empapados, después de su valiente salvamento. Su torso al descubierto me permite apreciar lo delgado que está; delgado pero fibroso. A mamá le encantaría para estudiar anatomía: su porcentaje graso es tan escaso que hasta se le notan las fibras musculares. Como dicen los culturistas, «está *seco, seco*».

—¿Crees que puedes levantarte, Francisco? —me dice Martín.

—Creo que sí —le respondo.

—Deberías beber un poco de agua —propone—. No sabemos cuánto tiempo has estado a la deriva.

Me doy cuenta de que Martín tiene razón: la garganta y las vías aéreas me escuecen. El agua salada debe haberlas irritado. ¡Me vendría tan bien beber un poco de agua fresquita!

—Sí, por favor —le reclamo—: un poco de agua.

Martín se retira corriendo y en pocos segundos aparece con un recipiente con agua.

—Te daré de mi ración —me explica—. Si al final te quedas en este barco, le diremos a García, el despensero, y a Domingo, el alguacil del agua, que te contabilicen para el rancho y la bebida.

—Gracias, Martín —le digo.

Bebo con avidez el líquido elemento esperando que su frescura me calme la irritación de la garganta, pero... ¿qué? Me empiezan a dar unas arcadas tan intensas que *el agua* se me va por mal camino y empiezo a ahogarme otra vez. Toso con tanta fuerza que noto como si se me rasgara la garganta.

—Pero, Martín, ¿qué me has dado? —le increpo—; ¡esto huele a podrido!

—Es agua, Francisco —me confirma—. Ya me extrañaba a mí que bebieras tan alegremente. Un marinero sabe que el agua almacenada en los barriles de los barcos, en apenas una semana se convierte en una especie de sopa turbia y extraña. La mayoría cerramos los ojos, nos tapamos la nariz y pasamos el líquido directamente por el gaznate para no saborearlo.

Sé que necesito beber, así que hago caso a Martín: cierro los ojos para no ver el color *sospechoso* del agua, me tapo la nariz y ¡*pa* dentro! Todo sea por la supervivencia.

—¿En apenas una semana, Martín? —le interrogo—. ¿Cuántos días de viaje llevamos? ¿Dónde estamos? ¿De dónde venimos? ¿A dónde vamos? ¿Qué día es hoy? ¿Quiénes eran todos esos hombres que me interrogaron hace un rato?

—Poco a poco, pequeño Francisco —me contesta—. Hoy es domingo 16 de septiembre. Partimos de la Gomera el día 6 de septiembre, por lo que hoy es el undécimo día de travesía. Estás en la *nao Santa María*, barco comandado por el almirante Cristóbal Colón. Los otros hombres eran sus oficiales, Juan de la Cosa y Chanchu. Nos dirigimos a las Indias por una nueva ruta. —Y después de una pequeña pausa, continúa—: ¿Dónde estamos exactamente? Eso, no te lo sé decir. Me temo que ni yo ni nadie puede responder a esa pregunta.

¿El 6 de septiembre? ¿La Gomera? No me suena que salieran de Canarias. Un momento, creo que ya recuerdo: la expedición realmente partió del Puerto de Palos (Huelva) el 3 de agosto, pero debido a problemas técnicos con el timón de la Pinta tuvieron que desviarse a Canarias para arreglarlo. De la Gomera zarparon de manera definitiva el 6 de septiembre, rumbo a lo desconocido. Aun así, creo que debería confirmar que estoy en la fecha correcta; Martín va a pensar que soy un idiota.

—¿El año? —pregunto ansioso—: ¿1492?

—¡Pues claro! —exclama Martín— ¡Madre mía! Sí que estás *despistao*... Intenta centrarte un poco, a ver si recuerdas algo de ti.

Me miro de arriba abajo. Llevo puesta una camisa blanca hecha jirones y unos viejos pantalones azules que me llegan por debajo de las rodillas. No tengo zapatos. Tengo piel morena, estoy muy delgado, como Martín, aunque no tengo su definición muscular; o soy muy bajito o es que soy bastante más joven que él.

—¿Dónde podría verme la cara, Martín? —le pregunto—. Ni siquiera recuerdo mi rostro.

—El almirante tiene un espejo colgado en su camarote, ahí, debajo de la tolda, en la popa del barco. Pidámosle permiso para entrar —me propone—. ¡Sígueme!

Martín me dirige hacia la popa del barco. Nunca he sabido cuál es la proa y cuál es la popa. Compruebo que la popa es la parte de atrás. Más vale que me haga con la jerga náutica con rapidez; si no, estaré perdido todo el tiempo. Encontramos al almirante sentado, detrás de una especie de ventanilla que comunica su camarote con el exterior; está rodeado de papeles, mapas, cartas de navegación y *aparatejos* raros.

—Señor, permiso para usar su espejo —solicita Martín mientras ingresamos al camarote—. El pequeño Francisco no recuerda su cara. Tal vez, si se ve reflejado en el espejo, recuerde algo.

—Permiso concedido —contesta el almirante—. Pero no te entretengas demasiado, Martín; quiero que bajes a comprobar el agua de la sentina y que te encargues de las bombas. Y no te olvides del reloj.

—Por supuesto, almirante —responde Martín con celeridad—. Pasa Francisco —me dice—. Aquí está el espejo. Mírate, a ver si hay suerte y recuerdas algo.

Contemplo mi imagen en el pequeño espejo; apenas tendrá el tamaño de un folio; está bastante sucio y *picado*, pero cumple con su función. En él veo reflejado el rostro de un chaval de unos catorce o quince años. Tengo el pelo muy negro y fuerte; bueno, también puede ser que lo note así de *tieso* por mi reciente baño salado. Mis cejas son espesas y oscuras; mis ojos, marrones, grandes y expresivos; mi naricilla es pequeña y respingona, y tengo unos labios carnosos pero resecos y agrietados. ¡Soy *guapete!*, tengo pinta de ser bastante *avispao* y, sobre todo, tengo cara de ser buena gente. Sin embargo, verme no me ayuda a rememorar nada sobre mi vida en este cuerpo.

—¿Algo nuevo? —me pregunta Martín.

—Nada, Martín —respondo con tristeza—. Lo siento.

—No te agobies, Francisco —me anima—. Empecemos con los quehaceres del barco. Seguro que poco a poco irás recordando. Yo te lo explicaré todo. Hoy serás mi ayudante; ya eres un poco mayor para ser paje pero nunca es tarde para aprender. Yo soy grumete y tú eres mi paje aprendiz, ¿de acuerdo?

—¡A sus órdenes, grumete! —respondo.

—Mira, —me señala—; lo primero que vamos a hacer es vigilar la ampolleta. Está a punto de acabar la media hora.

—¿La ampolleta? —pregunto.

—Esto, Francisco. ¿Ves? —me indica Martín.

—¡Anda! Es un reloj de arena. —le digo entusiasmado—. ¿Y qué tenemos que hacer?

—Los grumetes y los pajes somos los encargados de voltear la ampolleta. Cuando pasa la media hora, deja de caer arena; entonces tenemos que darle la vuelta y apuntar la hora que es. Luego, no sé muy bien cómo, el almirante utiliza las horas que van pasando y la velocidad a la que nos movemos, y así, calcula la distancia que recorremos cada día —explica Martín—. También es importante saber la hora que es para organizar las guardias.

—¡Ah! Vale —asiento.

¡Qué interesante! Recuerdo haber leído algo acerca del cálculo de la velocidad usando «el ojo de marinero». Consistía en tirar un objeto por la proa del barco y ver cuántos segundos tardaba en quedar dicho objeto a la altura de la popa. Sabiendo la longitud del barco, es decir, la eslora, al tener los datos de la distancia recorrida por el objeto y el tiempo utilizado en recorrerlo, se podía calcular la velocidad del barco. Finalmente la velocidad, multiplicada por el tiempo, proporcionaría el dato de la distancia recorrida en un periodo determinado.

—¿Cuánto mide este barco, Martín? —le pregunto.

—Esta hermosura tiene una eslora de treinta y cuatro varas —dice—. Es la más grande de las tres. La Pinta y la Niña son más pequeñas, de veintiséis y veintiocho varas respectivamente. Son tres naves estupendas.

¿«Varas»? ¡Claro, el sistema métrico decimal en esta época, como que no! Pues me he quedado igual. Bueno, yo «a ojo de buen cubero» diría que este barco es como dos veces el fondo de mi casa, o sea, unos treinta metros de eslora.

Justo en el instante en que Martín acaba de hablar, se termina la arena de la ampolleta. Martín le da la vuelta con agilidad y empieza a canturrear:

—*Buena es la que vaaa, mejor es la que vieneee, una es pasadaaa y en otra mueleeee* —tararea alegremente.

— ¿Muele, Martín? —le pregunto intrigado.

—¿No lo ves? —me muestra—. Es como la harina que muelen los molinos. El polvo va cayendo como harina que muele molino. Por eso decimos que la ampolleta «muele las horas».

—¡Aaaaah! —digo.

—¡Listo por aquí! —exclama Martín—. Hasta dentro de media hora.

—¿Y qué hora es Martín? —pregunto.

—Las diez de la mañana —contesta—. Ahora tenemos que bajar a la bodega a vigilar el agua de la sentina. Espera, que voy a coger las velas.

—¿Está muy oscuro ahí abajo? Por eso necesitamos las velas, ¿no? —le pregunto.

—Te voy contando sobre la marcha, no podemos perder tiempo, ¿de acuerdo? —comenta—. Ten cuidado, aquí en el combés está la bajada a la bodega.

—Tampoco sé qué es el combés, Martín —le digo con tono apesadumbrado—. ¡Siento darte tanto trabajo!

—No te preocupes, Francisco —me anima de nuevo—. Pregunta todo lo que necesites. A mí también me lo tuvieron que enseñar todo al principio. El combés es todo este espacio de la cubierta que queda entre el palo mayor y ese otro palo que está en la proa, el de trinquete, antes de llegar a lo que llamamos castillo de proa, ¿lo ves?

—Ahora sí —le respondo—. Déjame que lo repita yo para memorizarlo: tenemos que bajar a la bodega por esta escotilla que está en el combés, que es la parte de la cubierta comprendida entre el palo mayor y el trinquete. Por aquí, vamos a ir a ver la sentina, ¡que tampoco sé lo que es!

—¡Buen aprendiz! —dice Martín sonriente.

¡Ay!, ¡qué recuerdos! «Buen aprendiz», «buen *padawan*». ¡Cuántas veces me decía eso *mami*! Martín baja primero las escaleras; yo le sigo. Me enseña las partes de la bodega: hay una zona con víveres más hacia la proa; más o menos en el centro del barco hay otro espacio destinado a la carga más pesada: veo un montón de barriles. Martín me cuenta que unos van cargados con agua, algunos con vinagre, otros con aceite. Me señala cajones con mercancías diversas, una pila de leña y hasta alguna barrica de pólvora.

—Mira Francisco, esto es el palo mayor, que viene desde arriba —me explica mientras lo señala—. Te servirá para ubicarte. ¿Ves estos tubos que pasan por delante? ¿Cómo explicaría un marinero dónde están colocados los tubos?

—Un marinero diría que estos tubos están a proa del palo mayor —respondo.

—¡Eso es! —exclama Martín—. Esos tubos son parte de las bombas de las que hablaba el almirante. Tenemos que mirar la cantidad de agua que hay en la sentina y ver si hace falta bombear el agua desde la cubierta.

—¿Y las velas? —pregunto con curiosidad—. ¿Por qué era tan importante que trajésemos las velas encendidas? Entra luz suficiente por la escotilla.

—Si las velas se apagan, mal asunto —explica—. Significaría que el aire es venenoso. Si el agua de las sentinas se pudre, puede generar gases letales.

—¡Qué fuerte! ¿En serio? Pero, ¿va todo bien, no? —pregunto preocupado—. A mí, me huele muy fuerte aquí abajo.

—¡No seas miedica! —me dice—. ¡Todo va bien! Las velas siguen encendidas.

—¿Qué son estas piedras que estamos pisando? —le pregunto—. Las hay de todos los tamaños, desde grava hasta piedras grandes. ¿Las llevamos para construir algo? Donde vayamos habrá piedras, no lo entiendo.

—Esas piedras encima de la quilla del barco hacen de lastre para dar estabilidad a la nave, de modo que si el barco, por lo que sea, se inclina o da bandazos, recupera siempre la vertical gracias a este contrapeso de las piedras que están situadas en lo más bajo del barco —me aclara Martín.

—Claro, me cuadra —le contesto—. Es como un muñeco *tentetieso*. ¡Qué bien pensado! ¿Dónde está la sentina esa? No sé muy bien qué buscar. Y está todo tan lleno de trastos...

—Estás justo encima —responde Martín—. La sentina es todo este espacio que queda dentro del casco, en su parte más baja. Aquí viene a parar el agua que se cuela por la lluvia, el oleaje, las fugas de los barriles o el agua que se filtra por el casco. Se queda aquí, debajo de las piedras de las que hablábamos, pero hay que tenerla controlada para que no se pudra. Mejor achicarla de vez en cuando y limpiar con vinagre. Acércame las dos velas, Francisco, también tenemos que vigilar la madera.

—¿Todo bien? —pregunto.

—Todo bien —afirma—. No hay madera podrida ni rastros de *broma*.

—¿*Broma*? —pregunto.

—Sí, es un molusco que taladra la madera, se alimenta de ella —me explica Martín.

—¡Qué de problemas! —me quejo.

—Todo está en orden, tranquilo —asegura Martín—. Volvamos a cubierta y pongámonos manos a la obra con las bombas.

—¡Sí, señor! —digo con diligencia—. Martín, debo estar volviéndome loco. ¿He oído gruñir a un cerdo?

—No, no estás loco —me tranquiliza—. Llevamos algunos cerdos, cabras y gallinas. Están ahí, en varias jaulas. Los vamos matando sobre la marcha, para tener carne fresca. Pero, sobre todo, son para los oficiales o por si alguien enferma.

—¡Aaaaah! —respondo.

Volvemos a cubierta. Agradezco salir a la superficie. Puede que el aire no fuera venenoso en la bodega, pero lo cierto es que no era lo que se dice agradable de respirar: un olor entre húmedo y podrido, con un toque avinagrado. Martín me enseña las bombas. Nada complicado, se parecen a la bomba para inflar las ruedas de mi bicicleta. Cogemos cada uno un manubrio y, en cuestión de minutos, hemos terminado de achicar el agua. Es un artilugio muy sencillo, que mediante un sistema de émbolo consigue succionar el agua que hemos visto abajo; el agua, una vez arriba, circula por unos canales en la cubierta, y finalmente vierte por el costado del barco.

—Muy bien, creo que hemos vaciado la sentina —dice Martín satisfecho—. Ya está bien de achicar por hoy. Buen trabajo, Francisco. ¿Cómo sigues? —me pregunta.

—Estoy un poco mareado —contesto.

—Siéntate aquí, a la sombra, debajo de la escalera que sube al castillo de proa —me indica—. Ya empieza a pegar el sol. Te presto mi estera, por si quieres dormir un poco. Intenta descansar. Yo voy a ver si me necesitan para algo.

Aprovecho mi pequeño refugio para observar con calma todo lo que me rodea. He estado tan atento a Martín este rato, que no me había dado cuenta de la ajetreada actividad en el barco. Creo recordar que en esta nave viajan treinta y nueve tripulantes. El barco no llega a treinta metros de largo y, además, la cubierta no es continua sino que se interrumpe para dar paso a las dos partes más elevadas, los castillos de proa y de popa. Hay objetos por todas partes: los mástiles, las cuerdas, las anclas, baúles, barriles, esteras, sacos. Sin embargo, a pesar del poco espacio disponible, treinta y nueve personas perfectamente organizadas, cumplen con su trabajo moviéndose por los huecos que quedan entre tanto trasto. Tengo la sensación de encontrarme en una aldea flotante, en la que un pueblo entero convive en un espacio muy pequeño. Recuerdo haber leído que el espacio vital de cada marinero en este tipo de embarcaciones se veía reducido a un metro cuadrado y medio. ¡Madre mía! ¡Qué estrés! Nunca me han gustado las aglomeraciones ni los ruidos. Supongo que tendré que acostumbrarme a este escenario de actividad frenética. No me queda otra.

Me temo que estoy siendo una carga para Martín. De momento, no veo ningún modo de aplicar nada de lo que sé a esta aventura. Me resigno a tratar de aprender lo más rápido posible en un intento de no ser un estorbo. Decido repasar mentalmente la *jerga náutica* que conozco hasta ahora: la *proa* es la parte de delante del barco y la cubierta se eleva en esa parte, subiendo una planta más en lo que se llama *castillo de proa*. Yo me encuentro justo debajo de la escalera que sube al castillo de proa. Mirando hacia delante, es decir, hacia la proa, podemos hablar de *babor*, la parte izquierda, y *estribor*, la parte derecha. El barco tiene tres palos para sostener las velas. El palo de la proa es el *palo de trinquete*; el del centro es el *palo mayor*, y el palo de la popa se llama *palo de mesana*. La zona entre el palo de trinquete y el palo mayor se denomina *combés*. Ahí está la escotilla de carga para bajar a la bodega. ¿Qué más puedo nombrar? A ver, a ver… La parte de detrás del barco es la *popa*, con su *castillo de popa*, donde está el camarote del almirante Colón.

De repente, veo correr a Martín. Juan de la Cosa, el maestre, le ha dicho algo, ha señalado hacia arriba y Martín se ha puesto en marcha como un rayo. No lo entiendo, parece que va a saltar por la borda. ¡No! Ha cogido impulso y ha apoyado un pie en la borda, pero acto seguido se ha agarrado de una cuerda con una sola mano, se ha columpiado y ha aterrizado en una especie de red de cuerdas que sube hacia las velas del palo mayor. Empieza a trepar por ellas como una lagartija. Me recuerda a uno de esos acróbatas del Circo del Sol. *Jolín*, además, va descalzo. ¡Qué máquina! Estoy tan hipnotizado observándole que no me doy cuenta de que Juan de la Cosa se ha acercado a mí.

—Martín es el más rápido trepando las jarcias —me comenta Juan—. Nunca he visto a nadie tan ágil como él.

—¿Las *jarcias*? —pregunto.

—Sí, esa red de cuerdas que hacen una cuadrícula se llama *jarcia* —me explica Juan.

—Sí, claro. Las *jarcias* —digo—. La verdad es que ha sido impresionante verle trepar. Y ahora, ¿qué tiene que hacer allá arriba?

—Uno de los cabos se ha enrollado sobre sí mismo y no deja desplegar completamente la *vela de gavia*, ¿ves? —señala—. La *vela de gavia* es la segunda vela del palo mayor.

—¡Ah! Ya lo ha arreglado, ¿no? —pregunto—. Y ahora, ¿qué hace?

—Conociéndole, aprovechará la ocasión y pasará un rato en esa especie de cesta, *la cofa*, oteando el horizonte —dice Juan—. Está convencido de que será él quien aviste tierra.

—Pues va a ser que no —murmuro, y al momento me arrepiento de haber abierto la boca.

—¿Qué has dicho? —pregunta Juan extrañado.

—Nada, nada… que… ¡qué gran honor!… para él, quiero decir, si avistase tierra —digo intentando disimular mi metedura de pata.

Mi vocecita interior me da un toque de atención: «Cierra la boca, *espabilao,* que la puedes liar en un momento y aquí no te echan a patadas a la calle como en el Móstoles de 1808; aquí te tiran por la borda y te conviertes en aperitivo para los tiburones». La historia reservará el honor del avistamiento al marinero Rodrigo de Triana, pero tengo que aguantar calladito y guardarme la información solo para mí.

—Estás pálido, chico —me dice Juan—. En breve se servirá el almuerzo. Te vendrá bien comer algo.

—Gracias, señor —respondo.

El recordatorio de la comida hace que mis tripas empiecen a gruñir. ¡A saber cuándo fue la última vez que este cuerpo recibió alimento! La verdad es que estoy muy delgado. Da angustia verme las muñecas y los codos. Las articulaciones son más anchas que el resto del miembro superior. Me subo el pantalón para mirarme las rodillas. ¡Qué desastre! Parezco el esqueleto que *mami* tiene en la cocina: tuberosidad tibial, cabeza del peroné, rótula, cóndilos femorales, hasta se me nota el ligamento lateral externo y el ligamento rotuliano. Nada de carne, solo piel y hueso. ¡Qué lástima! Con lo turgente y hermoso que me criaba yo en mi cuerpo del siglo XXI. Al recolocarme el pantalón me doy cuenta de que sigo con la ropa húmeda. ¡Hay que ver! Nadie se ha preocupado de darnos ropa seca ni a Martín ni a mí. Esta gente está hecha de otra pasta. Ya se secará, imagino; o no, porque con este clima tropical…

—Ya estoy de vuelta, Francisco —me avisa Martín—. ¿Cómo estás?

—Puede ser que esté mareado porque tengo hambre —le comento—. Me suenan las tripas.

—Quédate aquí —me ordena—. A las once se sirve el almuerzo. Precisamente, los pajes y los grumetes somos los encargados de prepararlo todo, pero te doy el turno libre. Estás muy paliducho. Ya me ayudarás esta noche en la cena. Voy a buscar al despensero para seleccionar los alimentos.

—¡Gracias, Martín! —respondo.

¡Qué bueno es! ¡Se le ve tan generoso y servicial! Me recuerda a mi querido amigo Lucas. ¡Ay, mi *chupipandi*! Ojalá me estuvieran acompañando en mi aventura.

Al sonido de la campana, la mayoría de los marineros acuden a comer. Martín y otro par de jóvenes van llenando las escudillas de barro y los platos de madera de la tripulación. Yo no tengo plato, así que, de momento no me llega nada, ni siquiera el olor a comida. Otro hombre va sirviendo agua y vino, vigilando escrupulosamente las cantidades que corresponden a cada persona: debe ser Domingo, el alguacil del agua. Tampoco tengo vaso y empiezo a desesperarme. Martín ha desaparecido de mi campo de visión, y si él no se acuerda de mí, me temo que nadie lo hará. Escondo la cabeza entre mis brazos y mis rodillas y me dispongo a descansar. De repente, noto un codazo.

—Cógeme los platos y hazme sitio, flacucho —me dice Martín.

—¿Uno es para mí? —le pregunto con avidez.

—¡Claro, tonto! —afirma—. Domingo, aquí hay un vaso vacío. ¡Agua aquí! Y es para dos. ¡Bien lleno, por favor!

Tengo delante de mí una especie de sopa, más o menos igual de espesa que un salmorejo; tiene tropezones de aspecto indefinido flotando y su color es marrón pardusco. Está a medio camino entre agua sucia de fregar y un vómito. Además, está frío, lo cual lo hace aún menos apetecible.

—Martín, no sé si preguntarte qué lleva esto —le comento—. El aspecto no me atrae nada. Esperaba algo caliente.

—Pruébalo, Francisco —me dice Martín—. El sabor es mejor que su aspecto. Hace un poco de viento y no conviene encender el fogón. Esta noche seguro que podremos cenar caliente. Este guiso se llama *mazamorra*: lleva un majado de pan, o sea, el pan bien machacadito, aceite, vinagre, almendras molidas, agua, ajo y lentejas que cocimos anoche… Otras veces, le echamos garbanzos. Te dará energía y te ayudará a hidratarte, lo necesitas.

Me decido a probarlo. Intento no olfatearlo ni saborearlo mucho para evitar las arcadas, pero…

—¡Anda, Martín! ¡Sí está bueno! —exclamo con agrado—. ¡Me gusta! Noto el saborcito a las almendras, al ajo y el toque de vinagre.

—¡Cuánto me alegro de que te guste! —responde Martín—. Pues come, pero despacio. No tienes pinta de haber comido mucho últimamente. Esta noche acompañaremos al despensero a seleccionar la comida y me ayudarás tú a preparar la cena. Así, verás de primera mano los ingredientes.

—Lo que tú digas, Martín —contesto con la boca llena—. ¿Cuántas comidas se hacen en el barco?

—La primera comida es el desayuno, que se sirve poco después de amanecer. Tenemos bizcocho; algunos lo llaman galleta marinera. También sardina salada, queso, agua y vino. El almuerzo ya lo sabes, es a las once de la mañana. Para la cena solemos encender el fogón, en torno a las ocho si el viento lo permite, y cocinamos la legumbre o el arroz y calentamos la carne y el pescado.

—Y la carne y el pescado, ¿no se estropean? —le pregunto.

—Todo está en salazón, para su conserva —explica Martín—. Lo malo es que la comida te da mucha sed. Y luego, este maldito clima… se suda todo el tiempo… Es importante que bebas tu ración completa para no deshidratarte. ¿De acuerdo? Ya sabes cómo hacerlo.

—Sí, Martín —le digo—. Tapar la nariz y directo a la garganta, sin saborear. El almirante y el resto de oficiales, ¿no comen?

—Sí, pero ellos lo hacen aparte —me aclara Martín—. Les he llevado la comida al camarote del almirante. Ellos se suelen sentar a la mesa; en cambio, nosotros hacemos la vida en cubierta.

—¿Y dónde duerme tanta gente? —pregunto.

—Cada uno tenemos nuestra estera —me explica—. Las desplegamos y dormimos en cubierta. Solo los oficiales duermen en el camarote.

—¿Y si llueve? —añado.

—Nos buscamos la vida y nos apretamos para estar a cubierto bajo el castillo de proa o en la bodega —contesta.

Jolín, qué diferencia de trato. ¡No hay derecho! Solo le falta decirme que si se acaba la comida, los oficiales también tienen derecho a comerse a la tripulación. Se me ocurre otra pregunta: ¿dónde están los baños? Me temo que sé la respuesta. No hay baños. Como Martín sigue comiendo, decido dejar aparcada la pregunta para más tarde; ya me acordaré cuando necesite hacer *pipí* o *popó*.

Llevo apenas unas horas aquí y ya me he dado cuenta de que la vida en un barco es muy dura. No entiendo cómo los marineros de esta época podían elegir enrolarse en estos viajes de manera voluntaria.

—Martín, —le pregunto—, ¿y tú qué haces aquí?

—Comer, como tú —me dice extrañado.

—No, quiero decir, que… ¿por qué estar aquí pudiendo estar en cualquier otro sitio? Dormir a la intemperie, comer lo que haya, beber agua podrida, estar en manos del tiempo y de la providencia —explico.

—No está tan mal, Francisco —responde Martín—. No todo el mundo hace tres comidas al día en tierra. Aquí, por lo menos, comes a diario. Además, cobras un sueldo. Con lo que me pagan al mes puedo comprar dos cerdos, ¿sabes? Así ayudaré a mi madre. Además, yo siempre he querido ser capitán de barco. El almirante Colón trabajó muy duro desde joven y a los veintiún años fue capitán de su primera embarcación. Yo quiero hacer lo mismo.

—Visto así, si la gente también pasa penurias en tierra, lo entiendo —respondo.

—Hay que ponerse en marcha otra vez —me avisa—. El descanso ha terminado. ¿Cómo te encuentras? ¿Me quieres ayudar?

—Sí —contesto—. ¿Qué tengo que hacer?

—Tenemos que subir al barco unos cuantos cubos de agua salada para que los marineros puedan limpiar sus platos y sus vasos. Nosotros lavaremos la perola y limpiaremos la cubierta. Esta mañana con el alboroto de tu salvamento no lo hice —se excusa.

Pasamos la tarde haciendo un poco de todo. Después de limpiar la cubierta con agua salada y unas escobas durísimas, ayudamos en las labores de mantenimiento del barco: acompañamos a Lope, el *calafate*, mientras rellena algunos huecos entre las tablas del casco; Martín le va preparando los trozos de estopa y yo transporto la brea.

Más tarde, echamos una mano a Pérez, el tonelero, quien revisa todos los barriles de la bodega para comprobar que no haya fugas.

Nos explica que el problema de las fugas no es tanto el líquido que se escapa sino que esos *escapes* acaban deteriorando el barril. La fuga genera humedad en el exterior y esta corroe el aro del barril que puede llegar a romperse. Si no se repara, todos los aros irán sufriendo el mismo problema y se irán partiendo. Los aros son los que preservan la presión en el barril al mantener juntas las *duelas*: así se llaman las lamas de madera curva que conforman el barril. Esa presión, junto con la expansión de la madera por el líquido que contiene, es lo que asegura el sellado el recipiente. Me sorprende saber que no hay ningún tipo de pegamento entre las tablas. Por eso es fundamental revisar que toda la estructura mantenga su equilibrio. ¡Esto de los barriles sí que tiene su arte! El tonelero nos cuenta que un barril está prácticamente construido como si fuera un barco pequeño. Así como un calafate revisa el casco del barco, un tonelero revisa la integridad de los toneles.

Martín me informa de que el almirante ha cargado el barco con víveres para quince meses y líquidos para seis. Pero los toneles son tan importantes como el líquido que contienen. Aun siendo optimistas, podrían encontrar tierra y hallar abundante agua en el lugar, pero en cualquier caso, en algún momento tendrían que emprender el camino de regreso, y si los toneles se echasen a perder no tendrían recipientes para almacenar el agua para el viaje de retorno.

Cuando subimos a cubierta me doy cuenta de que el sol ya está muy bajo. Hemos estado tan entretenidos que no hemos sido conscientes del paso de las horas. En ese momento, el maestre, Juan de la Cosa, se acerca a nosotros.

—¿Qué tal por ahí abajo, Martín? ¿Todo en orden? —pregunta Juan.

—Sí, señor —responde—. Ha habido que hacer alguna reparación, pero nada fuera de las labores de mantenimiento rutinarias. El casco está en perfectas condiciones, los barriles revisados y sellados y la mercancía bien sujeta. La sentina la drenamos por la mañana. Solo queda limpiar la zona de los animales y empezar a preparar la cena.

—Buen trabajo, grumete —felicita el oficial—. ¿Y tu ayudante? ¿Aprende rápido?

—Sí, señor —contesta Martín compartiendo el mérito—. Me ha ayudado mucho.

—Martín, ¡lo de las velas! —le recuerdo.

—Es verdad, señor —añade—. ¿Ve cómo me es de gran ayuda? Acaba de recordarme que debía decirle que esta mañana, cuando subí a desanudar aquel cabo, vi algún pequeño desgarro en la vela de gavia. Tal vez deberíamos avisar al sastre para que lo repare.

—¡Bien hecho, muchachos! —concluye Juan—. Se lo diré al almirante. Dejad a los animales por hoy. Ya limpiaréis las jaulas mañana por la mañana. Tomaos un pequeño descanso y refrescaos un poco hasta que os toque empezar con la cena.

—Gracias, señor —dice Martín.

Juan se retira y Martín y yo nos quedamos solos. Me temo que ha llegado el temido momento.

Maqueta de la nao Santa María (Pixabay)

DE PAJE A GRUMETE

La deshidratación ha mantenido mis riñones sin funcionar durante parte del día, pero finalmente todo sigue su curso natural y me doy cuenta de que necesito ir a orinar.

—Martín... Me hago pis —le susurro.

—Pues mea —me dice.

—¿Dónde está el baño? —pregunto.

—¿Baño? —repite Martín, extrañado.

«Pareces bobo, Suso, el baño no se ha inventado todavía. ¿Acaso te crees que estás en *Costa Cruceros?*». ¡Vale, vocecita interior! Tenía que intentarlo...

—Olvídalo, que... ¿dónde hago pis? —vuelvo a preguntar.

—Pues te subes por la borda, te giras un poco y te colocas a favor del viento o te vas a los «jardines» —contesta riendo.

—Lo de la borda lo descarto —le digo—. Yo no tengo tu agilidad. Y lo de los «jardines»... ¿es una broma?

—¡Claro que no! —exclama—; ahí los tienes.

Martín señala hacia la proa y me indica que suba unas escaleras. Allí me encuentro de frente una serie de asientos perforados donde colocar el *pompis*. No hay duda: el olorcillo me indica que me encuentro en el sitio correcto. Por uno de los agujeros veo salpicar el agua del mar. Mira, eso está bien. Según haces *lo tuyo*, el mar te limpia *los bajos*... De repente, me doy cuenta de que uno de los agujeros está siendo utilizado... ¡por el mismísimo almirante Colón! Me da tal vergüenza haberle sorprendido en un momento tan íntimo que me giro al instante, me tropiezo conmigo mismo y bajo precipitadamente las escaleras con la cabeza y las manos por delante. Me he hecho un poco de daño, pero aun así no puedo dejar de reírme: mi reino por un teléfono móvil. Me imagino ese *selfie* conmigo mismo en primer plano y de fondo, el almirante Colón haciendo de vientre. En los «jardines» no hay escala social; todos son iguales y van a hacer lo mismo, tanto los oficiales como los marineros rasos.

—¿De qué te ríes? —me pregunta Martín.

—He pillado al almirante haciendo «sus cosas» —le digo en voz baja.

—¡Pues claro! —dice, y suelta una carcajada—; ¿a ver si te crees que los oficiales no cagan? Habrá tenido una urgencia; es raro que le hayas sorprendido haciendo sus necesidades. Nos suelen avisar para que miremos todos a popa y no le molestemos —agrega—. ¿Y tú? ¿Has hecho *lo tuyo*?

—No he podido —confieso—. Me ha dado vergüenza.

—¡Vergüenza, dice! —exclama—. No sé de dónde has salido tú, pero está claro que marinero no eres. Espera, buscaré algún recipiente que puedas usar para hacer tus necesidades. Seguro que encuentro algún caldero que no se use para cocinar.

Martín regresa con un recipiente que parece ser de cobre. Tiene un agujero en el lateral y está un poco deformado por debajo, pero servirá.

Mientras me lo alcanza me dice:

—Luego tiras *tus cosas* por la borda y lavas el recipiente. Asegúrate de guardarlo para la próxima vez.

—Gracias, Martín —contesto aliviado.

Debajo de las escaleras donde he estado comiendo hay un par de barriles y, después, varios sacos con cuerdas. Escondido detrás, soy prácticamente indetectable. Decido que ese será mi baño particular. ¡Ya se me corta el pis si noto que alguien me mira en los baños públicos, como para intentar mear en el «jardín»! Asumo que esa es una misión imposible para mí, al menos, por el momento.

Cuando salgo de mi escondite me doy cuenta de que hay movimiento. Por primera vez veo los otros dos barcos. Me parece estar contemplando una preciosa postal: a estribor, a escasos diez metros, se halla la Pinta, y a una distancia similar de esta y un poco retrasada, se deja ver la Niña. Cada día, al caer la tarde, las naves se juntan para estar seguras de no perderse ni separarse demasiado durante la noche. Los marineros maniobran hábilmente los aparejos para mantener el rumbo y la distancia entre los barcos.

—¡Francisco, ven, acércate! —me llama Martín— A ver qué nos cuentan los compañeros de los otros barcos.

Esta es la hora de intercambiar información: avistamientos de aves, peces, objetos flotantes. Cada nave hace su propio cálculo de la distancia recorrida, por lo que, según me cuenta Martín, la posición estimada de los barcos se convierte a diario en un debate sin fin. Sin embargo, hoy la materia de debate es otra: hay más interés en hablar de cierto *objeto flotante* que ha sido encontrado a la deriva.

—Esta mañana, poco antes de las diez, encontramos a uno de vuestros grumetes en el agua —grita el almirante a los marineros de la Pinta—. Había caído por la borda y estaba a la deriva.

—¡No es posible! —contesta un oficial de la otra nave—. Nuestra tripulación está completa en la Pinta. En la Niña tampoco falta nadie, Cristóbal.

—Alonso, ¿tú crees que hay alguna posibilidad de que viajara oculto como polizón? —pregunta el almirante.

¿Alonso? ¡Claro! Se trata de Martín Alonso Pinzón, el capitán de la Pinta. Es el más conocido de los hermanos Pinzón. Se me pone la piel de gallina al tomar conciencia de lo que estoy contemplando. «Vuelve, Suso; están hablando de ti. Será mejor que no te pierdas nada de la conversación...»

—Es muy improbable —responde Alonso—. Revisamos las embarcaciones de manera exhaustiva antes de abandonar el puerto. Tal vez sea algún náufrago de otra embarcación.

—No lo creo —apunta el almirante—. Tendríamos noticias de su partida. Esperad… ¿Dónde está el muchacho? Que se acerque a la borda, a ver si alguien le reconoce.

Los marineros me empujan hacia delante. Me veo transportado en volandas, casi como si estuviera en un concierto, hasta estar en primera línea. Permanezco expuesto durante un par de minutos, como en un escaparate. Decenas de ojos se clavan en mí. Nadie me reconoce, ni me saca ningún parecido, pero los marineros murmuran.

—¿Qué dicen tus hombres, Alonso? —pregunta el almirante intrigado—; están haciendo corrillos.

—Lo han bautizado, Cristóbal —responde Alonso—. Dicen que es el «niño de las estrellas».

—¡Panda de alcahuetes supersticiosos! —exclama enfadado el almirante—. ¡Menuda ayuda!

Me giro para buscar a Martín y le hago una señal para que se acerque. Necesito saber de qué están hablando. Tal vez corra peligro. Si no saben quién soy podrían pensar que soy un espía de Portugal. Sé que una de las principales obsesiones del almirante fue siempre que alguien se adelantase en su proyecto.

—Martín… —le digo, procurando hablar en voz baja para que el almirante no me oiga—. ¿Qué es eso del «niño de las estrellas»? No estoy entendiendo nada. El almirante parece haberse enfadado.

—Anoche presenciamos una extraña lluvia de estrellas. Algunos marineros supersticiosos pensaron que era una señal, un mal augurio. Y ahora, apareces tú, de la nada, coincidiendo con ese extraño avistamiento —me explica Martín.

¡Anda! Esa historia la conozco. Parece ser que vieron un meteorito. Al menos, eso creen algunos historiadores. Bartolomé de las Casas transcribió el *Diario de a bordo* del almirante Colón en el que se narra que «vieron caer del cielo un maravilloso ramo de fuego en la mar, a unas cuatro o cinco leguas». ¡Ostras! ¿Sería «yo» llegando a este *portal*? Tal vez, lo que presenciaron fuera mi salida del *agujero de gusano*. ¡Me cuadra! Pero, aún sigo sin saber cómo mi *yo cuántico* encontró este cuerpo que estoy utilizando.

—¿Tú crees que me tirarán por la borda? —le pregunto a Martín con preocupación.

—¡No, hombre! —contesta Martín, riéndose—. Pero el almirante es muy suspicaz y deberás ganarte su confianza. Tendrás que esforzarte por recordar algo sobre ti.

—Haré lo que pueda —me comprometo.

Cuando la conversación deriva por otros derroteros y dejan de hablar de mí, Martín y yo nos escabullimos con sigilo. Tenemos que ir preparando todo lo necesario para la cena. Sé que estoy a prueba Y no puedo dar lugar a ninguna queja. Más me vale aprender a ser útil, o de lo contrario…

Por primera vez me encuentro impotente. Ninguno de los conocimientos adquiridos durante mis largas horas de adoctrinamiento con papá y mamá parecen tener utilidad a bordo de este barco. No obstante, tengo una gran capacidad para aprender cosas nuevas. Me agarraré a eso, a mi curiosidad y a mis ganas. Ayudar en esta importante misión me permitirá ayudarme a mí mismo, aunque aún no sepa cómo. Ese será mi plan: dar el cien por cien en *el aquí* y en *el ahora*. Aprenderé rápido y me convertiré en un recurso útil para el almirante.

Martín y yo acompañamos a García, el despensero, a la bodega. García selecciona los alimentos con decisión y rapidez y los va depositando en unas cestas.

—García, ¿cómo lo haces para elegir?, ¿qué criterios sigues? —le pregunto—. Yo apenas veo nada con la luz de las velas.

—Estudio los alimentos a diario —responde García—. Sé lo que está cercano a corromperse, y eso es lo primero a lo que hay que dar salida. Tengo que pesar y medir con exactitud todo lo que sirvo; no podemos quedarnos sin comida y, además, siempre tengo que tener en mente el viaje de vuelta, por si no encontrásemos tierra. Son años de práctica; ¡ya tengo cogidas las cantidades casi a ojo! —dice con cierto orgullo.

—A mí me parece muy difícil calcular lo que consumen cuarenta personas. ¿Y si alguien se te queja porque quiere más o considera que le has servido menos que a otro? ¿Qué haces? —pregunto.

—Le sonrío y paso al siguiente —explica con picardía.

Claro, él puede permitirse hacer eso: es grande y fuerte. Me recuerda un poco a *papi*, no solo en el físico sino también en el carácter. El despensero es una figura importante en los barcos, y su perfil aparece descrito en algunos documentos históricos: un tipo «resistente, callado y cortés, ya que debía lidiar con bastantes, para evitar pesadumbres». Vamos, *un estoico*, como *papi*, pienso.

Ya lo tenemos todo en cubierta: hemos subido galleta marinera, sardina salada, carne también en salazón, y arroz, que ya se está cociendo en el fogón. Domingo, el alguacil del agua, también está preparado para el reparto del agua y el vino.

Cuando los marineros abandonan sus conversaciones, *a grito pelao,* con los tripulantes de los otros barcos, la cena ya está lista.

—Martín —pregunto sorprendido—. ¿A ti también te han echado vino?

—¡Pues claro! —me dice.

—Pero, si somos menores de edad —comento.

—Menores... ¿de qué edad? —me pregunta con asombro.

—De la edad legal para... —y en ese momento me doy cuenta de que otra vez estoy siendo un bocazas—. Nada, tonterías mías. No me hagas caso —añado.

—Si no te gusta, puedes guardarte tu ración —me aconseja—. Muchos marineros almacenan lo que les sobra para venderlo cuando lleguen a tierra. Otros, reservan el vino del desayuno y el almuerzo para tomárselo todo por la noche, mientras descansan y charlan con los compañeros. Cada día, te corresponde *media azumbre* de vino; y de agua, más o menos el doble de cantidad. Tú decides cómo administrarlo —me explica con santa paciencia.

¡Qué lío con las medidas! Por lo que cabe en el recipiente que me enseña Martín, yo diría que viene a ser en torno a un litro de vino y por tanto, dos litros de agua… ¡Vaya tela! O sea que algunos de estos hombres se van a *trincar* casi un litro de vino en un rato. Preveo grandes borracheras. Alguien debería explicarles que el alcohol contribuye a aumentar la deshidratación de sus cuerpos. En uno de los cursos de nutrición de mamá le contaron que el cuerpo, para metabolizar un litro de cualquier líquido que no sea agua —dígase alcohol o incluso una simple Coca-Cola— necesita hacer un gasto de tres litros de su propia agua. En fin, estarán acostumbrados. Lo hacen a diario y aquí siguen. No seré yo quien les dé una clase magistral sobre hidratación: calladito estoy mucho más guapo.

Martín se acaba de levantar. Le sigo con la mirada. Se dirige al castillo de popa. Me fijo con atención y veo arriba al almirante, a Juan de la Cosa y a Chanchu, cenando alrededor de un baúl que están utilizando como mesa. Regresa en cuestión de segundos y se vuelve a sentar a mi lado.

—¿Qué querían? —pregunto.

—Les he llevado el arroz —me aclara—; acaba de terminar de cocerse.

—¡Aaaaah! ¿Las cenas las toman fuera? —añado.

—Sí —responde Martín—. Al almirante le gusta observar las estrellas, y la temperatura es mucho más agradable que durante el día. Además, después del *fenómeno* de luces de ayer, el almirante quiere estar alerta, por si vuelve a repetirse.

—¿Qué toca ahora, Martín? —pregunto con curiosidad.

—Ahora, relajarse —explica—. En cuanto apaguemos, recojamos el fogón y lavemos la olla, poco más tenemos que hacer. La noche está tranquila, no sopla viento. Los marineros que no están de guardia se quedarán aquí charlando, contando historias, jugando a las cartas y bebiendo el vino que les queda. Algunos, aprovechan este ratito para intentar pescar algo o para lavar sus ropas con agua del mar.

De repente, interrumpe su relato:

—¡Espera, espera, que suena la campana!

—¿Y qué significa? —le pregunto un tanto sobresaltado.

—Es la llamada a oración. Ahora cantamos el *Salve Regina* —me comenta visiblemente emocionado.

Antes de que me dé cuenta, los marineros se han puesto en pie y están cantando. No entiendo nada; la oración es en latín.

Salve, Regina, Mater misericordiae
Vita, dulcedo, et spes nostra, salve
Ad te clamamus exsules filii Hevae
Ad te suspiramus, gementes et flentes
In hac lacrimarum valle

Eia, ergo, advocata nostra, illos tuos
Misericordes oculos ad nos converte
Et Jesum, benedictum fructum ventris tui
Nobis post hoc exsilium ostende

O clemens
O pia
O dulcis
Virgo Maria

Cuando terminan, se hace el silencio unos segundos. La paz reina en el barco. Los marineros vuelven a relajarse. Hacen pequeños grupos y prosiguen con sus conversaciones y su ingesta de vino.

Busco con la mirada al almirante Colón. Ya no está en el castillo de popa. Acaba de bajar a cubierta y ha desplazado con un gesto al marinero que llevaba el timón. Pero el timón no es la rueda que todos nos imaginamos, la que hemos visto en las *pelis* de piratas; a simple vista se ve como un palo vertical. Al atravesar la cubierta tiene una especie de bola, una rótula. Así, puede moverse en todas las direcciones; algo parecido al *joystick* de mi consola. Luego, bajo la cubierta, el palo vertical continúa hasta unirse a una caña horizontal.

Esa caña es la que controla el timón del barco. La mar está tan tranquila que, al final, el almirante acaba apoyado con el brazo izquierdo en el timón mientras observa plácidamente el cielo.

De modo inesperado, el barco cabecea y da un salto. El movimiento es tan grande que noto cómo se me despega el culo del suelo. En ese instante, el tiempo se detiene y lo veo todo a cámara lenta. El almirante sigue con su brazo elevado apoyado en el timón; el baúl sobre el que han cenado en el castillo de popa no ha sido asegurado y se precipita hacia delante, golpeando al almirante por la espalda. Le empuja con violencia y el pobre hombre aterriza de cara contra el suelo. El impacto ha sido brutal. Yo mismo me retuerzo de dolor: he vuelto a tomar contacto con el suelo con violencia, justo sobre mi coxis; mis nalgas huesudas no han amortiguado para nada el aterrizaje. Juan de la Cosa y Chanchu se precipitan por las escaleras del castillo de popa para ir a ayudar al almirante, que yace en el suelo boca abajo.

—¿Qué demonios ha sido eso? —pregunta Juan—. ¿De dónde ha salido esa maldita ola?

—¡Aaayyyyy! Este mar es tenebroso e imprevisible —contesta el almirante con tono lastimero—. ¡No sopla viento pero se levantan olas traicioneras!

—Almirante, ¿está usted bien? —pregunta Chanchu—. Levántese.

Chanchu intenta ayudarle a levantarse traccionando de sus muñecas. El silencio de la noche se quiebra por un grito desgarrador.

—¡Suelte, Chanchu! —grita el almirante—. Creo que ese maldito baúl me ha roto el brazo.

Recupero en mi mente el fotograma del momento del impacto. La enorme caja ha golpeado al almirante por detrás del hombro, pero no ha llegado a caerle encima. Le ha sobrepasado y ha aterrizado un metro por delante. Creo que sé lo que ha pasado: Colón estaba con la mano en alto, apoyada en el palo del timón. Un golpe en esa posición desde la parte posterior ha luxado su húmero hacia delante. He visto varias veces ese mecanismo de lesión en partidos de balonmano y de *rugby*. Hay que recolocar ese húmero de inmediato. Si dejamos que la musculatura entre en espasmo, la reducción será mucho más complicada. Debo intervenir.

—¡Chanchu!, quiero decir... ¡señor! —exclamo—, creo que puedo ayudar.

—¿En qué, hijo? —me pregunta extrañado—. Esto no es cosa para pajes.

—Es que... yo... no sé... quiero decir... no recuerdo cuándo ni dónde, pero sé que he visto esto antes y creo que puedo ayudar al almirante —acierto a decir—. Necesito que le descubran el hombro. Tengo que ver la forma que tiene. Si es lo que creo, lo podemos solucionar en cuestión de segundos —afirmo.

Los más negros augurios deben haber pasado por la cabeza del almirante en el último minuto: verse lisiado y en un viaje con un destino incierto. La perspectiva de que pueda solucionarse en segundos le cambia la cara: refleja una mezcla de incredulidad y esperanza. Colón interviene de inmediato:

—¡No me toquéis el brazo izquierdo, pero haced lo que dice el chico! —ordena—. Ayudadme a desabrochar la camisa.

Cuando veo el hombro lo tengo claro: el acromion, que es la parte más alta y externa del omóplato, se muestra prominente y totalmente definido ante la ausencia de la cabeza humeral que se ha desplazado de su cavidad; palpo perfectamente el vacío donde debería estar la *bola* del húmero. El almirante mantiene el miembro superior lesionado en ligera separación y rotación interna, con el codo flexionado, gracias a la ayuda de su otra mano: su mano derecha agarra con firmeza su mano izquierda y la sostiene presionada contra su abdomen. La incapacidad funcional es absoluta; el brazo no responde a sus órdenes.

—No está roto, señor —le explico—. El hombro se ha salido de su sitio. Podemos colocarlo, pero tenemos que hacerlo ya: cuanto más tiempo pase, más *tiesa* se pondrá la musculatura y más resistencia ofrecerá el hueso para volver a su posición.

—Señor —dice Juan—; podemos hacer llamar al cirujano, maestre Diego, que viaja en la Pinta.

—Es otra opción, ustedes verán —advierto—; pero lo mejor es actuar con premura.

El almirante me mira directamente a los ojos, se lo piensa durante unos segundos y finalmente responde:

—¡Haced lo que diga el chico!

—Sí, señor —obedece Chanchu—. Muchacho —me dice, mirándome fijamente a los ojos—, ¿qué hay que hacer?

—Almirante, usted túmbese en el suelo, y Chanchu, quítese el cinturón. Necesito que abrace con su cinto el brazo del almirante en su parte de arriba, muy pegado a la axila, como si quisiera hacerle un torniquete.

—¿Así? —pregunta Chanchu.

—¡Sí, perfecto! —respondo—. Ahora, agarre el cinto a lo largo de su longitud. Debe estar en disposición de tirar hacia afuera, hacia usted, cuando yo le diga. Será una tracción corta y seca. Ya le hago yo el gesto, mire…

Reproduzco el gesto en el aire para que Chanchu vea la amplitud del movimiento. Es un tirón muy sutil lo que se necesita. Me da la impresión de que estos hombretones de mar no están muy entrenados en el arte de la sutileza, y el tal Chanchu está más fuerte que el vinagre.

—¿Solo eso? —pregunta Chanchu.

—Sí, solo eso —contesto—. La clave de la reducción está en mis manos. Yo tiraré longitudinalmente del brazo del almirante. Con su *delicado* gesto, Chanchu, usted conseguirá que el húmero no encuentre obstáculos para volver a su posición.

—De acuerdo —dice el hombre.

—¿Y yo qué hago? —pregunta Juan.

—Usted será nuestro punto fijo, Juan —le explico—. Deberá apoyarse en el tórax del almirante para que no se venga hacia nosotros durante la maniobra.

—Entiendo —asiente.

—¿Almirante? —le pregunto.

—Dime, hijo —me dice con tono de resignación.

—Necesito que me *preste* usted su mano izquierda —le pido—. Confíe en mí, no voy a mover su hombro. Conservará la angulación en la que usted se encuentra ahora. Solo voy a estirarle el codo y a agarrarle por encima de su muñeca. Eso no le dolerá.

—¡Adelante, pues! —consiente el almirante.

—Caballeros, ya lo tengo —les aviso—. Les doy las últimas instrucciones: a la cuenta de tres voy a ejecutar un movimiento corto y rápido en dirección caudal. Chanchu, Juan, ustedes deberán hacer su parte coordinándose conmigo. ¿Lo han entendido? —pregunto con contundencia.

—¡A la perfección! —afirma Chanchu.

—Entendido —responde Juan.

—De acuerdo —digo—; allá vamos: una… dos…

Otra vez el tiempo se detiene ante mí. Contemplo los ojos esperanzados del almirante clavados en mí. Chanchu y Juan de la Cosa están en sus posiciones. Los marineros han hecho corrillo a nuestro alrededor y nos observan con una mezcla de preocupación y expectación. Todos están en silencio. Más me vale tener razón con el diagnóstico y recordar las prácticas de fisioterapia con mamá. ¡Ahora o nunca!

—¡Tres! —exclamo.

Focalizo al máximo mi atención. Coordino la tracción repentina con la espiración forzada de aire de mis pulmones para dar mayor potencia y control al gesto. Chanchu ha tirado lo justo como para que el húmero esquive el tope que lo mantenía bloqueado. Salvado el obstáculo, percibo cómo el húmero asciende para volver a la comodidad de su cavidad. ¡*Clac*! Ahí está. El chasquido no deja lugar a dudas: lo hemos conseguido. El sonido ha sido espectacular. Los marineros exclaman, algunos aplauden… El almirante suspira aliviado.

—¡Está en su sitio, lo he notado con claridad! —dice con entusiasmo el almirante—. ¡El alivio ha sido inmediato! Gracias, muchacho.

—De nada, almirante —le respondo, casi sin creer lo que acabo de hacer—. Caballeros, fabríquenle un cabestrillo con alguna tela o pañuelo —ordeno con seguridad impostada.

—¿Tendré que estar inmovilizado mucho tiempo? ¿No puedo mover el brazo? —pregunta ansioso el almirante.

—Solo por precaución, almirante, durante unos días —le explico—. El *pasaje* está fresco: no queremos que el húmero vuelva a encontrar el camino de salida, ¿verdad? Además, en breve se irá a dormir y durante la noche, los músculos se relajan. El hombro podría volver a salirse. Mañana empezaremos a mover ese hombro. Como precaución, evitaremos los movimientos del miembro superior por encima de la altura del hombro y, en unos días, el tejido blando ya se habrá recuperado.

—De acuerdo, grumete —responde el almirante.

¡Mira qué bien! Me ha ascendido. Ya considera que soy grumete. De *objeto flotante* he pasado a paje, de paje a grumete. Tal vez me dé tiempo a llegar a la categoría de marinero y luego a oficial. «Suso, no te *flipes*, que no estás aquí para hacer carrera naval». Es verdad, vocecita interior, tengo que poner los pies en la tierra. ¿Qué está sucediendo? Mi activación desaparece de manera súbita. De repente, me apago por completo. Las piernas dejan de sostenerme y empiezo a ver doble. Creo que me voy a desmayar.

—¡Ya te tengo, amigo mío! —me tranquiliza Martín—. No te preocupes, yo te sujeto.

—Gracias, Martín —murmuro—. Realmente eres como mi hermano mayor.

—Necesitas descansar —me dice—. Ha sido un día muy intenso para ti. No sé cómo te tienes en pie.

Martín me acompaña a nuestro rinconcito bajo la escalera del castillo de proa. Me prepara una estera para que me tumbe y un saco para que me haga de almohada. Me echa un fardo por encima por si me entra frío. En realidad me apetece mucho cerrar los ojos, pero no sé si podré. Quiero decir que no sé qué pasará si me duermo: ¿volveré al túnel del tiempo? No tengo la sensación de haber solucionado ni averiguado nada en este ciclo de sueño. A no ser que haya evitado que la expedición se diera la vuelta por tener herido al almirante. Sinceramente, no lo creo; se le ve tan obstinado y cabezón que habría continuado el viaje incluso con los dos brazos y las dos piernas rotas.

Me acomodo tumbándome de lado. Los brazos y las piernas me pesan toneladas. Estoy agotado. De aquí no me muevo. Intento organizar mis pensamientos, repasar lo que he aprendido, procesar la información, sacar conclusiones de por qué estoy aquí. No me da tiempo. Mi respiración se hace cada vez más lenta. Dejo de percibir los ruidos externos, me dejo vencer por el peso de mis párpados y me encomiendo, como siempre, al Legislador, al que todo lo ve, al que todo lo sabe. Tengo mi propia fórmula: siempre le pido que «guíe mis pasos hacia el mejor desenlace posible, para mí y para todas las personas implicadas, para que el bien y la verdad siempre triunfen».

Cristóbal Colón (Pixabay)

ALGUIEN ME VIGILA

Los primeros rayos de sol acarician mi cara y me despiertan con suavidad. La agradable sensación de calor me recuerda a uno de los besos que me da *mami* en la mejilla para que abra los ojos por la mañana. A veces, finjo estar dormido, solo para que se acerque a mí y me dé mi beso *protocolario*. Cuando estoy despierto, como ya soy mayor, me hago el *durito* y finjo que me molesta que mis padres me achuchen y me besuqueen. Sin embargo, ahora daría cualquier cosa por uno de los *abracitis* de familia.

La tripulación empieza a desperezarse. El día comienza de nuevo con algunas oraciones. Martín se ha despertado antes que yo. Me ha dejado descansar un poco más. García y él ya han organizado el desayuno: bizcochos, queso, algunas sardinas, ajos y, por supuesto, agua y vino. Me decido a probar el bizcocho. Anoche lo intenté, pero estaba muy duro y lo dejé por imposible.

—Martín, ¿cómo haces para partir esto? —le pregunto con el bizcocho en la mano—. ¡Está muy duro! Aunque consiga partirlo, no sé si podré masticarlo.

—Mira, puedes darle golpes contra la madera, o con el culo del plato —me enseña—. También puedes ponerlo en remojo en el vino para que se ablande.

—¿Tú cómo haces? —le pregunto.

—Hago las dos cosas —me aclara—. Me gusta darle unos cuantos golpes para que se caigan los gusanos y los gorgojos, y luego, lo pongo a nadar en vino.

—Es broma, ¿no? Lo de los gusanos —digo.

—¡No! —contesta—; míralo bien, ya verás cómo encuentras algún bichito. Anoche estaba oscuro, por eso no te diste cuenta.

Efectivamente. Inspecciono el dichoso bizcocho y veo puntitos negros que, ante mi sorpresa, empiezan a moverse.

—¡Jope!, ¡qué ascazo! —exclamo.

Sé que tengo que comer para coger fuerzas, así que empiezo a golpear enérgicamente el pan contra el suelo, consigo partirlo en algunos trozos aporreándolo con el plato, lo inspecciono nuevamente, dedico unos segundos a expurgarlo con cuidado. Parece que está limpio. Aun así, decido mojarlo en vino, en plan desinfectante. Me fabrico una especie de gachas de color granate. El sabor es difícil de describir: un vino áspero y peleón mezclado con pan duro que tiene un sabor ligeramente rancio. Se me hace la boca agua recordando el riquísimo sabor de las tortitas de harina de almendras que me servía mamá para desayunar los fines de semana.

Engañando un poco al cerebro, consigo desayunar. Prueba superada. Ya puedo decir que he pasado un día entero en un barco del siglo XV y he sobrevivido para contarlo.

Estoy un poco desconcertado por el hecho de haber sido capaz de dormir en este escenario sin salirme de él. Estaba convencido de que cada sueño me conduciría a una línea de tiempo diferente. Debo reconsiderar mis conclusiones: no creo que haya ningún error, el Legislador no comete errores; creo que lo que pasa es que si estoy soñando, el tiempo realmente no existe. Quiero decir que podría incluso pasar una vida entera en cualquiera de mis destinos y, al despertarme, haber estado soñando solo cinco minutos. Que se lo digan a Diego, el cabeza de familia de *Los Serrano*. Después de tropecientos episodios de serie, resulta que, en el último episodio, se desvela que todo había sido un sueño del protagonista. Recuerdo que incluso me enfadé con el guionista, porque me pareció un final absurdo. Todas esas series antiguas las veía con mi tío Juan, el hermano de mamá. Él también estaba indignado por aquel giro inesperado.

Me toca resignarme. Tengo que asumir que soy un principiante en esta disciplina: los saltos cuánticos tienen muchos secretos para mí. ¿Cuándo saldré de aquí?

A pesar de la incertidumbre me siento más animado. También puede ser que esté un poco *piripi* por el vinillo del desayuno. El caso es que hoy ya no me siento tan inútil. He ayudado a recoger los bártulos del desayuno y ahora estoy fregando la cubierta con Martín.

Sin embargo, tengo un curioso sentimiento de incomodidad y no sé por qué. Mi intuición, a veces, me dice cosas. Es herencia de *la bruja* que tengo por madre en el siglo XXI; y no lo digo en tono despectivo. Mi *brujita* es consciente de que lo es. Sabe cosas sin haberlas aprendido, percibe detalles que otros no advierten, tiene un detector de malas personas y, a veces, recibe información que se *descarga* en su cabeza sin saber de dónde ha salido. Esa es mi madre. Y yo, su hijo, he heredado parte de sus *habilidades*. Definitivamente, lo sé, lo noto: alguien me está observando.

Levanto la mirada del suelo de la cubierta y lo veo allí, en la puerta de su camarote, taladrándome con los ojos. El almirante me observa como un halcón a su presa. Tiene la cabeza inclinada a la derecha y el ojo izquierdo ligeramente cerrado. Es la cara que pongo yo cuando hago una pregunta a mis padres y la respuesta no me convence. Me he dado cuenta: el almirante es el tipo de persona a quien no le gustan los imprevistos, quiere saberlo todo y tener el control absoluto. Y yo, me escapo a su control. Soy una pieza suelta en su puzle, y eso no le hace ninguna gracia.

Martín y yo vamos cumpliendo con nuestras obligaciones y, entre una tarea y otra, me sigue enseñando cosas del barco: el timón, las anclas, el mecanismo para echarlas al mar y recogerlas… ¡Es *flipante*! Un ancla pesa unos quinientos kilos y hacen falta hasta cuatro hombres moviendo un engranaje, para subirla o bajarla. El mecanismo me recuerda al de las norias movidas por burros que se utilizaban para moler el grano de cereal. Aquí todo se hace a base de fuerza física. ¡Impresionante!

Otra vez, ¿será posible? Ya tengo el *taladro* en el cogote: me giro y ahí está el almirante, sin quitarme ojo de encima, esta vez desde el castillo de proa.

Martín ha vuelto a trepar las jarcias para ayudar al sastre a revisar aquellos desperfectos que observó ayer en la vela de gavia. Ha prometido darme algunos consejos para enseñarme a trepar por las cuerdas cuando baje. Me encantaría pasar un ratito arriba, en la cofa, para observar todo desde las alturas. ¡Me imagino siendo yo el que avista tierra! ¡Sería un *pasote*! De repente, una mano en el hombro me saca de mis pensamientos. Giro la cabeza y me encuentro con el almirante Colón. Estaba tan ensimismado en mis mundos, que he bajado la guardia y no lo he visto venir.

—¿Qué tal, grumete? —me saluda—. Veo que te integras poco a poco en la tripulación. Aprendes rápido.

—Gracias, señor —le digo—. ¿Cómo está su hombro? ¿Le duele?

—En realidad no, pero noto rigidez y cierto reparo a la hora de moverlo —confiesa—. Es como si mi cuerpo recordara el dolor de anoche y rechazase el movimiento. He estado un rato sin el cabestrillo pero he notado pesadez y cansancio y por eso me lo he vuelto a poner.

—Eso es normal, almirante —le explico—. La musculatura no sabe muy bien qué ha pasado y su manera de proteger el hombro es tensarse para evitar que se vuelva a salir. Usted procure no levantar el brazo por encima de la cabeza mientras lleva la mano hacia atrás; ya sabe, el típico movimiento para lanzar algo. Si evita ese gesto, todo irá bien. Solo es cuestión de tiempo.

—Sabes que te estoy muy agradecido, ¿verdad? —me dice.

Para ser un agradecimiento, me lo ha dicho en un *tonito* de voz que no me ha gustado nada. ¿Cómo es posible que alguien quiera dar las gracias y *suene* amenazante? Hace que me irrite. Me envalentono y decido contestarle.

—Lo supongo —contesto—. Y por el tono de su voz, también sé que ahora viene un *pero*... ¿Qué le preocupa, almirante? —le pregunto—. Está claro que hay algo que no le convence.

El ojo izquierdo del almirante vuelve a cerrarse ligeramente. He despertado su desconfianza de nuevo. Eso me pasa por hacerme el *gallito*...

—Sí, te estoy muy agradecido —dice—, *pero*... no entiendo cómo en un instante, pasaste de ser un completo inútil que no recordaba ni su nombre a convertirte en una especie de sabio *curandero* que templó los nervios de tres oficiales sumamente preocupados y fue capaz de darles órdenes con firmeza, decisión y seguridad.

—No soy un espía, si eso es lo que está pensando, almirante —declaro con firmeza—. No sé quién soy, ni por qué sé lo que sé. En ese momento, simplemente supe lo que tenía que hacer, ¿no le vale con eso?

—Me tendrá que valer, al menos de momento —añade contrariado—. Pero, convendría que fueses recordando algo de tu pasado. Seas quien seas, no tienes a donde ir ni manera de comunicarte con el exterior, así que tendré que conformarme. Seguiremos esta conversación por la noche, grumete.

—Sí, señor —respondo—. ¿Me permite?

Me fijo en la posición de su brazo dentro del cabestrillo y procedo a colocárselo un poco mejor. Lleva el codo demasiado flexionado, con la mano casi en el cuello. Le aflojo un poco el vendaje.

—Así está mejor, señor —le aseguro—. El codo, doblado lo justo para que el antebrazo quede un poquito por encima de la horizontal. Así favorecemos la circulación sanguínea. Pero tampoco demasiado flexionado, porque si no su musculatura del brazo se acortará y luego le costará estirar el codo. Más *a gustito*, ¿a que sí?

Se lo veo en la cara: le he *dejao to roto*. Después de amenazarme de mala manera, le he hecho cuatro mimos y se ha *quedao* más *descolocao* todavía. No se lo esperaba.

—Eeeeh... sí... estoy más cómodo, creo... Gracias otra vez... —balbucea el almirante.

¡*Hala*! Tira *p'allá* a tus cosas y déjame un rato tranquilo que me estás dando el día. Me libro de la vigilancia de la Paquita y ahora me toca el marcaje del almirante, ¡jopé! Yo solo quiero estar con Martín para que me enseñe a trepar por las jarcias y me acompañe a la cofa.

—Francisco. ¡Ya bajamos! ¿Preparado? —me grita Martín desde la distancia.

—¡Síííííí! —respondo entusiasmado.

Martín es una mezcla entre saltamontes y lagartija. Se ha columpiado por el lateral de las cuerdas y ha bajado saltando desde más de tres metros de altura. Ahora da un brinco y arriba otra vez: la borda casi nos llega al pecho, pero él se sube de un salto. Es la versión en esta época de un *traceur* de los que hacen *parkour* en el siglo XXI. Yo soy incapaz de saltar tan alto, por lo que apoyo las manos en la borda, me impulso con los brazos, hinco la rodilla y me subo al borde, como cuando salgo de la piscina en verano. He de reconocer que, además, tengo miedo de caer al mar: ¡ya casi me ahogo una vez! Desconozco si este cuerpo en el que me encuentro sabe nadar. Empiezo a trepar despacito. Intento no mirar abajo. La cuerda es muy áspera y me raspa los pies, pero lo puedo soportar. Martín ya está arriba otra vez.

—Ya has recorrido más de la mitad, Francisco —me anima—. No mires abajo. Mírame a mí. Aquí te espero.

Todos sabemos que no hay mejor manera de que alguien mire hacia abajo que decirle que «no mire hacia abajo». Sucede en todas las películas. Allá voy: miraré hacia abajo. *¡Buff!* ¡Qué vértigo! ¿Qué hago? ¿Bajo o subo? Vuelvo a mirar a Martín. Me observa con tanta ilusión que no me cabe ninguna duda. Tengo que subir a su encuentro. Mi vocecita interior, el pequeño *mini Suso*, me infunde aliento: «Venga, Suso, unos metros más, ya lo tienes».

—¡Lo has conseguido! —exclama Martín—. Dame la mano. Yo te ayudo a ocupar la cofa. Disfruta de tu premio.

¡Lo logré! Me siento en la cima del mundo. Abro los brazos y respiro profundamente. Soy como Leonardo Di Caprio y Kate Winslet cuando volaban con los brazos abiertos en la proa del Titanic. ¡Qué sensación! ¡Soy el rey del mundo!

***

Después del subidón de haber alcanzado la cofa, el resto del día transcurre sin demasiada excitación: preparamos el almuerzo, recogemos, limpiamos las jaulas de los animales, volteamos la ampolleta cuando nos toca, lavamos la ropa de los oficiales, hacemos recuento de víveres y reorganizamos la despensa.

Ya estamos preparando la cena y aún no puedo quitarme de la cabeza el comentario del almirante: «Seguiremos esta conversación por la noche, grumete». Acabamos de repartir el ágape, y cuando estamos sentados dispuestos a comenzar a comer, llega Chanchu y me ordena que me levante.

—¡Arriba «niño de las estrellas»! —me dice—. Déjame tu sitio. Hoy ceno con mi paisano.

En ese instante, Chanchu le alborota los pelos a Martín y le da una bofetada amistosa pero potente. Me levanto como un resorte. Cualquiera le dice que no a este pedazo de hombretón con pinta de *aizkolari*.

—*Aupa*, Chanchu, *eseri* —dice Martín.

Martín da golpecitos en la zona de suelo que yo he dejado libre para indicarle a Chanchu que se siente a su lado. No había notado su acento. Resulta que Martín también es vasco.

—¿Y yo qué hago? —pregunto.

—Tú hoy cenas con el almirante —me informa Chanchu—. Te está esperando en la puerta de su camarote.

Cuando busco al almirante con la mirada, me doy cuenta de que hoy han dispuesto la mesa en la cubierta. Después del accidente de ayer han decidido no dejar objetos sin asegurar en ubicaciones peligrosas.

Trago saliva y me dirijo hacia el camarote. El almirante me indica que me siente.

—¿Qué tal grumete? —me saluda—. ¿Alguna novedad?

—No, señor —respondo—. Todo en orden en el barco hoy.

—Eso ya lo sé —añade—. Me refiero a si tienes algo nuevo que contarme sobre ti, ¿has recordado algo?

—No, no he recordado nada —digo—. Usted sabe tanto de mí como yo mismo. Además, no me quita ojo de encima, que me he dado cuenta. Parece usted un halcón.

En mi época le pondría una denuncia por *mobbing*. ¡Hombre!, ¡ya está bien! Acosar así a un trabajador... Todo el día en la *chepa*, solo le falta colarse en mis sueños. ¡Ostras! ¡Eso es!, ¡mis sueños!

—Eres una mezcla entre insolente y temerario —me dice el almirante con voz firme—. ¿Cómo te atreves a hablarme así? ¿Qué me impide tirarte ahora mismo por la borda?

—Su curiosidad —le respondo—. Es más grande que su soberbia y su orgullo. ¿A que sí?

De repente, el almirante empieza a reírse a carcajadas. Esto sí que no me lo esperaba.

—¡Maldito renacuajo! —exclama—. Nadie se ha atrevido a hablarme así en la vida.

—Pues ya le digo yo que tampoco conviene rodearse de *pelotas* que le dicen siempre a uno lo que quiere oír —agrego—. Ese tipo de gente no le aporta nada nuevo. Le *calientan la oreja* para estar a bien con usted y sacar rédito.

—Hablas rarísimo —me dice—. ¿*Pelotas*? ¿*Calentar la oreja*?

—Sí —aclaro—, *pelotas*, *aduladores*, *zalameros*. Lo que viene siendo un *lameculos* de toda la vida, con perdón...

Intento seguir la conversación pero no me quito de la cabeza un pensamiento que me vino hace segundos: mis sueños. Según he pensado que al almirante solo le faltaba colarse en mis sueños, me han venido algunas imágenes a la mente. Creo que sí, creo que se relacionan con lo que soñé anoche, y no son escenas agradables.

—¡Eh! ¡Tú! —me increpa el almirante—. ¡Te has quedado mudo! ¿Me estás escuchando? ¿En qué estabas pensando?

—En realidad, creo que sí he recordado algo, señor —le respondo—. Su interrogatorio me ha traído a la mente algunas imágenes de lo que soñé anoche. ¿Podrían estar relacionadas con mi vida y mi pasado?

—¿Qué viste? —me pregunta impaciente— ¡Descríbeme lo que viste!

—Vi a una mujer, muerta, tirada en una cama —describo—. Bueno, en realidad no sé si estaba muerta. Espere... sí, sí lo sé, porque yo estaba muy triste contemplándola.

—¿Qué más? —insiste.

—Está bastante oscuro, oigo el sonido del agua, veo redes, barriles, montones de madera. También oigo... ¡ratas! Estoy rodeado de ratas, me muerden los dedos de los pies. Trepan por mi pantalón. Huelen la sangre que me chorrea por las piernas.

Ya no veo nada más. Me doy cuenta de que estoy temblando. Noto la humedad en la cara. Se me han escapado las lágrimas. Me seco la cara con las mangas de la camisa, un tanto avergonzado.

—Chico, ¡ya pasó! —me dice el almirante conmovido—; ¿estás bien?

Por primera vez veo en su rostro un rastro de humanidad. ¡Menos mal! Empezaba a creer que era uno de esos sociópatas narcisistas que abundan tanto en el siglo XXI; pero no, parece que tiene corazón y he despertado su empatía.

—¡Estabas aterrado! —exclama.

—No era lo que veía, señor, sino lo que sentía —le explico—. Me ahogaba la pena, el miedo y, sobre todo, la ansiedad. Estaba buscando algo con desesperación y no lo encontraba.

—Cambiemos de tema, por el momento —me propone—. Pero, prométeme que me irás contando lo que vayas recordando. Tal vez, yo pueda ayudarte a identificar algún lugar. He viajado mucho.

—Se lo prometo, señor —le aseguro.

—Mira esto —me dice—. ¿Sabes lo que es?

—Un cuadrante, señor —respondo de inmediato.

—Pero... ¿cómo es posible? —balbucea.

—No empecemos otra vez —le advierto—. No tengo ni idea de por qué lo sé. Pero sé lo que es. Es un cuadrante: se busca la estrella polar, se coloca entre las dos mirillas, se asegura uno de que el hilo de la plomada esté en la vertical y se leen los grados. Vamos bien, ¿verdad? Por el paralelo veintiocho llegaremos a tierra.

—¿Cómo sabes tú todo eso? —me pregunta anonadado.

—Ha entrado usted *en bucle* —le digo—. ¡Que no se lo puedo decir! Pero ha mostrado usted un rastro de humanidad hace un rato y me apetecía tranquilizarle.

—Tranquilizarme, ¿a mí? —añade alucinado.

—Sí —afirmo—; está preocupado porque la brújula ha estado haciendo cosas raras los últimos días. Usted navega leyendo las estrellas, como los árabes. La estrella polar le mantendrá en el paralelo correcto. Y el sol, al ponerse cada día le indicará el oeste. Con eso, será suficiente. Los vientos alisios le llevarán a la *sillita de la reina* a su destino.

—¿Qué sabes tú de lo que le pasa a la brújula? —me interroga.

—Sé que ni es cosa de brujas, ni navegamos por un mar encantado. También sé que la brújula no está estropeada. Su comportamiento es normal, pero nadie antes ha viajado tan al oeste, por eso el fenómeno no está documentado. Todavía tardará cien años en describirse la *declinación magnética*. Sus observaciones y anotaciones a lo largo de este viaje ayudarán a descifrar *el enigma*.

—¿Acaso sabes tú lo que pasará dentro de cien años? —me pregunta intrigado.

—Señor, estoy dispuesto a contestarle a esa pregunta —digo—, pero para hacerlo, necesito que usted responda a una pregunta mía.

—De acuerdo —asiente—. ¿Qué quieres preguntarme?

—La reina Isabel le recibió poco después de la conquista de Granada —enuncio—. En esa reunión, ¿recuerda usted qué le dijo la reina cuando usted le habló de su proyecto de llegar a las Indias por el océano Atlántico?

—Me dijo que lo que yo planteaba le parecía «del todo imposible» —responde el almirante.

—¿Y recuerda lo que le contestó usted? —le pregunto.

—Que la conquista de Granada también parecía «del todo imposible» hacía unas semanas —contesta.

—Entonces, almirante, usted cree en lo imposible, ¿verdad? —concluyo—; por increíble que parezca.

—Me considero un hombre abierto de miras —añade—. Pero, ¿cómo demonios conoces el contenido de mi conversación con la reina Isabel?

—No se pierda en ese detalle —le aconsejo—. Ahora lo entenderá, y yo podré comprobar lo «abierto de miras» que es usted. Pero, recuerde que la reina Isabel creyó en usted, le escuchó y le dio una oportunidad. Ahora, necesito que usted haga lo mismo conmigo. Lo que le voy a contar le parecerá «del todo imposible», pero creo que, aun así, debo contárselo.

Ha llegado el momento. Debo intentarlo. De lo contrario, puedo pasarme meses en esta línea de tiempo y no avanzar nada.

—Almirante, sé cosas del futuro porque vengo de él —le explico—. Estoy en medio de un viaje en el tiempo. Este cuerpo no es el mío. Como le he dicho ya en varias ocasiones, no sé a quién pertenece, la vida que llevaba, ni su nombre. Pero mi mente, mi conciencia y la inteligencia que me ayuda a pronunciar estas palabras pertenecen a un niño del siglo XXI que se llama Suso y está a punto de cumplir los doce años. Mi *cumple* es el 12 de octubre.

—¡Eso es imposible! —vocifera el almirante—. ¿Cómo vas a ser un niño de doce años en el cuerpo de un joven de otra época?

—Recuerde, *parece* imposible. Y no todo lo que parece imposible lo es —le insisto—. Escuche con atención: he encontrado la manera de viajar en el tiempo utilizando mis sueños. Estoy en una importante misión. Hay ciertas «fuerzas malignas» que están intentando modificar el pasado de la humanidad para dominar el mundo y esclavizar a los hombres. Quieren borrar cualquier rastro de grandeza, de fe y de honor, del pasado del ser humano. Creo que intentarán que usted no cumpla con su misión. Me temo que están tratando de eliminar de la historia todos aquellos acontecimientos que harán grande a España. Y por eso yo estoy aquí, para ayudarle en su viaje y derrotar a «las sombras».

No hay manera de *leer* la cara que pone el almirante. En los cursos de interpretación de lenguaje corporal que hago con *mami* a nadie le han dado ninguna noticia de este tipo. ¿Sorpresa? ¿Incredulidad? ¿Ira? ¿Se va a echar a reír otra vez? ¿Me va a propinar un puñetazo?

—¡Demuéstralo! —me desafía.

—Eso es complicado —le digo—. Ya me ha pasado otras veces. Podría empezar a contarle acontecimientos del futuro, pero usted no tendría manera de comprobarlos porque no han ocurrido todavía, por lo que seguiría pensando que soy un *vendehúmos*. Aunque...

—Aunque, ¿qué? —pregunta.

—Se me ocurre una idea —le propongo—. Usted escribe un *Diario de a bordo*, ¿verdad?

—Correcto —responde.

—Ese *Diario de a bordo* será transcrito por un tal fray Bartolomé de las Casas. Se convertirá en un libro que yo consultaré en el siglo XXI. Podríamos hacer un experimento. Recuerdo que leí un pasaje de su *Diario de a bordo* y algunas líneas me llamaron la atención por lo *poético*. Al leer aquellas líneas se me ocurrió pensar que usted debía ser, sin duda, un hombre conectado, sensible, espiritual para escribir aquello en medio del *fregao* en el que se encontraba —le explico—. Si no me falla la memoria, escribirá dicho pasaje esta noche, cuando se retire a su camarote para dejar constancia de los acontecimientos del día, o tal vez mañana por la mañana, al despertar...

—¿Y a qué nos lleva eso? —pregunta extrañado.

—Si me deja papel y pluma, escribiré lo que recuerdo de aquel pasaje —le aclaro—. Lo guardaré hasta mañana por la mañana y, cuando usted haya escrito sus notas en el diario, compararemos para ver si hay coincidencias.

—¡Ah! ¿Que también sabes escribir? —añade sorprendido.

—En el siglo XXI todo el mundo sabe leer y escribir. Entre colegio, instituto y universidad, nos pasamos veinte años yendo a la escuela.

—De acuerdo —proclama el almirante—. Haremos lo que dices. Eres muy listo. Podría haber decidido matarte esta misma noche, pero con este jueguecito has ganado unas cuantas horas. *Qui êtes-vous?*

—*Je vous ai déjà dit.* Buen intento, almirante —respondo—; preguntarme *quién soy* en francés. *Ya se lo he dicho.* No soy ningún espía, ni portugués ni francés. En mi época es importante estudiar idiomas. El mundo está conectado de formas que no puede imaginar ni aunque se las describa. La gente viaja mucho y es fundamental saber comunicarse. *Je parle un peu français. I also speak English. Também falo português.* 我还会说一点普通话.

—¿Cómo es posible? —se pregunta.

—No puedo ser espía de los portugueses, los franceses, los ingleses y los chinos al mismo tiempo, ¿verdad? —añado para tranquilizarle—. Ande, saque el papel; se está haciendo tarde y tengo que ayudar a Martín a recoger los trastos de la cena.

—Aquí tienes —me dice el almirante alcanzándome todo lo necesario para escribir—. Me retiraré para no ver lo que escribes.

Colón se retira a unos metros de distancia. Se apoya en la borda, pero sin dejar de observarme. Me hace gracia pensar que no va a pegar ojo en toda la noche, como un niño esperando la llegada de los Reyes Magos. No puedo negar que también estoy ansioso por comprobar el desenlace del experimento. Pero la realidad es que estoy hecho polvo. Sé que voy a dormir como un cesto a pesar de la expectación.

Me centro en lo que tengo que escribir y me pongo en modo *Caligrafía Rubio*. Es difícil escribir en estas condiciones; el vaivén del barco no ayuda y tampoco hay demasiada luz. La tinta es bastante más líquida que la que me prestó Paula en 1808. No puedo evitar que caiga alguna gotita sobre el papel. Bueno, esto ya está. Creo que se entiende perfectamente. Soplo un poco el papel y lo meneo en el aire para asegurarme de que la tinta se seque. Le hago una señal al almirante. Le enseño el escrito en la distancia y según se acerca a mí, procedo a doblar cuidadosamente el documento y a guardarlo en mi bolsillo.

—Aquí estará hasta mañana, señor —le aseguro.

—De acuerdo, muchacho —responde—. Puedes retirarte.

Cuando vuelvo junto a Martín, ya ha recogido los restos de la cena. Está sentado en nuestro sitio de siempre, esperándome. Se ha puesto una camisa y tiene otra en las manos.

—Toma, Francisco. He pensado que a lo mejor te venía bien —me dice Martín.

—¿De dónde la has sacado? —le pregunto.

—Es mía —contesta—; tengo dos, una para ti y otra para mí. Y tengo más cosas.

Martín se levanta y se acerca a uno de los baúles que van apilados bajo el castillo de proa. Lo abre y de allí saca un pantalón, un par de calzones y una piedra.

—¿Qué es todo esto? —pregunto.

—Son mis cosas. ¿Has visto? —añade Martín—. Tengo ropa de quita y pon. Y estas alpargatas, para cuando encontremos tierra. Suelo ir descalzo, pero como no sé el tipo de terreno que habrá cuando lleguemos...

Me acerco a él, para poder ver el baúl con detenimiento.

—En el baúl hay muchas cosas más —le digo.

—Ya, pero no son mías —explica Martín—. Lo comparto con dos personas más. Los grumetes disponemos de un baúl para cada tres. Los marineros tienen un baúl para cada dos. Los oficiales son los únicos que tienen derecho a cargar en el barco un baúl entero con sus cosas.

—Pues me parece súper injusto —protesto.

—A mí me da igual —comenta Martín—. Yo, aunque quisiera, no podría llenar un baúl. No tengo tantas cosas.

La imagen que tengo delante me inspira una tremenda ternura: se siente afortunado por tener ropa de quita y pon. Y aquí estoy yo, que vengo de una época en la que no nos conformamos con nada, en la que compramos cosas que no necesitamos, tenemos ropa que no llegamos a estrenar; una época de insatisfacción permanente en la que nada parece ser suficiente. Nunca he visto a ningún niño que mire sus juguetes y su ropa con la ilusión que Martín ha mirado sus pantalones y su piedra.

—Martín, ¿y ese canto rodado tan chulo? —le pregunto.

—Es un recuerdo de mi tierra, Francisco —me explica—. Lo cogí de una playa que está cerca de mi pueblo. Es una playa preciosa, llena de cantos rodados. Cuando las olas rompen en la orilla, los cantos ruedan unos por encima de los otros y parece que el mar estuviera cantando. Solía sentarme con mi madre a ver las puestas de sol mientras escuchábamos el ruido de las piedras. Hace mucho que no la veo, ¿sabes? Llevo subido a los barcos desde que tenía nueve años —dice con tono melancólico.

Ahora entiendo lo del acento. No se lo noté hasta que se puso a hablar con Chanchu. Lleva la mitad de su vida fuera de casa. ¡Pobrecillo!

—¡Qué bonito, Martín! —exclamo—. Y muchas gracias por la camisa. Me la pondré e iremos los dos iguales, como un hermano mayor y su hermano pequeño.

—Estoy muy cansado —comenta—. Yo me voy a dormir.

—Yo también, hermano —contesto.

Preparamos nuestros camastros y, en cuestión de minutos, oigo la respiración calmada de Martín. Ya está dormidito. Yo no tardaré mucho. Repaso mentalmente mi conversación con el almirante. Me toco el bolsillo para asegurarme de que el papel que he escrito sigue en su sitio. Confío en que la jugada me salga bien. Si todo sucede según lo esperado, me habré ganado la confianza del almirante. O no, tal vez le dé por pensar que soy alguna especie de brujo o un adivino capaz de leer las mentes. ¡No puedo más, que sea lo que Dios quiera! Necesito descansar. Cojo el aire en cuatro segundos, mantengo una apnea de siete y expulso en ocho. ¡Buenas noches, querido Martín! Gracias por todo.

Mapa del mundo y brújula (Pixabay)

EL MAL DE LOS MARINEROS

—¡Quita mamá! No seas besucona —exclamo medio dormido.

¡Qué decepción! Me había parecido que... La caricia del sol me ha vuelto a engañar. Entre sueños he creído que era mamá la que me despertaba. ¡Qué más quisiera yo! En lugar de a mi madre, lo primero que veo es... ¡al almirante!, en la puerta de su camarote, con los ojos abiertos como un mochuelo, observándome. En cuanto establecemos contacto visual, me hace un gesto con la mano para que me acerque.

—Buenos días, almirante —saludo—. ¿Ha dormido bien?

—No he pegado ojo —contesta enojado—. No podía dormir.

—Yo, en cambio, he dormido como los ángeles —añado—. Dígame...

—¡Cómo que dígame! —exclama—. ¡No te hagas el tonto! Dame el papel. Quiero leer lo que escribiste anoche.

—¿Ya ha hecho usted sus deberes? —pregunto—; no se querrá copiar de los míos, ¿verdad?

—¿Cómo? —responde perplejo.

—Nada, nada —me excuso—. Estoy dormido todavía. Aquí tiene —le digo mientras le extiendo el papel.

Diosito, este sería un buen momento para dejarme claro que guías mis pasos. ¡Por favor, que haya acertado con la frase!, ¡que haya acertado!

—¡No es posible! —exclama el almirante.

Se apoya en el marco de la puerta y parece que va a desmayarse, pero no. Se acerca a la mesa donde tiene desplegados sus mapas y sus papeles, y acaba desplomándose en la silla. No para de rascarse la cabeza y suspirar. Coloca mi papel junto a una de sus hojas y niega con la cabeza.

—¡No puede ser!, ¡no puede ser! —repite.

—¿Puedo? —le pregunto, señalando ambos papeles.

—Adelante, lee —consiente.

Cojo el documento que me ofrece Colón y empiezo a leerlo en alto. «Navegamos el día y la noche camino al oeste. Andaríamos treinta y nueve leguas, pero no conté sino treinta y seis. Tuvo el día algunos nublados, lloviznó…». Y ahora llega la hora de la verdad, aquí debería ir el texto que yo escribí en mi hoja: «Hoy y siempre hallamos tiempos *temperantísimos*, es placer grande el gusto de las mañanas, no falta sino oír ruiseñores y era el tiempo como abril en Andalucía».

Perfecto, lo he *clavao*. Gracias Virgen del Carmen. Cuando vuelva de vacaciones a Marbella, te voy a poner el cirio más grande que encuentre.

—Coincide —afirma el almirante—, pero ¿qué significa todo esto? No soy capaz de entenderlo.

—No tiene que entender nada —insisto—. Tiene que aceptar lo que ya sabe. ¡Ah! Y, de lo de contabilizar dos distancias diferentes para engañar a la tripulación, ya hablaremos, almirante. Mentir está muy feo. ¡Mal! ¡Muy mal! —le regaño.

Los ojos están a punto de salírsele de las órbitas después de escuchar mi comentario. Pero antes de que pueda decir nada, Chanchu se acerca a nosotros. La preocupación se refleja en su rostro.

—Almirante, Martín no despierta. Parece estar enfermo —dice Chanchu.

—¿Algo contagioso? —pregunta el almirante.

—No sabría decirle, señor —responde Chanchu.

—Haz señales a la Pinta para que amainore la marcha —ordena Colón—. Necesitamos la opinión de maestre Diego. Que vayan preparando la pasarela. Grumete, seguiremos con nuestra conversación en otro momento —concluye.

Me retiro y vuelvo volando junto a Martín. Le zarandeo por los hombros para que se despierte.

—¡Martín! ¡Martín! Despierta. ¡Tenemos que rezar! ¡Venga, levanta!

Consigo que mi amigo abra ligeramente los ojos; intenta hablar, pero apenas puedo escuchar lo que dice.

—No tengo fuerzas —murmura—, ¡no sé qué me pasa! Estoy muy débil. Me pesan mucho los párpados.

Giro a Martín hacia mí para observarlo con detenimiento y me preocupo *mogollón*: tiene sangre en los labios y dos grandes moratones en la zona de las ojeras. Abro un poco su camisa para descubrir su pecho y le encuentro morados por todas partes. Ahora entiendo por qué se puso la camisa anoche. Se dio cuenta de las manchas y quería ocultarlas. Más de lo mismo en las piernas. Tiene sangre alrededor de las uñas y algunas heridas en las manos que no cesan de sangrar.

—No te acerques tanto, muchacho —advierte Juan de la Cosa, que nos observa desde una distancia prudencial—; puede ser una enfermedad contagiosa.

—Pero, ¿cómo no va a enfermar la gente? ¡Aquí hay más mierda acumulada que en el palo de un gallinero! —protesto.

Esa expresión la usa mucho mi abuela Azucena. Espero que sea lo suficientemente antigua como para que esta gente la entienda.

—¿Y eso qué tiene que ver? —pregunta Juan.

—¿Qué tiene que ver? —contesto indignado—. ¡Pues mucho! La higiene es fundamental para estar sano. Están más limpios los animales de la bodega que la mayoría de los hombres de este barco. ¿Qué somos? ¿Humanos o marranos?

—De todos es sabido que un poco de suciedad protege la piel —interviene García, que acaba de acercarse con un grupo de marineros—. Y además, los piojos y las pulgas pican menos cuando tienes una capa de roña protectora.

—¡García, por favor!¡Que lo digas tú, que además eres el que manipula los alimentos! —exclamo—. Almirante, estos hombres deberían lavarse a diario. Cargar un poquito de jabón para futuros viajes no estaría de más. Seguro que a Martín se le han infectado todas esas pequeñas heridas por lo sucio que está todo.

—Nos estamos yendo del tema —advierte Juan—. Si es contagioso, Martín debería abandonar el barco.

—¿Abandonar el barco? —pregunto—. ¡Qué sutil! Lo que quiere decir es que habría que tirarlo por la borda, ¿no? ¡Por encima de mi cadáver! —grito enloquecido—. Si se va Martín ¡yo también me voy!

—Pues vaya dilema —añade Juan.

Me he pasado con el farol. Puede que al almirante le entretengan mis jueguecitos, pero ante la perspectiva de poder morir contagiados por algo desconocido, no dudaría en lanzarme por la borda a mí también.

—Señor, ahí está la Pinta —dice Chanchu—. Maestre Diego está preparado para pasar al barco.

—Tráigalo aquí de inmediato —ordena el almirante.

Me dedico a inspeccionar el cuerpo de Martín en busca de más pistas. Cuento los cardenales, memorizo sus heridas. Tiene que haber algo que yo pueda hacer. No pasa ni un minuto y oigo una voz a mis espaldas que no reconozco.

—¿Dónde está el enfermo? —pregunta el maestre Diego.

—Aquí lo tiene —contesta el almirante, señalando a Martín.

—Aparta de su lado, muchacho, podrías contagiarte —me dice el maestre—. Parece que sangra por varias partes. Tienen pinta de ser pústulas que han reventado.

—Pero, ¿qué dice este hombre? —pregunto—. ¿Qué pústulas ni qué pústulas? Si ni siquiera se ha acercado a reconocer al enfermo. Con lo viejo que es y lo lejos que está seguro que ni ha visto bien las heridas. ¿Le dejo un palo para que lo toque? ¿Qué clase de médico es usted? Está claro que es una especie de vasculitis, por algún motivo los vasos sanguíneos están frágiles y por eso está lleno de moratones y de pequeñas heridas. Yo no creo que haya nada infeccioso. No son pústulas ni erupciones cutáneas, acérquese y mírelo bien —le invito a aproximarse mientras le tiendo la mano.

En ese momento, un chorrillo de sangre sale de la boca de Martín. Los marineros que contemplan la escena dan un paso atrás. «Piensa, Suso, piensa. Seguro que sabes algo sobre esta enfermedad». Cojo un trozo de tela que Martín utiliza para colar su agua, lo humedezco en un cubo cercano y me acerco a limpiarle la sangre de la cara y a refrescarle un poco la frente, por si tiene fiebre. Se me ocurre abrirle la boca para ver de dónde proviene la sangre; tal vez, simplemente se haya mordido la lengua o se haya dado algún golpe en la dentadura. Tiene la lengua y las encías inflamadas. Son sus encías las que están sangrando. Le tumbo de lado para que pueda respirar mejor, no sea que se ahogue con la sangre y la inflamación de la lengua. Recapitulemos los datos: moratones, pequeñas heridas, sangrado de encías, debilidad. ¡Ya está, lo recuerdo, conozco esta enfermedad! «Aguanta, Martín, sé lo que tengo que hacer».

—Podría ser viruela —concluye el maestre Diego—. Almirante, lo siento, pero tendrá que prescindir del muchacho.

—¿Esa es su última palabra? —pregunta Colón.

—Sí, señor —afirma el maestre.

—Puede usted retirarse —le ordena—. Si aparece algún otro caso en la tripulación de los otros barcos, hágamelo saber de inmediato.

—Así lo haré, almirante —responde el maestre Diego—. Y ustedes, no se demoren. Cuanto antes se haga, mejor.

Me vuelvo para observar al médico mientras se retira; él también se ha girado y me sostiene la mirada por unos segundos. Está claro que no le ha gustado que haya rebatido su diagnóstico. Pero detecto algo más; no solo está enfadado, sino que tiene un gesto parecido al del almirante, como si algo no le convenciera, como si estuviera intentando recordar algo. Finalmente, reanuda el paso y se marcha por donde ha venido.

—Martín, hermano, ese tonto ya se ha ido —le animo—. No te preocupes, no sabe lo que dice. Yo cuidaré de ti. Sé lo que tengo que hacer.

Para mi sorpresa, Martín consigue articular unas palabras antes de volver a cerrar los ojos.

—Confío en ti, hermanito —susurra Martín con el poco aliento que le queda.

—¡Aquí no hay nada que ver, marineros! —grita el almirante—. ¡Cada uno a sus puestos! ¡Ya! Juan, Chanchu, vengan conmigo. Tú también, Francisco.

El almirante se asegura de que todos los marineros han abandonado la zona y entonces, empieza a hablar:

—Les escucho… Juan, ¿qué dice usted?

—Es una decisión difícil, pero está en nuestras manos la vida del resto de los marineros —expone Juan—. A veces, hay que hacer sacrificios.

—Chanchu, ¿qué opina usted? —pregunta el almirante.

—No soy la persona adecuada para opinar, señor. Moriría por ese chico; le quiero como a un hijo, usted lo sabe —responde Chanchu con tristeza.

—¿Tú de qué crees que se trata, Francisco? —me consulta finalmente.

—Con todos mis respetos, almirante —interrumpe Juan—. ¡Es solo un crío! ¿Qué va a saber él de estas cosas?

—Quiero escucharle —insiste el almirante—. Habla, Francisco. ¿Has visto esto antes?

—Sí, señor —le aseguro—. Lo he visto.

—¿Dónde? ¿Cuándo? —me pregunta ansioso.

—Eso ahora no importa —contesto—. Lo que importa es ayudar a Martín y tranquilizar al resto de la tripulación. Lo que tiene mi amigo no es contagioso. Es lo que se llama «enfermedad de los marineros». Donde yo vivo lo llamamos «escorbuto».

He de reconocer que este conocimiento lo tengo gracias a la abuela Azucena, mi abuela, sí, la del siglo XXI. Cada tarde, mis abuelos me recogen del colegio y me llevan la merienda. Yo siempre espero mi *donut* de chocolate o mis galletas favoritas, las que tienen forma de dinosaurio. Sin embargo, casi la mitad de las veces, abro mi fiambrera de *Spider Man* y ahí está, una pieza de fruta. Entonces, la conversación se desarrolla como sigue:

—*Joooo*, abuela, ¿y mi *donut*? ¿Fruta otra vez?

—¡Qué *donut* ni qué *donut*! Tanta porquería, ¡hombre ya! Come fruta que te va a entrar el escorbuto. Ya verás… ya verás cuando se te caigan todos los dientes —protesta ella.

Mi afán detectivesco me hizo investigar acerca del *escorbuto*, para saber si esa enfermedad existía de verdad o era una invención de mi abuela, igual que el *coco* o el *hombre del saco*. Le pregunté a Google y… ¡punto para la abuela! El *escorbuto* es real.

—Yo he oído hablar de ese «mal de marineros», hijo —añade Chanchu—, pero se produce en travesías mucho más largas. Apenas llevamos diez días de viaje. No parece ser tiempo suficiente para padecer dicho mal.

—Tiene usted razón, Chanchu —le digo—. Esta enfermedad es debida a una carencia nutricional. Se produce por falta de consumo de alimentos frescos, como la fruta y la verdura, durante periodos prolongados. Hay una sustancia contenida en frutas y verduras —la *vitamina* C— que a su vez es necesaria para producir en el cuerpo otro elemento que se llama *colágeno*.

Las caras de asombro de los tres hombres me hacen darme cuenta de que la explicación no va por buen camino: «Suso, razona: ¿vitamina C?, ¿*colágeno*?, ¿en serio? ¡Que estás en 1492, hombre!». Decido darle un nuevo rumbo a mi argumentación:

—El colágeno es para el cuerpo humano como… como la arboladura de esta embarcación. Miren, sin los palos y las vergas que sostienen todo el velamen, ¿qué creen que pasaría? —pregunto.

—Todo se desmoronaría —responde el almirante con seguridad.

—Pues justo eso es lo que le está pasando al cuerpo de Martín —concluyo, satisfecho por el resultado de la explicación—. Sus vasos sanguíneos, su tejido blando, se están desmoronando. ¿Lo entienden?

—Entonces, ¿estás seguro de que no es contagioso? —insiste Juan.

Que Dios me asista si me equivoco, pienso. Y al momento añado:

—Completamente seguro.

—¿Y por qué a Martín le habrá afectado tan pronto? —pregunta el almirante dubitativo.

—Creo que Chanchu me ayudará a contestarle a eso —contesto—. Chanchu, ¿qué suele decir Martín a la hora de comer? —le pregunto, conociendo de antemano la respuesta.

—¡Que él no come nada que no tenga madre! —exclama ilusionado—. ¡Es cierto, chico! ¡Almirante!, Francisco tiene razón: este muchacho odia la verdura y la fruta. Ni siquiera en tierra come esas cosas.

—Misterio resuelto —concluyo—. Su carencia nutricional viene de atrás y se ha manifestado ahora.

—¿Tiene solución? —pregunta el almirante.

—Depende de lo que haya en la despensa —explico—. Confío en poder encontrar algo que contenga vitamina C.

—¡Garcíaaa! —grita el almirante—. ¡Venga aquí!

—A sus órdenes, almirante —contesta García, mientras se acerca con premura.

—Acompañe al chico a la despensa y ayúdele en todo lo que necesite —ordena.

—Sí, señor —responde García.

Me aseguro de que Martín esté cómodo. Le arropo con un saco. Remojo el trozo de tela de nuevo y se lo coloco en la frente. Le hago una señal a García y nos apresuramos a bajar a la bodega. Cuando estoy a punto de bajar por la escotilla, escucho un grito.

—¡Chico! —grita con tono serio el almirante—. ¡Tienes cinco días! Si Martín no se cura, habrá que prescindir de él. Y más te vale que no contagie a nadie más. Harás su trabajo y cuidarás de él en tus ratos libres. La vida en el barco no se detiene porque un grumete esté enfermo.

—Gracias, almirante —contesto.

Ya estamos en la despensa. García me va enumerando todos los alimentos disponibles, porque algunos no están a la vista. De momento, nada fresco, nada que pueda tener vitamina C. Tal vez algo las cebollas, pero insuficiente: tendría que comerse cuatro kilos de cebolla al día, o sea, lo que viene siendo un tercio de arroba de esta época, para acercarse a la dosis de vitamina C que necesita.

—García. Los limones aguantan bastante. ¿No habéis traído limones? —le pregunto, mientras busco con la mirada.

—Sí, había un par de cestos. Pero, no creo que queden muchos —comenta—. Algunos marineros usan el limón y el vinagre para disimular el sabor del agua. Ayer subí unos pocos a cubierta y la mayoría estaban estropeados.

La humedad del barco no perdona, y este clima tropical, menos aún. En menos de quince días un montón de comida se ha echado a perder.

En mi casa, *la cueva*, los alimentos duran meses. Papá dice que seguro que podríamos fabricar queso artesano como el que se hace en las cuevas de los Picos de Europa. Me voy del tema: el caso es que *mami* siempre tiene limones en la despensa, y aunque se pongan marrones y luzcan feúchos, arrugados y consumidos, los partes por la mitad y siempre tienen zumo. Tengo la esperanza de encontrar algunos ejemplares que se puedan salvar.

—García, ¿dónde están? —le pregunto nervioso—. Enséñamelos.

—Aquí —contesta, señalándolos—; en este cesto en el suelo y también aquí arriba, colgados en este saco.

—Déjame ver —digo esperanzado— ¡Maldita sea! Todos los que están en el cesto están podridos, se me deshacen en las manos y están llenos de moho. Los del saco… ¡espera! Parece que aquí han tenido menos humedad y están más duritos. ¡Sí, aquí hay fruta comestible!

Después de buscar y seleccionar cuidadosamente, me quedo con veinte limoncitos. Tengo para seis días, justo lo que necesito. Los dos primeros días le daré cuatro limones. Después, tres al día. Espero que sean suficientes.

—¿Es lo que buscabas? —me pregunta García.

—Sí, García —le respondo—. Pero tal vez haya algo más. ¿Algún pim…? Olvídalo.

Estoy tonto, los pimientos serán uno de los productos que llegarán a Europa gracias al descubrimiento, junto con el maíz, la patata, el tomate, el cacao… ¡Jo! ¡Qué difícil todo! Pensar en dos épocas a la vez va a acabar volviéndome loco.

—Puede que quede alguna pieza más sin pudrir —me dice García—. Mira aquí.

—Confío en ti —le animo—. Mira tú y selecciona lo mejor que encuentres. Yo seguiré buscando por este otro lado. A ver, a veeer… ¡Anda! ¿Qué es esto?

—Déjame ver —dice García con curiosidad—. Son ¡tres repollos! ¿Qué hacen ahí en esa olla? Se caerían de su saco. Pero, están bañados en líquido. ¿Qué demonios es…?

—Huele a… ¡vinagre! —exclamo interrumpiéndole—. García, se han conservado en vinagre. Se debe haber salido del barril que tienen encima. ¡Con todo esto, estamos salvados! —afirmo ilusionado.

Podríamos darle a Martín el repollo y las cebollas crudos, pero me temo que, con la boca así, no podrá masticarlos. Por eso le pido a García que cocine las verduras. Le explico que si las hacemos al vapor, en lugar de cocerlas directamente en el fogón, conservarán mejor sus propiedades. Sin perder un segundo más, subimos todo lo necesario a la cubierta y nos ponemos manos a la obra. García se las ingenia para colocar unas cadenas en la cacerola, fabricando una especie de cesta donde sostener las verduras, así se harán al vapor, según el plan. Si están blanditas, podré cortarlas muy pequeñitas, machacarlas hasta convertirlas en una especie de puré y entonces, dárselas a Martín.

Yo, de momento agarro los limones, los parto por la mitad y respiro aliviado al ver que siguen siendo comestibles. Con el mismo cuchillo, hago múltiples incisiones en la pulpa y después, con el palo de un cucharón, me dedico a espachurrar el limón para exprimirlo. El preciado jugo va cayendo en el vaso de Martín. Apenas consigo dos deditos de líquido, pero tendrá que ser suficiente. Lo diluyo en un poco de agua, para que no le escuezan demasiado las heridas de la boca.

—Martín, hermano —le susurro, después de arrodillarme a su lado—. Soy yo, estoy aquí. Te he traído tu medicina. Tienes que beber esto, ¿de acuerdo?

—Me cuesta tragar, Francisco —protesta Martín—. No sé si podré.

—Inténtalo —le suplico—; hazlo por mí. Tú me enseñaste a beber agua, ¿recuerdas? Ahora, esto te lo tienes que beber igual. Sin pensarlo, sin saborearlo y directamente a la garganta, ¿de acuerdo?

—De acuerdo —dice mi amigo.

Martín me hace caso y consigue beber el zumo de limón. Aunque estoy muy preocupado, no puedo evitar reírme por la cara que pone. Me recuerda a vídeos que he visto en *TikTok*, en los que algún padre perverso le da a probar limón a su bebé.

—¡Ah! ¡Escuece mucho! —se queja Martín—. ¿Era limón? Me ha parecido, pero como todo me sabe a sangre...

—Sí, era limón —le confirmo—. Con eso y con verdura te curaremos. Tendrás que comer y beber lo que yo te traiga sin rechistar; en una hora, intentarás comer algo. García está preparando tu comida. Tal vez, gracias a ti hayamos inventado una especie de *chucrut*.

—¿Chucrut? —repite Martín.

—No me hagas caso, son tonterías mías —contesto—. Tú, descansa, que en un rato vuelvo.

Mientras García se encarga de la comida de Martín, yo sigo con mis tareas. Hay que fregar la cubierta. El almirante ya me lo advirtió: «La vida en el barco no se detiene porque un grumete esté enfermo». ¡Psicópata sin sentimientos! Su hijo Diego tendrá la misma edad que Martín, pero ni siquiera se le ocurre pensar en ello. Este hombre necesita una cura de humildad de inmediato. Y me da a mí que voy a tener que ser yo quien se encargue de ello.

Aprovecho que estoy fregando para limpiar *con mimo* y especial esmero la zona en la que solemos estar Martín y yo. Añado vinagre al agua de fregar: un poco de limpieza y desinfección nunca vienen mal. No puedo arriesgarme a que se le infecten las pequeñas heridas que tiene por todo el cuerpo. Recuerdo haber leído en *Google*, que algunos marineros habían muerto por un *panadizo*: empiezas con una infección aparentemente sin importancia, acabas con sepsis en la sangre y *pa el hoyo*. En alta mar no se puede andar uno con tonterías.

Subo un cubo de agua por la borda y dedico unos minutos a asear bien a Martín, todo el cuerpo, hasta detrás de las orejas. Le pongo la camisa que me regaló y que yo no había llegado a estrenar, le cambio de pantalones. Le dejo hecho un pincel. Hasta le atuso un poco el pelo para dejarle *guapete*.

—Martín —le digo—; mientras sacaba tu ropa del baúl, he sacado también la piedra de tu tierra. He pensado que te gustaría acariciarla.

—Sí, dámela —contesta con una leve sonrisa—. ¡Gracias, Francisco!

—Voy a bombear el agua de la sentina y vuelvo a darte de comer —le informo.

¡Qué estrés! Mientras bombeo el agua, no dejo de vigilar a Martín. No me fío de los marineros. La mayoría están disconformes con que permanezca en el barco. Me da miedo darme la vuelta y que Martín desaparezca misteriosamente. De vez en cuando, cruzo la mirada con Chanchu, sobre todo cuando tengo que bajar a algo a la bodega. Los dos sabemos lo que estamos pensando y nos comunicamos sin hablar. Me asiente con la cabeza y entonces, sé que puedo marchar a cumplir con mis obligaciones.

También vigilo al almirante. Ahora, «el mochuelo» soy yo. Debo tenerle localizado siempre para que no me pille en ningún renuncio. No puede encontrar ni un fallo en mis actuaciones. Lo está esperando. Está buscando cualquier excusa para justificar que Martín es un estorbo.

—Grumete, acércate —me avisa García—. Yo creo que esto ya está. Mira tú a ver qué te parece.

—Tienes razón —le confirmo—; está listo. Déjame otra vez tu cuchillo y el cucharón, García. Voy a cortarlo todo muy pequeñito y a machacarlo para que Martín se lo pueda comer. Guarda el resto aparte. Esta comida es solo para Martín, ¿de acuerdo? Lo que has preparado será suficiente para hoy. Mañana tendremos que repetir la operación. ¿Me ayudarás?

—Sí, grumete —me asegura—. Yo también le tengo aprecio al zagal.

Regreso al lado de mi amigo. Le incorporo apoyándole en uno de los barriles y empiezo a cortar la verdura en trocitos muy pequeños. Cuando ya lo tengo todo troceado, procedo a machacar la mezcla con el cucharón.

—¡A comer! —ordeno.

—Francisco, no creo que pueda masticar —murmura Martín.

—Se te mueven los dientes, ¿verdad? —le digo.

—¿Cómo lo sabes? —me pregunta desconcertado—. No conoces el oficio de marinero pero sabes mucho, de muchas cosas. Entonces, es que… es verdad…

—¿Qué es verdad, Martín? ¿A qué te refieres?—pregunto intrigado.

—Viniste de las estrellas aquella noche… —afirma.

—Algo así, amigo mío —respondo con ternura.

—Y, ¿cómo te llaman allí de donde vienes? —me interroga.

—Suso, Martín —le confieso—; mis amigos me llaman Suso.

—Suso… Suso… yo… ¿voy a morir en este viaje? —me pregunta con los ojos llenos de lágrimas.

—No, hermano —le aseguro—. ¡No te vas a morir! ¡Te lo garantizo!

Me invade la tristeza. En el viaje no morirá, pero después… tengo mis dudas: no sé si Martín será uno de los vascos que se quedarán en tierra tras el descubrimiento. Treinta y nueve marineros permanecerán en *La Española*. Después de un accidente con la Santa María, solo dos naves podrán regresar a la península, transportando a la mitad de la tripulación. El resto, con la madera de la embarcación encallada, construirá un fuerte llamado *Navidad* y se despedirá de sus compañeros, esperando su regreso. Pero cuando Colón vuelva, en su segundo viaje, solo encontrará destrucción y muerte.

—¡Quiero vivir, haré lo que sea! —exclama Martín—. ¿Qué tengo que comer?

—Un puré de verduras —contesto—. ¿Serás capaz? Va en contra de tu lema: no tiene madre y no hace ruido al morir; al menos, no he oído al repollo chillar mientras lo troceaba. Los limones tampoco han gritado cuando los apuñalaba con el cuchillo.

—¡Qué tonto eres! —dice Martín esbozando una sonrisa.

—Sí, seré tonto, pero te he hecho sonreír —respondo—. Te lo he machacado todo muy bien para que no tengas que masticar. No queremos que esa preciosa dentadura acabe en tu estómago, ¿verdad? Seguro que hay alguna muchacha a la que quieres sonreír a tu vuelta, ¿no?

—A decir verdad, sí… —me confiesa Martín—. Es preciosa. Se llama Pilar y la conocí en el Puerto de Palos.

—Pues, ya sabes —le digo entonces—, a tragar sin rechistar. ¡Eeesta por Pilaaar!

—¡*Puag!* —protesta mientras pone cara de asco.

—Traga, quejica —le ordeno—. Eeesta por tu hermano Franciiiisco, el de verdad, y eeeesta por míííí, tu hermano postizo.

—¿Me queda mucho? —pregunta con la boca todavía llena.

—A ver —respondo mientras remuevo la comida restante—; calculo que te queda una por tu madre, otra por Chanchu, otra por los amaneceres de tu tierra y un par de ellas más, por volver a trepar por las jarcias y por conquistar la cofa. ¿Te parecen incentivos suficientes?

—Sí —contesta Martín convencido.

Gracias al jueguecito, Martín come sin rechistar. Me mira con cariño y un poco de tristeza. Yo le guiño el ojo y le sonrío, intentando proporcionarle confianza y seguridad.

—Nos queda una cucharada —le anuncio—. Pero esta ya no sé por quién puedes tomarla. Se me han acabado tus predilecciones.

—Esta por mi amigo Suso, que ha venido de las estrellas para salvarme —me dice, agradecido—. *Eskerrik asko*, Suso.

No puedo evitar que los ojos se me llenen de lágrimas. Le doy la última cucharada. Dejo el plato y la cuchara en el suelo y me abrazo a Martín.

—*Eskerrik asko*, Martín —le digo—. *Gracias a ti*. Tú me salvaste primero. Ahora tengo que irme. ¿Te ves con fuerzas para quedarte sentado un rato? No quiero que la comida se te suba a la boca.

—Aguantaré sentado un rato y luego me tumbaré —me informa—. Creo que podré solo. No te preocupes por mí. El almirante te tiene enfilado. Ocúpate de tus cosas.

Y así transcurren mis días, yendo y viniendo, vigilando hasta con ojos en el cogote. He sacado las comidas de Martín de los horarios habituales para poder preparar la comida del resto de la tripulación con García y luego ayudarle a recoger. Apenas tengo tiempo para comer yo, pero me esfuerzo. No quiero acabar enfermo como Martín. Estoy acabando de limpiar la perola de la cena. No veo el momento de poder sentarme para descansar. Pero, por otro lado, tengo miedo de dormirme, no solo porque no sé en qué instante abandonaré este cuerpo sino porque dormidos, Martín y yo somos presas fáciles para el resto de la tripulación.

¡Por fin sentado! Martín ya está dormido, girado hacia la borda. Estoy contento: ha comido tres purés a lo largo del día. Creo que la cosa va bien. Le oigo respirar de manera tranquila y acompasada. Decido abrazarle desde atrás. Si alguien intenta llevárselo, tendrá que llevarme a mí también. Los marineros mantienen las distancias con nosotros porque tienen miedo a contagiarse. Por lo menos así, Martín y yo disponemos de más espacio para descansar.

El almirante no se ha acercado a mí en todo el día. Sé que en el fondo está molesto conmigo; le he obligado a tomar una decisión difícil. Si yo me equivoco será su reputación la que sufra el daño.

Tengo que descansar, no solo por mí sino por Martín. Una vida está a mi cargo. Es una gran responsabilidad. Me concentro en el sonido del mar, noto cómo mi respiración se sincroniza con la de Martín y a mi cuerpo no le queda más remedio que relajarse y dejarse llevar.

Limones (Pixabay)

LA SOLEDAD DEL ALMIRANTE

Hoy ya no me hago ilusiones. Despierto sabiendo que quien me besa es el sol y no mamá. Supongo que me estoy acostumbrando a vivir en este barco. Parece que soy el primero en despertar. Salvo los marineros que están de guardia, todos los demás aún yacen desperdigados por el suelo. Martín sigue a mi lado. Le acaricio la frente con el dorso de la mano. La temperatura es buena, no parece tener fiebre. Sigue con los moratones de ayer, pero al menos no encuentro otros nuevos. Estoy ansioso porque se recupere, pero sé que estas cosas llevan su tiempo. Solo espero que cuando pasen los cinco días que me ha dado el almirante, haya pruebas inequívocas de que Martín se está curando.

—¿Cuál es el parte, grumete? —me pregunta el almirante.

—¡Jope! ¡Qué susto! —reacciono—. ¿De dónde ha salido? Parece usted un *velocirraptor*, no le he oído acercarse.

—¿*Velocirraptor*? —repite.

—Eh... Sí, un animal que... Da igual... Que es usted muy sigiloso, eso quería decir —explico.

—¿Sigue vivo el chaval? —me pregunta.

—Sí, sigue vivo —respondo ofendido—; y el *chaval* tiene nombre: se llama Martín.

—Sí, claro... Martín... eso quería decir... —se excusa—. ¡Anda! Ven conmigo y charlemos un rato.

—No quiero dejar solo a Martín. No me fío de todos estos —contesto mientras señalo al resto de marineros—. Siéntese usted aquí. ¿O acaso tiene miedo? —le pregunto.

—¿Miedo yo? —añade con tono arrogante—. ¡Hazme sitio, pedazo de insolente!

—A ver, ¿qué quiere preguntarme? —le digo.

—¿Cómo sabes que quiero preguntarte algo? —responde con suspicacia.

—Porque usted siempre pregunta —le aclaro—; nunca cuenta nada. Lo quiere saber todo; sin embargo, mantiene ocultos sus secretos y no los comparte con nadie. Si quiere que yo le conteste a sus preguntas, usted también deberá responder a las mías.

—Si me convencen tus respuestas, dejaré que me hagas un par de preguntas —añade el almirante.

—¡Trato hecho! —exclamo.

—¿Voy a…? Quiero decir, ¿vamos a… morir en este viaje? —me pregunta con voz titubeante.

—Otro… ¡Que no soy Rapel! —respondo.

—¿Cómo que «otro»? ¿Quién es «Rapel»? ¿Con quién más estás teniendo este tipo de conversaciones? —me interroga visiblemente enfadado.

—¡Con nadie! Solo que ayer Martín me hizo esa misma pregunta —le explico—. Que venga del futuro y haya estudiado historia, no significa que recuerde el destino de cada uno de los miembros de esta tripulación.

—De cada uno de ellos, no —dice—, pero seguro que sí recuerdas la fecha de mi muerte. Al fin y al cabo, yo dirijo esta expedición. La historia seguro que hablará del almirante Colón.

Por un instante, me viene a la cabeza nuestro «adorado líder», el presidente de España de mi época, diciendo de sí mismo que «pasaría a la historia por ser el que había desenterrado al general Franco». Al almirante, igual que al presidente, se le ha vuelto a ver el plumero. Solo le preocupa la fama y la gloria.

—¡Tiene razón! —le comento—. Recuerdo las fechas y las circunstancias de su muerte. Pero como comprenderá, no voy a adelantarle nada. Presiento que estoy aquí para proteger el pasado, para preservarlo, no para cambiarlo. Es de primero de viajero del tiempo.

—Preservarlo… protegerlo… —repite el almirante—, de «las sombras». Eso dijiste la última vez que hablamos. Háblame de esas «sombras».

—En la época en la que vivo, los seres humanos están siendo alienados. La humanidad está olvidando su identidad. «El mal», camuflado en los cuerpos de personas muy poderosas de mi época, está llevando a cabo una especie de adoctrinamiento soterrado, un condicionamiento de los individuos para que olviden su naturaleza y sus prioridades —le explico—. La familia, la fe, los principios… todo eso ha pasado a un segundo plano. La verdad ya no importa sino las apariencias. La gente solo se preocupa de fingir en lugar de preocuparse por «ser».

—No entiendo —dice el almirante.

—Si usted estuviese en la ruina, ¿qué haría? —le pregunto.

—Poner todo mi ingenio y mis esfuerzos para salir de esa situación —responde.

—Pues si estuviera en mi época, pondría todos los esfuerzos en hacer pensar a los demás que es millonario, aunque en realidad se estuviera muriendo de hambre. La verdad ya no importa en el siglo XXI; lo importante es «el relato», o sea, que los demás crean «la verdad» que uno ha fabricado, aparentando ser lo que en realidad no es. Las personas no conocen su identidad, se han desconectado de sí mismos, fabrican máscaras y definen su identidad de manera insana a través de las opiniones de otras personas. Algunos se atreven a decir que «hemos matado a Dios» y lo proclaman con alegría. Nuestra esencia como especie muere, almirante —le explico.

—No me gusta ese futuro, grumete —opina—. ¿Qué le queda a un hombre sino buscar la grandeza?

—Mamá siempre dice que es nuestra obligación aspirar a lo máximo que podamos —aclaro—; que estamos en el mundo para convertirnos en la mejor versión posible de nosotros mismos.

—Tu madre parece ser una mujer sabia —afirma convencido.

—Solo que… —continúo.

—¿Qué? —me pregunta impaciente.

—Para convertirnos en nuestra mejor versión, para conseguir grandeza, como usted dice, no es necesario pasar por encima de otros y tratar a las personas como si fueran objetos, meros instrumentos a su disposición —le reprendo.

—¿Lo dices por mí? —añade ofendido—. ¿Así me ves?

—¡Sí! —exclamo con firmeza—. Lo siento, alguien tenía que decírselo.

—Yo... en realidad, ¡no sé quién soy! —reconoce apenado.

El almirante mira hacia el suelo, mientras pronuncia estas palabras. Por un instante, siento pena por él. Estoy delante del hombre más «solo» del mundo.

—Lo descubrirá a lo largo de este viaje, señor —le pronostico—. Aquí demostrará su calidad como ser humano, esa grandeza de la que hablaba usted. Sé cómo se siente: no se identifica con ninguna patria, no tiene apego por su hogar, por Beatriz, por sus hijos, Diego y Hernando. No se siente parte de nada. Solo se siente a gusto en el mar —prosigo—. Y por eso, habría hecho cualquier cosa para conseguir la financiación para este viaje. Usted es así por algo. Si no fuera así, habría querido quedarse en su casa, con su familia. Tal vez, Dios le diseñara de este modo para que tuviera el valor suficiente para emprender este viaje. Su desapego puede que sea su principal ventaja.

—Yo nunca había hablado de esto con nadie —me confiesa—. Has explicado lo que yo no podría explicar. Te has metido en mi cabeza y en mi corazón —dice—. ¿Cómo lo haces?

—Los actos suelen definir a las personas —le explico—. Yo no conozco sus pensamientos ni sus sentimientos, pero he leído mucho sobre todo lo que hizo. Bueno... en realidad debería decir «sobre todo lo que hará»; sabiendo su historia, me pongo en su lugar y puedo adivinar algunas cosas. Almirante —le aconsejo—: debe vivir más en *el aquí* y en *el ahora,* como cuando escribió ese pasaje en su *Diario de a bordo,* el que hablaba de los ruiseñores y de la belleza del amanecer. Y debería portarse mejor con las personas que le rodean. Ellos tienen sus propias luchas internas. No son peones en su partida de ajedrez, ¿lo entiende? Cada uno es «el rey» en la partida de su propia vida. *Carpe diem,* almirante, *tempus fugit.*

—¡Ah! ¿Que también hablas latín? —me pregunta.

—¡*Naaaa!* —respondo—; lo justo para hacer el tonto.

—Creo que he entendido lo que me quieres decir —concluye Colón—. Voy a empezar a hacer lo que dices desde este mismo momento.

—¡*Hala*! ¡Muy bien! —exclamo satisfecho—, pues vaya usted con Dios y a ver si es verdad.

—Me siento aliviado después de hablar contigo —se sincera—, aunque no entiendo muy bien el porqué. Gracias, *Suso*.

Escuchar un agradecimiento de boca del almirante me deja helado. Y, lo de llamarme por mi nombre de verdad, sí que ha sido del todo inesperado. Realmente creo que su propósito de enmienda es firme.

—De nada, almirante —le respondo—. Tal vez esta noche, cuando acabemos el día, podamos charlar otro rato. Recuerde que me ha prometido contestar a mis preguntas.

—Ya veremos —dice, mientras se levanta del suelo.

Se vuelve a hacer el *durito*, pero antes de que se dé la vuelta vislumbro una pequeña mueca que parece una sonrisa. Le tengo *en el bote*.

* * *

Pasan los minutos, las horas, los días. Friego, bombeo, preparo las comidas, cuido de Martín, lavo su ropa y la mía, exprimo limones, hago purés. Al final, aquella noche no tuve ocasión de charlar con Colón. Su intercambio de información rutinario con Martín Alonso Pinzón se prolongó durante horas. Incluso dispusieron unas cuerdas para intercambiarse algunas anotaciones y mapas entre los barcos. Creo que los hermanos Pinzón empiezan a tener dudas y a desconfiar del almirante. He oído algún que otro comentario en boca de los marineros.

He terminado por hoy. Me he dejado caer en mi rinconcito. Martín pasa casi todo el tiempo durmiendo. Eso está bien. Le ayudará a coger fuerzas. En lo que a mí respecta, he perdido la noción del tiempo. No sé si han pasado dos o tres días... ¿Cuántos limones quedan? Seis. Eso significa que mañana es el quinto día. ¡Madre mía! Estoy fatal de la azotea, no sé en qué día vivo. Me puede el agotamiento. Mi nivel de activación durante la dura jornada es máximo, estoy en *modo ataque y huida* de manera continua, siempre vigilando a mis espaldas y asegurándome de que Chanchu está cerca cuando yo tengo que perder de vista a Martín. Ni por la noche desconecto: me despierto cada dos por tres para verificar que todo esté en orden. ¡Con lo bien que he dormido yo siempre! Ahora entiendo a las madres primerizas, cuando cuentan que se despiertan con cualquier pequeño ruido que hace su bebé.

Me acurruco junto a Martín, como cada noche. Me imagino que mañana me lo encuentro curado, por fin, y que me despierta de un codazo. Le arropo bien y me aseguro de que conserva su querida piedra. La tiene agarradita y pegada al corazón. «¡Hasta mañana, Martín!».

La piedra de Martín (Pixabay)

EL SECRETO DE CRISTÓBAL

Estoy decepcionado. Me he despertado y Martín sigue dormido. Anoche me esforcé tanto en imaginar que amanecía recuperado, que estaba convencido de que mis deseos se harían realidad. Además, he tenido ese horrible sueño que me acompaña desde que vivo en este cuerpo. La mujer muerta, la sangre, las ratas, la enorme tristeza, mi búsqueda incansable.

Debo ponerme en marcha. Antes que nada, preparo el jugo de limón para Martín. Le desperezo lo justo para incorporarle un poco y que trague sin ahogarse. Le hablo con mis pensamientos: «Descansa hermano… estoy contigo».

Me he levantado de muy mal humor. Me lo noto. Al que me chiste lo más mínimo me lo como. Agarro el escobón de mala gana para ponerme a limpiar la cubierta.

Veo acercarse al almirante. ¡No, por Dios! ¡El que faltaba!

—Hola, muchacho —me saluda—. Hoy es el quinto día.

—¿Qué quiere? ¿Lo tiramos ya por la borda? —le pregunto indignado—. Aún no se ha levantado. Tenía usted razón. ¿Ve? No he podido curarle.

—Queda todo el día —aclara—. Todavía hay tiempo. No quería decir eso. Me apetecía… en fin, hace días que no hablamos… —añade balbuceando.

Noto un impulso irrefrenable que me sube por las tripas, una mala leche incontenible. No hay marcha atrás: voy a reventar con quien menos debería.

—No doy abasto, ¿es que no lo ve? —grito sin poder contenerme—. Estoy haciendo el trabajo de Martín y cuidándole como puedo. Y por si fuera poco, usted me interrumpe con sus rayadas mentales. ¿A qué dedica el día? Todo el tiempo pensando en las musarañas, soñando despierto y enterrado en sus mapas y en sus cartas de navegación. ¡Jolín! Agarre usted una escoba y póngase a limpiar la cubierta conmigo. De lo contrario, deje de perseguirme, que me pisa lo *fregao*... ¡Hombre ya! ¡Dónde están los sindicatos cuando se los necesita!

—¿Cómo te atreves a hablarme así? —me reprende el almirante—. Soy el único que sabe a dónde vamos. Tengo que vigilar el rumbo.

—Por mucho que sepa a donde va, sin la tripulación y sin los barcos no llegará muy lejos —le aclaro—. ¿Es que no lo ve? ¿Ya se le ha olvidado lo que hablamos la otra noche sobre tener en consideración a las personas que le rodean?

—¿Sin la tripulación? ¿Sin los barcos? ¿Qué quieres decir? ¿Qué has oído? ¿Un motín? —me interroga con preocupación.

—Si no pasara todo el tiempo ensimismado en sus cosas se daría cuenta de que la tripulación está preocupada —le explico—. Saben que algo pasa con la brújula, le han visto golpearla. Están convencidos de que está usted perdido. Y además, se dan cuenta de que estos vientos soplan continuamente alejándoles de la tierra que conocen. Se preguntan cómo podrán volver si el viento no cambia nunca de dirección. Tal vez debería usted comunicarse un poquito más con ellos, ¿no cree? —pregunto.

—Ya les tranquilicé el otro día cuando me transmitieron su preocupación —se justifica—. Les convencí de que el viaje merecía la pena, de que estábamos a punto de encontrar tierra.

—No les convenció usted, almirante —le corrijo—. Les convencieron los hermanos Pinzón. Los marineros están aquí porque conocían a los hermanos Pinzón, a los hermanos Quintero, a los hermanos Niño. Son todos amigos y familiares. Si no fuera por ellos, usted no tendría tripulación. Están arriesgando sus vidas y parte de su patrimonio. Usted sabe que tiene estas estupendas embarcaciones porque ellos se las proporcionaron. Y, a donde vayan ellos, los marineros les seguirán, ¿todavía no lo entiende? —insisto—. Debe dejarse de secretos y compartir lo que sabe con el resto de los oficiales. Ahora son ellos los que tienen dudas.

—¿A qué secretos te refieres? —me pregunta.

—Eso debería contestármelo usted —respondo—. Esa es mi pregunta. Prometió responderme a lo que le preguntase. Le daré pistas de a qué me refiero: debe desvelarles la información que maneja; y no me venga con que ha estudiado los mapas de Marino de Tiro, de Ptolomeo o de Toscanelli; ni siquiera me valen los mapas traídos de Roma por Martín Alonso Pinzón. Me refiero al testimonio real, al de aquel náufrago —me envalentono y le planteo mi hipótesis—. ¿Dónde lo conoció usted? ¿Madeira, Canarias, Cabo Verde, Porto Novo? Yo me aventuro a decir que fue en Porto Novo, cuando vivía usted en casa de sus suegros; me refiero a los padres de su esposa fallecida, Felipa. Según la información que manejo, las corrientes lo devolvieron allí, a él y a su destartalada embarcación.

Esta vez se ha quedado blanco, pero blanco, blanco. A este paso me lo cargo de un infarto y me convierto yo en responsable de que no se descubra América. Tengo que trabajar más mi sutileza. Se me está contagiando la brusquedad de estos lobos de mar. Pero ya, *si eso*, mañana... Ahora estoy totalmente *on fire*. No puedo parar.

—Y además, me he *enfadao*. Ya no le cuento más cosas —protesto—. Ahora soy yo el que no quiere hablar con usted. Y no me diga que me va a tirar por la borda. ¡Me voy a tirar yo! Que me coman los tiburones y ¡listo!

Me dirijo a la borda, me impulso con los brazos y me subo como me enseñó Martín. Se me ha ido la olla del todo. Me veo a mí mismo cogiendo impulso, y justo en el instante en que mis pies se despegan de su apoyo, noto cómo cuatro manos me agarran por las piernas. Cuando estoy en el suelo de cubierta y dejo de forcejear, veo que han sido Chanchu y el almirante los que han evitado que haga una tontería.

—¡Tranquilízate, hijo! —me ruega el almirante mientras me agarra por los hombros—. ¡Ya pasó! Estás cansado. Eso es todo. Deja de fregar la cubierta. Hoy dedícate solo a cuidar de Martín. ¡Anda! Ve con él. Ya nos organizaremos. Esta noche, seguiremos hablando. Esta vez seré yo el que conteste tus preguntas. Tienes razón. Necesito compartir algo contigo. Puede que Dios esté intentando decirme algo a través de ti.

Me retiro a mi rincón bajo las escaleras, me siento en el suelo, abrazo mis rodillas, escondo la cabeza y comienzo a llorar. Tengo tanta tensión acumulada que acabo hipando como un niño pequeño. Me da igual que me vean el resto de marineros. Necesito deshacerme de la presión que noto en el pecho. En cuestión de minutos consigo relajarme, aunque me ha quedado un enorme dolor de cabeza. Contemplo a Martín mientras descansa. Reviso sus heridas y moratones. La verdad es que apenas se le notan. Hay un par de cardenales más llamativos en los antebrazos pero el resto, pasan desapercibidos. Aprovecho que bosteza para mantenerle la boca abierta y examinar sus encías y sus dientes. Las encías siguen un pelín enrojecidas pero ya no sangran. Me arriesgo a intentar moverle los paletos. Buena señal, ¡están firmes! Las uñas, sucias y largas como las de un aguilucho, sí, pero sin rastros de sangre.

Un soplo de alegría y esperanza me invade de nuevo. Suspiro aliviado. Se me han hinchado los ojos después de haber llorado. Noto el peso de los párpados. Me está entrando mucho sueño. Decido descansar unos minutos.

* * *

Los minutos deben haberse convertido en horas. Cuando me despierto, el sol ya está muy alto y me está pegando de lleno. Debo haberme despertado por eso. Me giro para ver a Martín y... ¡no está! Esos malditos traidores han aprovechado para llevárselo. Me levanto de un salto y me golpeo la cabeza con las escaleras. El topetazo ha sido descomunal. Me caigo al suelo. Noto cómo un reguerillo de sangre me corre por la frente.

—¡*Aaaay*! ¡Me he *matao*! —gimo dolorido.

Estoy muy mareado. Aprieto los párpados para que no se me meta la sangre en los ojos. Me presiono con las manos en el lugar del impacto, tapándome la cara. Alguien forcejea conmigo intentando retirarme las manos de la cabeza para poder ver la herida.

—¡Soltadme! ¡Canallas! ¡Asesinos! —grito—. ¿Dónde está Martín? ¡Martín!, ¡Martín! —clamo.

—Tranquilo Suso, tranquilo —me dice una voz con suavidad—. Soy yo, hermano. Soy Martín. Estoy aquí. Me desperté antes que tú, como siempre. ¡Mírame, anda!

Abro los ojos y ahí está, delante de mí, como una aparición. El sol está a su espalda y refleja en él como si fuera un ángel de verdad, con su aureola y todo.

—¿Eres tú, el de carne y hueso, o eres un ángel? —le pregunto deslumbrado.

—Soy yo, el de poca carne y mucho hueso —contesta riéndose—. Me encuentro mucho mejor, ¡y todo gracias a ti!

Me incorporo sin pensarlo y le doy un abrazo tan fuerte que casi le ahogo. Me sigue chorreando la sangre por la cara, pero no me importa.

Miro por encima de los hombros de Martín mientras le abrazo y veo al resto de los marineros. Están contentos; algunos me hacen un gesto de aprobación con la cabeza. Imagino que será su manera de disculparse. Chanchu tiene una enorme sonrisa en la cara. Espera su turno para abrazar a su paisano. El almirante da unas palmadas en el hombro de Martín, le indica que se aparte, me ayuda a sentarme y se agacha junto a mí. Examina la herida y, acto seguido, se retira un poco para subir un cubo de agua por la borda. Se arrodilla a mi lado, se saca un pañuelo de uno de sus bolsillos, lo humedece y lo utiliza para limpiarme la herida.

—Ahora que te hemos enseñado a ser marinero, no vamos a dejar que te mueras, ¿no? —me dice el almirante mientras me da una palmada en el hombro—. Ven conmigo. Descansarás en mi camarote.

—Sí, señor —respondo.

Cuando llegamos a su camarote, ante mi sorpresa, el almirante me hace una señal y me ofrece su camastro.

—Descansa lo que necesites —me invita—. Te lo has ganado. Yo estaré aquí cuando te despiertes, ya sabes, «enterrado en mis mapas y en mis papeles y soñando despierto».

Por un instante, me siento culpable por haber hablado así al almirante; parece que se le han quedado grabadas a fuego las palabras que le dije hace un rato en la cubierta. Se me pasa enseguida la culpa, cuando el almirante se gira, me sonríe y me guiña un ojo.

El camastro no es gran cosa, pero comparado con dormir en el suelo, ¡no hay color! En el camarote del almirante no huele tan mal como en el resto del barco. Le he observado: él sí se lava y se cambia de ropa a diario. Es de los pocos que no lleva barba porque se afeita cada mañana. Su pelo no luce apelmazado y sucio como el de la mayoría de los marineros. Tiene una especie de media melena, de color castaño, con bastantes canas para la edad que tiene. Andará en torno a los cuarenta. Es bastante alto y fuerte. Tiene la nariz aguileña y los ojos pequeños, de un azul intenso. Esos ojos inquisitivos… Cuando el almirante te mira, sabes que te está analizando, como ahora.

—¿Qué miras, muchacho? —me pregunta—. ¿No te duermes?

—No, señor —respondo—. Pero estoy muy a gusto en la cama, ¡gracias! Está más blandita que el suelo y, como estoy en los huesos, se agradece algo de amortiguación.

—¡Qué raro hablas! —apunta—. De cualquier modo, de nada.

Que hablo raro, dice. Pues anda que si le llego a soltar que estoy «hecho un fistro» o «más delgado que la radiografía de un silbido». Pero explícale tú ahora quién era *Chiquito de la Calzada* o qué es una *radiografía*.

Mi *mini yo* me da un toque de atención y me recuerda mi misión: «Vuelve Suso, tienes que ir al grano, a lo realmente importante. Tus preguntas, ¿recuerdas?». Es verdad, *mini yo*, voy, voy.

—Tenemos algo pendiente —le comento al almirante—. ¿Le parece buen momento para que le plantee mis preguntas?

—Para eso te he traído —me aclara—. Pero solo te contestaré si aciertas a preguntarme sobre los dos asuntos que más me preocupan.

—Cada vez más requisitos —protesto—. Es usted la persona más incrédula y desconfiada que conozco. Luego dice que es «abierto de miras»

—Aprovecha tu oportunidad —advierte—; solo tendrás una.

—Veamos —comienzo—. Yo creo que tiene dos principales preocupaciones que le rondan la mente: la primera es que, los días pasan, la distancia recorrida aumenta y usted, para convencer a los marineros, les dijo que encontrarían tierra a setecientas cincuenta leguas. Está usted haciendo una doble medición de la distancia recorrida, una que se queda usted y otra que le da a la tripulación. Pero ni con esas consigue tapar el hecho de que están navegando mucho más lejos de lo que les planteó. Ellos se están dando cuenta. Por mucho que discuta con los hermanos Pinzón, las distancias no cuadran. Se ponen nerviosos porque ya hace muchos días que dejaron de ver tierra a sus espaldas. ¿Voy bien encaminado?

No hace falta que me conteste. Está mirando al suelo, avergonzado. Por cierto, ya me voy haciendo con las unidades de medida. Una legua castellana son cinco kilómetros y medio. Es decir, que les dijo que encontrarían tierra a los cuatro mil ciento veinticinco kilómetros. No es ni la mitad de la distancia real, que es de ocho mil trescientos ochenta kilómetros.

—¿Qué podía hacer? —se excusa—. Si no hubiera mentido, nadie me habría acompañado en este viaje. Eso solo lo sabe mi amigo y confesor fray Antonio de Marchena. Se lo conté en el Monasterio de la Rábida, justo antes de partir. Pero siento que Dios no me ha absuelto por esa mentira. De algún modo, no sé cómo, tú lo sabes todo y estás aquí para reclamar mi deuda. Y tu pregunta, ¿cuál es?

—Es evidente —le digo—. ¿Cuándo piensa usted tener el valor de decírselo a los hombres?

—¡No está en mis planes decírselo! —exclama enojado—. Si se enterasen, se amotinarían de inmediato.

—No lo harían si usted... —añado dejando la frase en el aire.

—¿Qué? —me pregunta con impaciencia.

—Si usted les quitase de un plumazo todo rastro de incertidumbre —completo.

—¿Y cómo podría hacer eso? —pregunta esperanzado.

—Hablándoles del segundo tema que le preocupa —le anticipo.

—¡Escupe lo que sabes! —me ordena.

—Es usted un listo —le digo—. Me está liando y al final vuelvo a ser yo el que contesta a sus preguntas.

—Creo que necesito ayuda. ¡Por favor, dime! —suplica—; ¿qué estás pensando?

—Almirante, debe hablarles usted del náufrago —le aconsejo—; ya se lo dejé caer en nuestra conversación de esta mañana, justo antes de intentar saltar por la borda.

—Tenía la esperanza de que lo tuyo hubiera sido un ataque de locura, no quería creer que también supieses lo del náufrago —confiesa avergonzado.

Se esconde la cara entre las manos y, al cabo de unos segundos, escucho cómo se sorbe los mocos. ¡No puede ser!; ¿el almirante está llorando?

—Almirante, todo tiene solución —le consuelo—. Y la tiene en sus manos. Debe explicarle a la tripulación que sus cálculos no son solo suposiciones, que tiene la certeza de que sabe a donde se dirige, porque otro marinero estuvo allí antes que usted y consiguió volver para contárselo. Ese náufrago murió en sus brazos, confió en usted. Le narró todas sus vivencias. Usted le debe el reconocimiento que le prometió. También le prometió que llevaría sus papeles, sus mapas y, sobre todo, su historia a su familia, en Huelva. Ellos siguen sin saber qué le pasó a Alonso... Alonso Sánchez, así se llamaba, ¿verdad?

Ya no solo está sorbiendo los mocos, ahora está hipando como un bebé. Tiene el corazón partido, el alma rota. Se ha enrollado sobre sí mismo, se ha vuelto pequeño, pequeño... como si quisiera dejar de existir.

—Almirante, desahóguese —le animo—. Cuéntemelo todo.

Cuando consigue rehacerse, me cuenta la historia: todo ocurrió en uno de los periodos en que estaba viviendo en Porto Novo, Portugal, en la casa de sus suegros. Un día, llegó a la playa una embarcación destartalada, con algunos marineros a bordo. La playa estaba desierta y solo él fue testigo... Todos los marineros estaban muertos, salvo uno: el piloto, Alonso Sánchez. Dejó allí los cadáveres de la tripulación, pero se llevó a Alonso a su propia casa.

Alonso Sánchez era mercader y dueño de una embarcación mediana. Siempre se había dedicado al comercio entre la península y las Islas Canarias. Pero en marzo de 1477, una tormenta le sorprendió en uno de sus trayectos y acabó empujado por una corriente de viento que le alejó sin remedio de la tierra conocida. Después de veintiocho días de viaje, Alonso y su tripulación alcanzaron tierra. Pasaron un par de años inspeccionando la zona, saltando de una isla a otra, documentándolo todo y conviviendo con los indígenas. Pero, sus hombres, poco a poco, empezaron a enfermar y a morir. En un intento por sobrevivir a esa enfermedad desconocida, los pocos marineros que quedaban decidieron tratar de regresar a casa. Viajaron en dirección norte, para evitar la corriente de viento que les había llevado a esas extrañas tierras. Recorrida cierta distancia, viraron al este y se encomendaron a Dios para que les devolviera a su patria. Enfermaron en el barco y solo Alonso sobrevivió, al menos el tiempo suficiente como para contar su aventura.

Hoy se sabe que los vientos que alejaron al barco de su ruta fueron los *vientos alisios*. Estos vientos soplan de manera regular de este a oeste desde las altas presiones subtropicales hacia las bajas presiones ecuatoriales. La enfermedad desconocida que acabó con la tripulación fue la sífilis.

El caso es que, mientras Colón le cuidaba, Alonso, en señal de agradecimiento, compartía con él todo lo que había vivido. Le entregó todos sus mapas, anotaciones, descripciones de los vientos, las algas, las corrientes, las islas que encontrarían, incluso la ubicación de un par de minas de oro. Le habló de los indígenas, le contó que eran gente amistosa y servicial. Por desgracia, Alonso estaba muy enfermo, él lo sabía y cuando llegó su hora, le pidió al almirante que comunicase a su familia toda su historia y que se despidiese de ellos en su nombre. Esperaba que su mujer y su hijo, al que ni siquiera había llegado a conocer, pudieran beneficiarse de su descubrimiento. Si recibían algún dinero, al menos subsistirían sin penurias. El almirante, nunca cumplió su promesa.

Aguardo unos segundos después de que el almirante termina de hablar y entonces, procedo a hacer mi pregunta:

—¿Y bien? ¿Qué va a hacer? ¿Cuándo se lo va a contar a los hombres?

—¡No lo sé! —exclama—. No me presiones más. Déjame a solas. Tengo que rezar. ¡Y ni que decir tiene que no puedes hablar de esto con nadie! —me advierte.

—Lo que usted diga, señor —respondo con desánimo.

Abandono el camarote totalmente indignado. ¡Qué hombre más cabezón! Ni genovés, ni portugués, ni leches; este es maño, pero *maño profundo*, del pueblo más recóndito del reino de Aragón. Es como hablar con una pared. Torres más grandes han caído. Ya cederá, ya.

Se me cambia la expresión de la cara en cuanto veo a Martín. Mi colega se ha curado. Me dedica una sonrisa radiante y llena de vida y, lo mejor de todo: es una sonrisa que conserva los dientes.

Embarcación destartalada del náufrago (pixabay)

UN GIRO INESPERADO

Cada día que amanece es una bendición al lado de Martín. Se levanta ilusionado a tocar la campana y a cantar su oración: «Bendita sea la hora en que Dios nació, Santa María que lo parió y San Juan que lo bautizó». Otros días canta: «Bendita sea la luz del día y aquel que aleja la noche».

El tiempo pasa volando, junto a mi querido hermano de mentirijilla. Disfruto enormemente de todo, incluso del duro trabajo. Ahora que me voy adaptando físicamente al esfuerzo, agradezco estar todo el tiempo en movimiento. Me siento integrado en la tripulación y, de algún modo, en la naturaleza. Mis ritmos circadianos están sincronizados con el día y la noche. La luz del sol es mi reloj. ¡Hasta he conseguido hacer *mis cosas* en «los jardines»!

Incluso, mi refinado olfato se ha acabado acostumbrando al olor de todos estos... ¡Que la mierda protege!... Cada vez que me acuerdo... ¡Vaya panda! De todas formas, he de decir que están haciendo el esfuerzo de lavarse a diario. Después de ver que Martín se ha recuperado, y tras aquel alegato que hice a favor de la limpieza, llamándoles «marranos», se han quedado con la duda de si uno podía enfermar «por guarro». Y ante la duda...

Los marineros han cambiado su actitud hacia mí, hasta el punto de que me están ayudando a iniciarme en el refinado arte de los aparejos. Ellos manejan las velas con asombrosa facilidad. Pero para mí, aún es un mundo saber qué cabo debo tensar para ajustar una vela. Cada vela tiene al menos nueve cabos para ser manejada; saber qué cabo tensa cada parte de una vela es como averiguar qué tendón pertenece a cada músculo en el cuerpo humano. Necesito estudiar la *anatomía* del barco un poco más.

A ratos, siento una mezcla de curiosidad y preocupación. Ya estamos a día 10 de octubre. Por un lado, me haría ilusión desembarcar en tierra. Por otro, me gustaría confirmar de manera definitiva por qué estoy aquí, si ya he cumplido con mi misión y cuándo podré saltar a mi siguiente destino.

Ya hace más de un mes que los hombres no ven tierra. Por la noche, Martín y yo nos retiramos pronto a dormir. A veces, tengo los ojos cerrados, pero estoy despierto. Entonces, oigo las conversaciones de los marineros. No son demasiado cuidadosos cuando están embriagados por el vino. Hablan de organizarse, de comprobar qué oficiales les apoyan y obligar al almirante a dar la vuelta.

El almirante no ha vuelto a dirigirme la palabra. Incluso me esquiva la mirada. Me preocupa su aspecto. Lleva días sin afeitarse. Se encierra en su camarote y devuelve los platos de comida sin haberlos probado: en lugar de hacer lo correcto se está castigando por sus pecados.

Me temo que si Colón no cede y les cuenta lo que necesitan oír, perderá el control de la expedición.

¡Claro!, ¡eso es! ¿Cómo no me di cuenta antes? Esa es mi misión. Si no convenzo al almirante, esta misma noche podría haber un motín. Planean sorprender a los oficiales mientras duermen y tomar el control de las embarcaciones. Si no consigo que el almirante hable hoy con la tripulación, América no llegará a descubrirse.

Me armo de valor y me dispongo a abordar al almirante. Camino con firmeza hacia su camarote y, en ese momento, veo salir al médico —mejor dicho, al *matasanos* ese que se hace llamar maestre Diego—. Me vuelve a dedicar la misma mirada que me dedicó la última vez, solo que esta vez remata el gesto con unos cuantos movimientos de afirmación con la cabeza. El almirante sale del camarote detrás de él.

—¡Mire usted por donde, almirante! —exclama el maestre Diego—. Ahí lo tiene...

—Puede usted retirarse —le despide Colón—. Gracias por la información.

Me causa cierto alivio ver que el almirante vuelve a mirarme a los ojos. No sé muy bien cómo interpretar esa mirada: es inquisitiva, sí, pero también me parece ver tristeza y mucho cansancio. Incluso diría que tiene los ojos llorosos.

—Señor —le digo—, venía a hablar con usted. Sé que ya no le caigo bien y no quiere hablar conmigo, pero creo que es importante.

—Pasa, marinero —me autoriza.

—Quería intentar convencerle de que... —comienzo a explicarle cuando me interrumpe.

—¡Calla! —ordena—. ¡Déjame hablar a mí! ¿Cómo podré hacer que me perdones? ¿Eres un enviado de Dios, verdad? Ahora lo entiendo todo.

—¿Sí? Pues perdóneme, pero ahora, el que no entiende nada soy yo. ¿Qué entiende? —le pregunto.

—Sé quién eres —me informa—. Maestre Diego te ha reconocido. Le resultaste familiar aquella noche que vino a atender a Martín. Hoy, por fin, ha recordado de qué te conocía. Ahora puedo interpretar los sueños que me contabas: tu ansiedad, tu sensación de angustia y de interminable búsqueda.

—¿Maestre Diego me conoció en algún momento? —pregunto alucinado—. Entonces, ¿ya sabe quién soy?, quiero decir, ¿usted puede decirme de quién es el cuerpo que ocupo?

—Antes de nada, enséñame los muslos —me pide—. Tengo que hacer una última comprobación para asegurarme de que maestre Diego está en lo cierto.

Me remango como puedo el pantalón hasta las nalgas y permanezco inmóvil mientras el almirante me inspecciona.

—Ahí está la enorme cicatriz. ¡Entonces es cierto! ¡Eres «él»!

Me observo con detenimiento para ver a qué cicatriz hace referencia el almirante. Ni siquiera me había dado cuenta. Tengo una enorme cicatriz que abarca toda mi ingle derecha y se pierde hacia la nalga.

—¿«Él»? —pregunto.

—Maestre Diego te encontró una noche, hace unos cinco años, desangrándote en el Puerto de Palos —comienza a explicar el almirante—. Debías estar buscando restos de pescado entre unas redes y te habías quedado enganchado a un anzuelo. Al intentar liberarte, nervioso, el anzuelo te rasgó la piel ocasionándote una enorme herida desde la ingle hacia la parte posterior del muslo; no parabas de sangrar. Las ratas habían acudido al olor de la sangre y ya te estaban mordisqueando. El médico te auxilió y se interesó por tu historia. Preguntó por el pueblo hasta que localizó a unos familiares tuyos. Le contaron al médico que, desde la muerte de tu madre, vivías en la calle. Se disculparon diciendo que ellos habían intentado criarte, pero tú no atendías a razones y acababas huyendo una y otra vez. Solo querías estar en el puerto.

—¿Cómo murió mi madre? ¿Y quién era mi padre? ¿Cuál es el nombre de *este cuerpo*? —pregunto nervioso.

El almirante prosigue con la narración de *mi historia*:

—Una mañana tu madre apareció muerta en su cama. Tú la encontraste. Algunos dijeron que había tomado veneno. Otros aseguraron que se había muerto de pena. Esperaba la vuelta de tu padre, que había salido a navegar, hacía más de diez años, en 1477, pero él nunca regresó. Estaba embarazada de ti cuando se despidió de tu padre. Tú no llegaste a conocerlo. No volviste a hablar desde que encontraste muerta a tu madre. Entonces tenías diez años. Eras conocido en el pueblo como Antonio *el mudo*. Pasabas las horas, los días, los años en el puerto, esperando el regreso de tu padre. Sin duda esa era «tu búsqueda».

—¡Qué historia más triste! —me lamento—. Pobre muchacho, el dueño de este cuerpo, digo. Ahora entiendo mis sueños.

—No he terminado —añade el almirante con tono serio—. Te llamas Antonio, y tu apellido es Sánchez. Eres el hijo de ¡Alonso Sánchez!

En ese momento, el almirante se desploma en la cama. No deja de alborotar sus cabellos con las dos manos ni cesa de murmurar.

—Esto... es un giro del todo inesperado, señor —titubeo—. No pensará que yo lo sabía, ¿verdad? No tengo ni idea de cómo interpretar todo esto. Me ha pillado totalmente desprevenido. ¿Qué sentido tiene que Alonso Sánchez, *el náufrago*, sea mi padre?

—Yo sí sé cómo interpretarlo, hijo —me confiesa—. No cumplí la promesa que le hice a un hombre moribundo y ahora, esa promesa ha venido a buscarme. Por eso, estás aquí. Si merodeabas por el Puerto de Palos, seguro que conseguiste subir a alguno de los tres barcos durante los preparativos del viaje y permaneciste escondido hasta que, en algún instante, en un descuido, caíste por la borda. Entonces, te encontró Martín. Sé lo que tengo que hacer —afirma con seguridad—. Busca a Chanchu y que convoque a los hombres en cubierta. Tengo que hablar con ellos. Ese hombre merece el reconocimiento que intentaba negarle. Todos conocerán su historia. ¡Y tú! Yo cuidaré de ti. Haré de ti un marinero de provecho. No te faltará de nada. ¡Se lo debo a tu padre! —reconoce.

El almirante ordena que los oficiales de los otros barcos acudan también a la nao Santa María. Ellos transmitirán la información a las tripulaciones de la Pinta y la Niña. Una vez reunidos, Colón empieza a hablar. Los marineros escuchan al almirante con la boca abierta. El almirante les agradece su valor, su confianza y su paciencia, y les pide disculpas por los engaños. Les cuenta la historia de Alonso Sánchez con pelos y señales; les describe todas las cosas maravillosas que encontrarán en las islas, las pistas y señales que dejaron los marineros para encontrar las minas de oro; les informa de que tiene todas las referencias y mapas que necesitan, incluso con las leguas concretas que hay que recorrer por tierra para llegar a los tesoros que les aguardan.

Mientras escucho a Colón, siento cómo la tensión se disuelve por fin, no solo en el barco sino también en mi pecho. La losa se ha ido. Ahora lo sé. He cumplido con mi cometido. Había una promesa pendiente y un montón de mentiras que estaban enmarañándolo todo, en un intento de borrar el pasado. Lo tengo clarísimo: tarda mucho o tarda poco, pero al final «la verdad siempre triunfa». El almirante, por fin, ha entendido que compartir el mérito de esta hazaña no le hará sino más grande. *¡Zasca en toda la boca!*, a aquellos que intentarán vilipendiarle y manchar su nombre y su reputación. Este hombre llevaba toda una vida soñando con este viaje. Nadie podrá negar su perseverancia, su fe en lo aparentemente imposible y su valor. La información podría haber caído en manos de cualquier otro y seguro que esa persona no habría tenido el coraje de hacer nada con ella. Pero cayó en las manos de Cristóbal Colón y ¡aquí estamos!

Cuando regreso de *mis mundos* me doy cuenta de que tengo delante al almirante.

—¿Satisfecho? —me pregunta.

—Por completo, señor —le digo con respeto, y le pregunto—: ¿puedo pedirle una cosa más?

—Lo que sea —responde.

—Señor, ¿me dejaría usted escribir algo en su camarote? —le solicito.

—No sé —titubea—; podrías sacar información del barco en tus anotaciones.

—No me vuelva con lo de los espías, almirante —le digo—. Esa nota es para usted. La llevaré siempre encima, en mi bolsillo derecho. Usted sabrá cuándo tiene que leerla. ¿De acuerdo?

—¿Otro de tus jueguecitos? —me pregunta con una mirada cómplice—. En fin, de acuerdo. Pasa a mi camarote y coge lo que necesites.

Volvemos a su camarote. En esta ocasión yo me siento a la mesa y él aguarda pacientemente en el camastro. No deja de observarme. Es como si quisiera exprimir al máximo los detalles de nuestros encuentros; no sé, tal vez, después de todo, me haya cogido cariño o se esté acordando de alguno de sus hijos. Centro mi atención en el escrito. No quiero que se me olvide nada. En pocos minutos, he terminado.

—*¡Finiquitao!* —exclamo.

—¿Cómo? —pregunta sin entender.

—Que ya he terminado —aclaro—. Me mira usted, como si fuera una especie de aparición. ¿Qué está pensando?

—En mi soberbia... siempre pensé que... yo... —balbucea— de algún modo, era una especie de «elegido». El no encajar en ningún sitio, mis extraños pensamientos, mi insatisfacción, mi necesidad de ir más allá... Pensé que era Dios el que me impulsaba.

—Lo sé —contesto—. He visto su firma en algunos documentos. Quiero decir, en mi época, cuando estudie sobre usted, veré su firma. No solo firma los documentos como «almirante» sino que añade una especie de anagrama... De ahí viene lo de *Xpo Ferens*, ¿verdad? Los historiadores tendrán razón al interpretarla: la traducirán como «el mensajero de Cristo».

—Se equivocarán en esa interpretación —corrige— porque me he dado cuenta de que «el elegido» no soy yo. Tú eres «el elegido». Tú has sido enviado desde las estrellas por la divinidad. Este viaje llegará a su final gracias a ti. Solo tú sabrás el significado real de mi firma: cada vez que escriba *Xpo Ferens* junto a mi rúbrica como almirante, sabrás que esa es mi forma de reconocer tu participación en esta expedición. Será mi manera de saludarte, allá donde estés. ¿Lo entiendes? —me pregunta emocionado—. Dibujaré una raya inclinada por encima de la última *S*, la *S* de tu nombre, *Suso*. La raya inclinada hará referencia a que viniste desde el cielo —me explica—. Mira, así será...

La firma del almirante Colón

—¡*Jo*, almirante! —exclamo—. ¡Qué bonito! Muchas gracias.

Me levanto de la silla y, sin pensarlo, le doy un abrazo. Al principio, le noto tenso, pero en un par de segundos se relaja. ¡Cuánto tiempo hará que no le abraza nadie! ¡Pobre! Me susurra al oído unas palabras:

—Gracias, Suso. Cuidaré de Antonio Sánchez.

—No tengo ninguna duda —respondo—. Permiso para retirarme, almirante.

—Permiso concedido, marinero.

MI TAXI HA LLEGADO

Hoy es 11 de octubre. Me he despertado con la certeza de que esta ha sido mi última noche en el barco.

Ayer todo cambió radicalmente. Mi preocupación se disolvió por completo cuando el almirante decidió sincerarse con la tripulación. En ese instante supe que mi misión había terminado. Y si mi misión ha terminado, ya no pinto nada en este escenario.

Por supuesto que me encantaría desembarcar en la isla de *Guanahani* (San Salvador) mañana, pero tendré que conformarme con leer sobre ello en los libros de historia cuando regrese a mi época.

¡Qué chulo! Mañana sería *mi* cumpleaños si permaneciera en esta línea de tiempo. Suso Romeo nació un 12 de octubre. ¿Casualidad? No lo creo. Me asombra la perfección de los planes del Legislador. No da puntada sin hilo, ¡qué grande!

Decido disfrutar del día al máximo. Hoy me apetece reír y hacer sonreír a todo el mundo. Quiero que mis amigos se queden con un buen sabor de boca cuando «yo» abandone el cuerpo de Antonio. Lo tengo todo atado y bien atado. En el bolsillo derecho de mi pantalón guardo la carta que escribí anoche en el camarote del almirante. En ella he plasmado mis últimas reflexiones y consejos. Mis *mecanismos* de entrada y salida en las diferentes *líneas de tiempo* están resultando un tanto… digamos… *traumáticos*. Lo que quiero decir es que no sé si tendré tiempo de despedirme en condiciones de mis amigos. Si ese fuera el caso, la nota se despediría por mí.

Hace un tiempo extraordinario, con viento de popa. En días como este, las naves no exigen mucho trabajo, por lo que Martín y yo podemos disfrutar de lo lindo: cumplimos con nuestras obligaciones con diligencia y rapidez y, entre medias, correteamos por el barco, disfrutamos de la brisa en la proa, trepamos por las jarcias hasta la cofa y nos contamos historias de nuestras vidas.

Estoy un poco nervioso por saber cómo se producirá mi *salida* del cuerpo de Antonio: la coz de la Paquita en 1808 fue bastante dolorosa y la sensación de ahogo que experimenté al aterrizar en 1492 tampoco fue lo que se dice «agradable». Sea lo que sea, solo será un momento. Mi pequeño *mini Suso* intenta tranquilizarme: «Suso, no debes tener miedo; recuerda que tus pasos son guiados por *Alguien* muy poderoso. Él sabrá lo que tiene que hacer».

El sol se pone, otro día más, por el oeste. Organizamos todo lo necesario para la cena y nos relajamos. Domingo, el alguacil del agua, ha sido bastante más generoso con el vino. Los marineros charlan y cuentan chistes e historias picantes. Aunque ya es noche cerrada nadie tiene prisa por retirarse a dormir. Se les nota relajados. La confianza y la ilusión han regresado al barco. Ahora sí son una piña, sin cuchicheos, sin murmuraciones, sin planes de amotinamiento.

De repente, uno de los marineros de guardia da la voz de alarma. ¡Algo está pasando! Estaba tan ensimismado en mis pensamientos que no he oído qué es lo que ha dicho. No me hace falta. Todos los marineros se han acercado a la borda y están señalando hacia el cielo: se trata de otra lluvia de estrellas.

¡Eso es! ¡La lluvia de estrellas del 11 de octubre! Creo que *mi taxi* ha llegado. Algunos historiadores describen este avistamiento de luces como una lluvia de estrellas similar a la que me trajo aquí el 15 de septiembre; otros creen que lo que los marineros estaban viendo eran luces de hogueras en la costa. Incluso existe la teoría de los antiguos astronautas, que viene a decir que los extraterrestres estaban guiando el viaje de Colón y eran ellos los responsables de las señales luminosas. ¡Hay hipótesis para todos los gustos!

No me da tiempo a pensar más. Las fuerzas me fallan y se me flexionan las rodillas. Por fortuna, Martín está justo detrás de mí, con su brazo sobre mi hombro. Se da cuenta de inmediato de que me estoy desmayando.

De nuevo, experimento cómo me abandonan mis sentidos. Ya no veo nada, tampoco puedo hablar ni moverme; sigo escuchando lo que pasa a mi alrededor, pero cada vez lo oigo más lejos, como si me estuviera adentrando en un túnel muy profundo.

—¡Suso!, ¡Suso! ¿Qué te pasa? ¿Estás bien? ¡Despierta, hermano! —me grita Martín, zamarreándome.

—No te preocupes, Martín —comenta Chanchu—; seguro que es la borrachera. Este muchacho no está acostumbrado a beber y hoy ha apurado su ración.

—¡Dejadme paso! —ordena el almirante—. ¿Quién se ha desmayado? ¿Es el chaval?

—Sí, señor —contesta Martín—. Chanchu dice que solo está borracho. Pero, no se mueve, no responde. Esto es muy raro —añade con preocupación.

—Él ya me dijo que esto pasaría —explica el almirante—. Rápido, mirad en el bolsillo de su pantalón. Hay una nota que él escribió. Tenemos que leerla de inmediato.

Sigo adentrándome en el túnel. Me alejo poco a poco, lleno de alegría, paz y sosiego. Espero que esa felicidad se refleje en el rostro de Antonio, mi vehículo en este viaje. No quiero que mis amigos se queden tristes por mi marcha. Escucho la voz del almirante mientras empieza a leer mi nota:

—«Queridos amigos, ha llegado la hora de partir. No estéis tristes, así debe ser. Yo siempre supe que en algún momento tendría que marcharme. Solo mi conciencia abandona este cuerpo. Antonio, su dueño legítimo, volverá a tomar el control.

Almirante, su deuda está saldada. Su promesa ha sido cumplida. Alonso Sánchez descansa en paz y sabe que su hijo Antonio está en buenas manos bajo su protección. Siga usted viviendo según los principios que acaba de estrenar. Se sentirá mucho más completo, hará felices a las personas que le rodean y nunca más se sentirá solo. Sea usted justo y generoso, y también precavido. Refleje por escrito todo cuanto pueda acerca de sus descubrimientos y hallazgos. Recuerde que «el mal» está al acecho, y en el futuro, «las sombras» intentarán emborronar la historia, conseguirán que sea usted glorificado y vilipendiado por igual. Por eso, debe usted documentarlo todo con pelos y señales.

Los nativos les recibirán con gran generosidad y confianza, les regalarán lo que tienen, les tratarán casi como a dioses. No pierdan ustedes la perspectiva. Correspóndanles con el respeto que se merecen. Cito palabras suyas, almirante, que leeré en el futuro: «Nadie volverá a ver esas tierras como nosotros las vemos por primera vez. Si hay que convertir a los nativos a nuestras costumbres, será por la persuasión y no por la fuerza. Venimos en son de paz y con honor. Ellos no son salvajes y tampoco lo seremos nosotros. Tratad a los indígenas como lo haríais con vuestras esposas e hijos, respetad sus creencias; el pillaje se castigará con el látigo, la violación con la espada».

No es la tierra que usted espera, almirante, pero es una gran tierra. No puedo decirle más, tendrá que descubrir usted mismo a qué me refiero.

Gracias por haberme dado una oportunidad; gracias por haber creído en lo imposible.

Dígale a Martín que le quiero. Ha sido para mí el hermano mayor que siempre quise tener: «Gracias por salvarme, hermano. Nunca te olvidaré. Te llevo en *el cuore*. Cada vez que mi abuela me regañe por no querer comer fruta, me acordaré de ti y de la cara tan graciosa que ponías cuando te obligaba a beber tus zumos de limón. Ahora, ayudarás a Antonio igual que me ayudaste a mí. Eres un gran maestro».

Almirante, traslade usted también mi agradecimiento al resto de la tripulación. He aprendido mucho gracias a ellos.

Gracias, gracias, gracias…».

Lo último que escucho son los sollozos de Martín y sus palabras: «Yo también te quiero, hermano… te recordaré siempre».

Del barco al túnel del tiempo (Pixabay)

NO ESTOY SOLO

«Querido Legislador, estoy preparado para mi siguiente destino. Ya no tengo ansiedad por saber a dónde me dirijo. Siento una gran confianza y seguridad. He comprobado en varias ocasiones la precisión con la que diseñas tus planes, por lo que ya no tengo dudas».

Curiosidad sí tengo, y mucha. Eso no lo puedo negar. Siempre he sido un cotilla sin remedio. Pero no me importa: mami dice que la curiosidad es la mejor cualidad que puede tener un aprendiz.

El pensamiento viaja ligero de equipaje; disfruto confundiéndome con la luz y viajando con ella. Recuerdo haber leído un estudio donde conseguían estimular el crecimiento de los axones neuronales con un minúsculo rayo de luz láser: la neuronita buscaba la luz y crecía en su dirección. La luz nos atrae, es fuente de vida, pero esto es diferente: mi conciencia, mi mente, se ha visto seducida por la luz y ha abandonado su morada en mi cerebro. ¿Querrá regresar alguna vez? Tal vez, después de todo, la luz sea lo único real en el universo.

Lo que es evidente es que voy cambiando de cuerpos y, sin embargo, tengo claro que el que tiene las diferentes vivencias sigo siendo «yo», el pequeño mini Suso. Experimento unos momentos de nitidez total, de saber qué parte es la real en mí y qué parte es solo un vehículo físico. ¡Qué reflexiones más increíbles tiene uno cuando viaja en el tiempo! ¡Se ve todo tan evidente, tan cristalino…!

Esta sensación de omnisciencia y paz empieza a desvanecerse de una manera que ya reconozco. Dejo de ser solo luz y pensamiento para tomar posesión de un cuerpo con sentidos. Todavía no veo nada pero empiezo a percibir otros estímulos: voces, sabor a sangre en la boca, olor a polvo y a… ¡sí, no hay lugar a dudas!, distingo la rotunda huella olorosa de los caballos ¡Caballos! ¡Otra vez! Tengo que despertar, lo mismo me están coceando de nuevo. Intento abrir los ojos y mis párpados me responden.

—¡Hijo mío!, ¡hijo! —me grita alguien—. ¿Estás bien? Dime algo. Has sufrido un golpe terrible. Me tienes preocupado.

Tengo delante de mí a un hombre de unos cuarenta años que me acaricia la cara y me observa con preocupación. Su vestimenta me hace ver que he vuelto a viajar al pasado: lleva una cota de malla que asoma por debajo de una especie de túnica, un cinturón, con su espada colgada y un calzado de piel como con calzas. Inspecciono nervioso a mi alrededor y solo veo patas de caballos, decenas, cientos; ¡quién sabe si miles!

—¡Jope! ¿Otra coz? —me quejo—. Estos bichos van a acabar conmigo. Sácame de aquí. Están por todas partes.

—¡Qué coz ni que coz! ¿En qué ibas pensando? Mira que no ver esa rama. Has caído de espaldas de tu montura y has aterrizado de muy mala manera. Creímos que te habías partido el cuello. Temimos haberte perdido. Por fortuna, has despertado —añade aliviado el hombre—. Si te ocurre algo, soy hombre muerto.

—No entiendo —le digo.

—Que tu madre me mata —me explica—. Ella no quería que me acompañases en este viaje. Y yo me empeñé en que vinieras conmigo. Con quince años, tienes que empezar a hacerte un hombre.

O sea que este señor, sea quien sea, es mi padre. Mucha batalla y mucha gesta histórica, pero está claro que Dirección General, en cualquier época, siguen siendo las madres.

—¿Puedes moverte, hijo? —me pregunta con preocupación—. Tenemos que continuar.

—Creo que sí, padre. Necesito un poco de ayuda —contesto.

Mi padre me ayuda a subir al caballo. «Yo» nunca he montado a caballo, pero confío en las habilidades de este cuerpo, por lo que decido relajarme y dejarme llevar. Lo de montar a caballo, en el pasado, debía ser como montar en bicicleta en mis tiempos. El subconsciente de este cuerpo tendrá almacenados todos los hábitos que ha cultivado este chaval. Mi vocecita interior interviene: «Relájate Suso, no debes tener miedo».

Se me ocurre retrasar el anuncio de mi amnesia un poco más. Si disimulo y finjo que no pasa nada, no me prestarán atención y podré recoger datos y analizar el escenario con menos presión. A ver si alguien se anima a llamarme por mi nombre. Necesito saber en qué avatar me encuentro. Si es algún personaje conocido me aportará información valiosa.

Me duele la boca y la cabeza. Me he debido morder la lengua en el accidente. De ahí el sabor a sangre. Me palpo el cráneo para identificar la zona del impacto: el dolor de cabeza es en la parte posterior, en la zona occipital. He caído de espaldas, he aterrizado sobre mi hueso occipital y, según me cuentan, he dado una voltereta hacia atrás y he acabado boca abajo. De ahí el olor y el sabor a polvo. Como decía Dani Rovira en uno de sus monólogos: «Me he caído y me he llenado la boca de carretera».

Una vez que me aseguro de que mis habilidades sobre el caballo son buenas, me dedico a observar al grupo. ¡Es impresionante!; no alcanzo a ver dónde termina. Mínimo, seremos trescientos jinetes. El sonido de los cascos de los caballos a galope es espectacular. Seguro que la tierra vibra bajo nuestros pies y alguien puede notarlo a kilómetros de distancia.

La vestimenta de todos los hombres es similar: túnicas, capas, algunos visten cotas de malla y yelmos; veo escudos, lanzas, espadas. También llevan algunas banderas y estandartes con símbolos que no reconozco. Tal vez sean escudos de familias nobles o algo así.

Detecto una conversación en la distancia. Intento pegar la oreja a ver qué dicen.

—Muño, ¿el chaval está bien? —dice alguien.

—Sí, Álvar, eso parece —responde el tal Muño—. Más me vale, temo a su madre más que al enemigo. Si le pasa algo bajo mi tutela…

—Está claro quién manda —contesta Álvar riendo—. Mira a Rodrigo: no hay enemigo que le venza en combate, pero casi abandona la lucha por Jimena.

—¡Pero qué insolente eres, Álvar! —interviene Rodrigo—. Deja en paz a mi Jimena. Tienes la boca más torcida que el malvado García Ordóñez. Recuerdo aún las lágrimas de mi esposa cuando la dejé, en el Monasterio de San Pedro de Cardeña. Ella al menos está con nuestros ángeles, mis queridos Diego, Cristina y María. En cambio a mí, me toca aguantar a una panda de brutos deslenguados.

A ver, esperad, no... ¡no puede ser! Al que es mi padre le han llamado «Muño». Él ha respondido a un tal «Álvar», y el último que ha intervenido en la conversación se llama «Rodrigo». ¡Oh *my God!* ¿Es posible? Estoy cabalgando con Muño Gustioz, Álvar Fáñez y el mismísimo Rodrigo Díaz de Vivar, ¡el Cid Campeador! Un escalofrío me recorre la espalda. He leído tantísimo sobre este hombre. El ansia viva me posee de nuevo. Quiero saberlo todo, recoger todos los datos posibles. ¿En qué momento exacto nos encontramos? ¿A qué batalla nos dirigimos? ¿Cuál será mi parte en esta historia?

Muño, Álvar y Rodrigo se han adelantado al grupo, imagino que para inspeccionar los alrededores y asegurarse de que vamos por buen camino. Sin conversaciones a mi alcance, no tengo otra cosa que hacer que observar el paisaje que me rodea. El caso es que me resulta familiar, pero no entiendo por qué. No hay carreteras, ciudades ni ningún tipo de señalización. Pero esta tierra casi roja, las crestas y picachos, esos macizos de piedra caliza tan impresionantes horadados por... tiene que haber un río por aquí. ¡Ostras! Lo sé: estamos siguiendo el curso del río Jalón. ¡Claro! ¡Eso es! Por eso me resulta tan familiar este escenario: es como si estuviéramos siguiendo el trayecto de la futura carretera A-2. Cuando vamos al pueblo de papi, Valtorres, que está cerquita de Calatayud, seguimos esta misma ruta en coche.

El río Jalón nace en el sur de Soria. En el siglo XXI, la moderna autovía lo acompañará desde Esteras de Medinaceli hasta la Almunia de Doña Godina. A partir de ahí, el río se separará de la carretera para buscar su desembocadura en el Ebro, en Torres de Berrellén, a unos veinte kilómetros de Zaragoza.

Antiguamente, los cauces de los ríos se utilizaban como vías de comunicación. De hecho, recuerdo haber estudiado que hasta los romanos se aprovecharon de estas arterias para que les sirvieran de guía en sus calzadas: el camino desde *Augusta Emérita* (Mérida) hasta *Caesaraugusta* (Zaragoza) lo trazaron siguiendo los valles del Henares y del Jalón.

¡Buah! ¡Qué fuerte todo! Madre mía, tanta casualidad es imposible. Empiezo a sentirme un poco más tranquilo. Es evidente que por algo estoy aquí, en este terreno que conozco bien. Giro la cabeza hacia atrás intentando confirmar mi hipótesis. Sí, me atrevería a decir que ese cerro que se ve en la distancia es el de Medinaceli. Lo contemplo a lo lejos, a una distancia similar a la que contemplaba el cerro abulense de Cabeza de la Parra, desde la casa de mis abuelos en Móstoles. ¡Sí!, se hallará a unos setenta u ochenta kilómetros. Si no me equivoco, estaremos a punto de llegar al área donde se encuentra Bubierca, y más adelante, Ateca, Terrer, mi querido Valtorres y luego Calatayud. ¿Valtorres existirá ya? No, creo que no.

No me sitúo muy bien cronológicamente. Podríamos estar camino de Barcelona para la batalla con el conde de Berenguer o incluso camino a Valencia. No, el orden no era así. Ya lo recuerdo: si estamos, como creo, en el «camino del destierro», ahora podríamos venir de Guadalajara y la zona de Alcalá la Vieja. Si ese fuese el caso estaríamos en el año 1081 y el siguiente suceso destacable sería… ¡La batalla de Alcocer! Todo lo demás, lo de Barcelona y Valencia, vendrá mucho después.

«Suso, estás en plena Reconquista, presenciando y participando de las gestas de una de las figuras más importantes de nuestra historia. ¡Qué honor! ¡Qué responsabilidad!».

La detención del pequeño ejército me hace volver a prestar atención. El grupo de avanzadilla está de vuelta y nos ha dado el alto. El sol ya está bastante bajo. Imagino que nos detendremos aquí para pasar la noche. Para mi sorpresa y regocijo, he bajado del caballo sin ninguna dificultad y sin necesidad de pensarlo. Esto está *guay*: saco provecho de los conocimientos de mi mente del siglo XXI y de las habilidades de los cuerpos que voy habitando. Y este cuerpo parece ágil y diestro. A lo mejor ¡hasta sé luchar!

Ahora que me veo al lado de otros hombres, me doy cuenta de que soy bastante alto y delgado. Alcanzo a cogerme unos cuantos rizos que me acarician el cuello. Tengo el pelo lo suficientemente largo como para que me llegue hasta los hombros y, si me pongo bizco y miro hacia arriba, también me veo los rizos que cuelgan por mi frente. Soy un morenazo con el pelo muy negro. Me toco las piernas y los brazos: puro acero. Estoy más duro que una piedra. Voy vestido de forma similar al resto de los hombres, pero yo no llevo cota de malla; mejor, porque tiene pinta de pesar un montón.

—Hijo, te comportas de modo extraño —me dice Muño—. Hace un rato que te observo y estás haciendo cosas muy raras. Miras a tu alrededor como si no supieras dónde te encuentras y ahora te estás tocando por todos lados, ¿acaso no reconoces tu propio cuerpo?

—Eh... yo... me estaba tocando los brazos y las piernas por si me había *fractura*... digo, roto algo en la caída —balbuceo.

—Te veo desorientado —insiste Muño—; como ido.

—¿Desorientado? Sé perfectamente dónde estamos —afirmo con seguridad—. Mira, ese cerro a lo lejos debe ser el de la ciudad de Medinaceli y ahora vamos siguiendo el curso del río Jalón en dirección a Calatayud. Debemos estar a punto de llegar a Bubierca y desde ahí, de cinco kilómetros en cinco, iremos encontrando los pueblos de Ateca, Terrer y finalmente Calatayud. Conozco tan bien el perfil de estas tierras como las facciones de la cara de mami...

—Santiago, hijo —me dice mi padre—, tú nunca has estado en estas tierras. Lo más lejos que has salido de Vivar ha sido para ir a Burgos que está apenas a una legua —me corrige, y pregunta—:

¿Qué son «kilómetros»? ¿Y eso de la cara de tu madre? ¿Ahora te has vuelto poeta o algo así?

¡Jope! ¡La he *pifiado* de lo lindo! Esta boca mía me pierde siempre. Podría haber dicho que estaba orientado y punto. A ver cómo salgo ahora de este embrollo. Bueno, al menos he descubierto mi nombre. Me llamo Santiago y me gusta.

—¡Contesta *alelao*! —exclama.

—Deja en paz al muchacho, Muño —interviene Álvar—. Que todo eso de los pueblos se lo he contado yo. Y también le he hablado del perfil de estas tierras, pero yo se lo he comparado con otro tipo de curvas de mujer —aclara mientras suelta una sonora carcajada.

Esto sí que no me lo esperaba. ¿Por qué habrá mentido Álvar para ayudarme? Yo no he tenido ocasión de charlar con él en el rato que llevo aquí. Algo se me escapa y esta vez sí que no tengo ni idea de por dónde vienen los tiros.

—Tenías que ser tú, Álvar —protesta Muño—; no le metas pájaros en la cabeza al chaval, que está muy tierno y no se entera de las cosas.

—De algún modo tendré que divertirme, ¿no? —añade riéndose—, y tú ya me conoces.

—Santiago, hijo —me advierte Muño—, no te creas nada de lo que te cuente este personaje. La mitad de las cosas que dice son mentiras y la otra mitad se las inventa.

—Sí, padre —respondo.

Me comprometo conmigo mismo a hablar menos y a observar más. No puedo volver a meter la pata. Me fijo en los demás y hago lo mismo que ellos. Descargamos telas y algunos palos de los caballos y fabricamos tiendas para pasar la noche. En estas tierras hace frío hasta en las noches de verano. Papi me contaba que en la vieja casa del pueblo, Valtorres, dormían con dos mantas incluso en las noches del mes de agosto. Apetece acercarse a las hogueras que han encendido los hombres. Me siento en el suelo, apoyado en el tronco de un árbol, a un par de metros de distancia de una hoguera poco concurrida. Tengo que ver, oír y callar para aprender lo más rápido posible y no ponerme en evidencia otra vez. ¡Vaya por Dios! Mi soledad va a durar poco. Álvar viene directo hacia mí.

—Hazme sitio en ese tronco, Santiago —me ordena Álvar—. Después de cabalgar todo el día, me apetece descansar un poco la espalda.

—Sí, por supuesto —le digo mientras me reacomodo—. Hay sitio suficiente para los dos.

—¿Qué te cuentas? —me pregunta.

—Poca cosa —respondo—. Mejor, cuéntame tú. ¿Vamos bien? He visto que os retirabais con Rodrigo hace un rato para estudiar el terreno. ¿Estamos en el camino adecuado? ¿Los planes van como tienen que ir? Nuestra misión ¿cuál es exactamente? Quiero decir...

—No hace falta que te expliques —me interrumpe Álvar—. Si yo ya te entiendo. Tranquilo, que te contesto. Los planes de Rodrigo se van ejecutando paso a paso. Nuestra misión está cada vez más cerca de ser cumplida: llevamos a nuestro líder de la mano, para que finalmente, el Cid y España se conviertan en las dos caras de la misma moneda. ¿Por qué pones esa cara?

—¿España? Estos reinos no han conocido nunca la unidad —explico—. *En esta época* todavía no podemos hablar de «España».

—Tal vez ellos no sepan lo que es «España» aún —explica Álvar—, pero los que venimos del futuro, sí lo sabemos... ¿verdad?

Me quedo perplejo y no puedo creer lo que estoy oyendo.

—¿Cómo?, ¿qué dices? —le pregunto vacilante—; no entiendo.

—¿En serio? ¿No lo sabes? —añade Álvar con suspicacia—. ¿Recuerdas lo primero que dijiste al despertarte tras el golpazo?

—No sé —contesto—. No recuerdo.

—Dijiste «jope» —aclara Álvar—. Miraste aterrorizado a los caballos, como si no hubieras visto uno en tu vida. Y luego: «kilómetros», «mami», «fracturado», «en esta época»... —mirándome a los ojos, concluye—: en serio, ¡tienes que disimular mejor! ¿Qué va a ser lo siguiente?

Otra vez me ha traicionado el sistema métrico decimal, estoy deseando que llegue ya el siglo XVIII para que se invente.

—Te juro que no sé de qué estás hablando —respondo intentando disimular.

—¿Por quién juras? ¿Por Justin Bieber? —me pregunta Álvar al tiempo que me guiña un ojo.

Ahora sí que no entiendo nada. Pero está claro que él sabe de dónde vengo. ¿Cómo puede conocer a Justin Bieber?

—¿Tú también vienes del futuro? —le pregunto finalmente.

En ese momento, Álvar extiende la mano abierta al frente, hacia mí, como para presentarse.

—Paco, de Pinto —dice Álvar—. Vengo del 2020 y soy del Atleti.

Me encantaría poder verme la cara para describirla con precisión. Debo tener la boca abierta hasta el límite de la luxación de la articulación temporomandibular y los ojos a punto de salírseme de las cuencas orbitarias. Extiendo mi mano temblorosa para estrechar la de Álvar, o mejor dicho, Paco.

—Suso, de Móstoles —me presento—. Vengo del 2021 y no me gusta el fútbol.

—¡*Buah*, chaval! ¿Sabes cuánto he esperado este momento? —pregunta—. Sabía que no podía ser el único viajero del tiempo. ¡Qué alegría que hayas venido! Porque... serás de los buenos, ¿no?

—Me considero un «guerrero de la luz» —le aclaro—. ¿Tú crees que «los malos» están haciendo lo mismo que nosotros? Viajar en el tiempo, digo...

—¡Por supuesto! —asegura—. Hay que estar alerta en todo momento. Un «guerrero de la luz»... ¡Suena bien! ¿Qué armas dominas?

—Bueno, creo que me he venido arriba con lo de «guerrero» —respondo—. Mi única arma es el conocimiento. Soy un niño empollón de once años, un cotilla sin remedio, un ratón de biblioteca, un niño *pera* y un redicho. ¡Ya ves tú qué superpoderes! ¿Tú sabes luchar? —le pregunto.

—Yo sí —me dice Paco. De hecho me fascinan las artes marciales. Solo que al llegar aquí tuve que sustituir el *shinai* de mis clases de *kendo* por las espadas de verdad.

—¿El *shinai*? —pregunto con curiosidad.

—Como comprenderás, para los entrenamientos se sustituyen las espadas de verdad por una espada de bambú. Eso es el *shinai* —me explica.

—¿Entonces eres una especie de samurái? —añado.

—Algo así —me dice—. Me fascina todo lo japonés: kárate, judo, *jiu-jitsu*.

—Yo para eso soy un inútil —le comento un tanto avergonzado.

—No digas eso —me anima Paco—. Tu papel en esta misión seguro que es otro. Además, en tu época tienes once años. Yo tenía veinticinco cuando salí del 2020. Empecé a entrenarme justo a tu edad, así que estás a tiempo de aprender todo lo que quieras cuando regreses a tu vida en 2021. Además, estando aquí, yo he empezado a entrenar a Santiago, por lo que te darás cuenta de que, en su cuerpo, no eres tan inútil como crees.

—Lo más cerca que he estado de una batalla es en el *Age of Empires II*. ¡Y me dan unas palizas cuando juego en línea! —le cuento.

—¡Qué casualidad! —exclama Paco—. A mí también me encanta ese juego. Mi *nick* es *samuraiwarrior_19...*

—Espera —le interrumpo—; sé cómo sigue: *samuraiwarrior_1995*.

—¿Cómo es posible? ¿He jugado contra ti? —me pregunta alucinado.

—¿Te suena el *nickname Torreznator*? —digo.

—¡Tú eres *Torreznator*! —exclama con enorme sorpresa—. ¡Eres un auténtico dolor de cabeza, no he conocido a un jugador más obstinado y cabezón que tú!

—Yo soy el hijo de *Torreznator* —le explico—. El cabezón al que describes es mi padre. Es maño, de esta tierra, de ahí su tozudez.

—¡Qué grande, *Torreznator*! ¡Tu padre es un duro contrincante! —añade Paco—. Esto es increíble. ¿Por qué enrevesados caminos nos está guiando el universo, Suso? ¿Por qué estas coincidencias?

—Ni idea, Paco —le respondo confuso.

—Creo que, por seguridad, deberíamos acordar no volver a pronunciar nuestros nombres de verdad, ¿de acuerdo? Aunque he de reconocer que me ha encantado escuchar de nuevo mi otro nombre. ¡Hacía tanto tiempo que nadie me llamaba así...!

—Tienes razón —asiento—. A partir de ahora seremos Álvar y Santiago.

—Este es mi primer viaje en el tiempo —me cuenta—. Pero llevo aquí desde hace mucho. Álvar era un crío cuando desperté en su cuerpo. Había tenido unas fiebres terribles y desconocidas y, cuando ya le daban por muerto, despertó una mañana. En realidad fui yo quien desperté... ¿tú me entiendes, verdad?

—Te entiendo —contesto—, ¿qué estabas haciendo tú cuando viajaste en el tiempo? Quiero decir, ¿qué había ocurrido aquel día?, ¿en qué estabas pensando cuando te dormiste? Yo aún no sé cómo controlar las coordenadas de los viajes. En fin, que no tengo ni idea de dónde voy a aparecer cuando me duermo. Tiene que haber algo, alguna fórmula, algún truco, para poder dirigir los viajes en el tiempo a voluntad —le explico.

Una nueva idea nace en mi mente: estar aquí charlando con Paco, otro viajero del tiempo, me hace pensar, por primera vez, en la idea de viajar en grupo, y no al pasado sino al futuro. Durante mis viajes al pasado me siento como si fuera *a rebufo*, siempre por detrás de las argucias de las sombras. Tal vez, con Paco, pueda llegar a descubrir la fórmula para establecer las coordenadas de los viajes. Reclutaría al ejército de «niños despiertos» y viajaríamos al futuro, al año 2030 o incluso al 2050. Si pudiésemos ver de primera mano qué traman las sombras, iríamos un paso por delante en lugar de dos por detrás

—Santiago... Santiago... ¿Me estás escuchando? —me dice Paco sacándome de mis pensamientos.

—Sí, perdón —me disculpo—. Me he *quedao p´allá* por un momento. Me ibas a contar qué pasó el día que viajaste en el tiempo.

—Pues estaba precisamente en el tercer escenario de la campaña del Cid en el *Age of Empires II*, o sea, en la parte del exilio. El juego llegó a convertirse en una obsesión para mí. No paraba de darle vueltas a la manera de pasar una pantalla en la que estaba atascado —me cuenta.

—¡Y apareciste aquí, convirtiéndote en un personaje de la partida, como en *Jumanji*! —exclamo.

—Exacto —concluye.

—Tenemos que esforzarnos más por recordar —le digo—. Debe haber algo, en la manera de dormirnos, que nos hace viajar en el tiempo. Puede ser una frase, un pensamiento, una emoción. Yo todavía, por mucho que lo analizo, no sé por qué he viajado donde he viajado.

—¿Tú has hecho más viajes en el tiempo? —pregunta con excitación—. ¡No puede ser! ¿Dónde has estado? ¿Qué has visto?

—He estado en 1492 y en 1808, y en el cuerpo de un caracol en el año 2010 y también en el momento en que mi alma colonizó el feto que crecía en mi madre, pero eso es más rollo de explicar —contesto.

—¡Qué envidia! —dice Paco—. Has estado en todo el meollo.

—No te creas —añado—. No es tan bonito y emocionante como parece. He tenido una extraña sensación en mis viajes, una especie de certeza.

—¿Qué certeza? —me pregunta.

—La certeza de que, si yo no hubiera aparecido en escena, el pasado se habría esfumado —respondo—: ni América se habría descubierto ni los españoles se habrían levantado contra los franceses.

—¡Me cuadra, *tío*! —asiente.

—¿Piensas lo mismo que yo? —le pregunto.

—Si estás pensando que «los malos» están intentando acabar con España, sí, estamos pensando lo mismo —comenta Paco.

—Justo eso, aunque yo suelo hablar de ellos como «las sombras». Si no protegemos al Cid, España ni siquiera llegará a existir como unidad, como nación grande y libre. Él representa esa idea. En torno a él se unirán muchos, buscando la armonía, la paz, el respeto y la convivencia —explico.

—Totalmente de acuerdo, *tronco* —contesta Paco.

—¿Qué dices de un *tronco*, Álvar? ¿Es cómodo? ¿Hay sitio para que descanse contra él la espalda de un tercero? —pregunta Rodrigo mientras se acerca.

—Para ti siempre hay sitio, primo —dice Paco regresando a su papel de Álvar.

Es verdad, eso me lo sabía: Álvar y Rodrigo no son solo amigos sino primos hermanos. Estábamos tan enfrascados en nuestra conversación que no nos hemos dado cuenta de que Rodrigo se aproximaba a nosotros.

—Tomad —dice Rodrigo—. Os he traído algo de comer. El día ha sido largo y hemos cabalgado durante horas. Tenéis que alimentaros.

—¡Gracias, señor! —exclamo mientras recibo mi ración.

De repente, me quedo deslumbrado por una luz muy potente. Por un momento pienso que estoy volviendo a meterme en el *agujero de gusano,* pero no es eso. Es Rodrigo quien brilla como una antorcha humana. Estoy viendo su aura y su potente luz se pierde en el cielo. Esto ya me había pasado antes: es lo que presencié en el parque, cuando vi el cable de luz que salía de «los niños despiertos». ¿Qué quiere decir esto? Él es mayor, tendrá unos treinta años, pero tiene un brillo incluso más fuerte que el de los niños del club. No hay duda, tiene *línea directa* con lo que sea que está al otro lado del hilo.

—¡Chico, chico! —me llama Rodrigo—; te estoy hablando. ¿Estás bien?

Álvar se ha dado cuenta de que me he vuelto a distraer y acude raudo en mi ayuda.

—Se ha dado un buen golpe, primo —me excusa Álvar—. Le cuesta mantener el foco. Un poco de sueño y mañana estará como nuevo, ¿verdad Santiago?

—Sí, eso es —respondo—. Ahora que me doy cuenta, estoy muy cansado. Creo que me sentará bien dormir.

—Os dejo tranquilos, entonces —se despide Rodrigo—. Yo también me retiro a descansar. Mañana será otro gran día.

—¿Por qué? ¿Qué pasará mañana? —pregunto intrigado.

—Amanecerá —dice Rodrigo—. ¿Te parece eso poco milagro?

No puedo quitarle ojo de encima mientras se aleja riéndose. Hay algo en él... El tono de su voz, su amable rostro, su porte, su energía. Charlton Heston era un Cid apuesto y elegante en la película de 1961, pero la realidad supera la ficción. Me encuentro ante una presencia hipnótica, arrolladora.

—Me he dado cuenta... —me dice Álvar—. ¿Tú también lo has visto, verdad? Cerrabas los ojos, como si te deslumbrase.

—¿La luz? ¿Tú también la ves, Álvar? —le pregunto—. ¿Es una especie de ángel?

—No sé lo que es —contesta—; solo sé que estoy aquí para protegerle. Daría mi vida por él, igual que todos estos hombres. No es la primera vez que interpongo mi cuerpo entre él y una espada enemiga. Y lo haría una y mil veces...

—Y si murieras aquí, ¿qué ocurriría?, ¿despertarías en tu cuerpo de origen?, ¿morirías también en el 2020? —le pregunto—. Yo no lo tengo claro y eso me da miedo.

—Prefiero no pensarlo —me responde.

Nos retiramos a dormir. Para mí no hay tienda, pero no me importa. Las telas en las que me envuelvo están hechas de un material tan denso que no pasa el aire. Me tumbo boca arriba y contemplo las estrellas. Conozco este cielo. Recuerdo mi vida en la otra línea de tiempo, en la del siglo XXI: en 2020, cuando vinimos a las fiestas de la Virgen del Rosario en el pueblo de papi, al final de la noche, nos tumbamos en la carretera que va de Valtorres a La Vilueña para disfrutar del cielo y las estrellas. No hay grandes núcleos urbanos en las cercanías, por lo que el cielo se ve tan negro que las estrellas brillan como en ningún otro sitio. Decenas de chavales jóvenes yacimos tumbados en silencio, en unión con la naturaleza. Aunque era el mes de agosto, por la noche hacía fresquete. Sin embargo, la carretera de asfalto estaba calentita. Después de los cuarenta grados del día, el asfalto mantenía el calor y era una sensación muy agradable estar ahí, pegado al suelo como una lapa. Era como si la madre tierra nos estuviera abrazando. Mi padre y sus amigos se juntaban para mirar las estrellas cada verano. Mi *chupipandi* del pueblo ha cogido el relevo. Si llega el caso, enseñaremos a nuestros hijos a hacer lo mismo.

Pero no estoy en las fiestas de Valtorres. El sitio tal vez coincida, pero el momento... Ni más ni menos que diez siglos antes. ¡Fascinante!

Rememoro la conversación que he tenido con Álvar después de que se marchase Rodrigo. Me ha contado cosas increíbles sobre el Cid. Rodrigo rezuma bondad, justicia, empatía. Tiene un magnetismo especial, algo que atrapa y seduce a todo aquel con el que entra en contacto. Igual humilla a un rey por su mal comportamiento que da de beber a un leproso en su propia bota. Álvar dice que a Rodrigo no le importa si las personas son moros o cristianos, ricos o pobres. Él va más allá, es capaz de ver el alma de la gente. Sondea su fondo solo con mirarles a los ojos. Castiga y recompensa a unos y otros en función de algo que solo él es capaz de ver. Está claro que este hombre tiene un don, una especie de detector de malas personas, como el que tiene mami.

En un tiempo en que la palabra y el honor de un hombre todavía significan algo, él es un ejemplo a seguir. Vaya donde vaya le siguen las masas. Rumor o no, la prohibición del rey Alfonso VI de auxiliarle, entra por un oído y sale por el otro de sus numerosos *followers*. Es el fenómeno social del siglo XI. Le reconocen allá donde va solo por su porte, su energía, su saber estar.

Sus cualidades son reales, nada de subterfugios ni argucias como las que se usan en el siglo XXI. Aquí no sirven las fotos trucadas, los amoríos falsos, los currículums inventados.

Él es la persona que dice ser, sin trampa ni cartón, es transparente: el héroe, el magnífico, el valiente. Pero al mismo tiempo el humilde, el generoso, el piadoso, el temeroso de Dios. Él es el Cid Campeador.

El Cid (Pixabay)

EMPIEZO A SER ÚTIL

Me despierto de forma súbita. Abro los ojos asustado y me encuentro delante de mi cara, a escasos centímetros, el hocico de un caballo. Resopla tan fuerte que me alborota mis rizados cabellos. ¿Tendré yo alguna cuenta pendiente con los caballos? Lo cierto es que, esta vez, no tengo miedo. Parece un bicho amistoso. De hecho, cuando percibe que estoy despierto, empieza a propinarme pequeños topetazos, como si me animara a levantarme. De repente, oigo de fondo la voz de Álvar.

—¡Hazle caso, hombre! —me grita—. El animal está extrañado de que su dueño no se haya despertado aún.

—¿Es tarde? —pregunto—. No me he dado cuenta de que ya había salido el sol. Estaba tan cansado…

—No te preocupes —responde Álvar—. Hoy no hay prisa. Vamos a permanecer aquí acampados todo el día. Estamos próximos a Ariza.

¿Ariza? Estamos un poco más lejos de Calatayud de lo que pensaba. No importa, lo principal es que por fin me ubico. Y además, me acabo de enterar de que tengo un caballo en propiedad. ¡Qué *pasote*!

—Álvar, ¿dices que este caballo es mío? —pregunto para confirmar.

—Todo tuyo —afirma—. Te sigue como un perrillo a todas partes. Se llama Brego.

—¿Cómo el caballo de Théodred, el hijo de Théoden de Rohan, del *Señor de los Anillos?* —le pregunto en voz baja.

—Justo —me contesta con voz también susurrante—; veo que tengo ante mí otro pedazo de *friki* del *Señor de los Anillos.*

—¡Culpable! ¡Brego!, ¡guapooo! —lo llamo—, ¡ven con el amo!

—Ahora pareces Frodo llamando a Gollum —añade Álvar riéndose—. Anda, deja de hacer el bobo y ven aquí.

—Voy —digo, y a continuación le pregunto—: ¿qué están haciendo los hombres? ¿Les tienes haciendo gimnasia?

—*Sip* —afirma.

Álvar se encuentra junto a mí; a unos diez metros, cerca de cien hombres yacen en el suelo ejecutando una coreografía perfecta. Podemos hablar sin peligro. Desde donde estamos no pueden oírnos.

—Están haciendo «la plancha». ¿Les enseñas a trabajar el «transverso del abdomen»? —le pregunto sorprendido.

—Exacto —contesta—. Para venir del cuerpo de un niño de once años, te veo bastante *puesto*... ¿También sabes de ejercicio?

—Ponme a prueba —lo reto.

—¡Caballeros! ¡Siguiente ejercicio! —ordena Álvar.

—Ahora están trabajando glúteos —comento—. Es muy fácil, levantan el culo estando boca arriba. Si les hicieras sujetar algo entre las rodillas trabajarían también aductores, o podrían aumentar la carga de trabajo haciendo el ejercicio sobre una sola pierna, con la otra extendida en el aire.

—Pues sí que eres un *niño pera*, sí... —comenta antes de marcar el cambio de ejercicio—. ¡Siguiente ejercicio! ¡Ya!

—Fondos. Un clásico —explico—. Es un ejercicio muy completo: en el miembro superior trabajan pectorales, deltoides, bíceps, tríceps; en el tronco también se recluta el transverso del abdomen y, de propina, cuádriceps y glúteos en miembros inferiores.

—¡Qué *jodío*! —murmura Álvar—. ¿Y haces los ejercicios tan bien como los describes?

—En este cuerpo no sé —digo—. En el mío, estoy *tiernito* aún. Es que todavía no he desarrollado...

—¡Anda! ¡Tira *p'allá* y ponte a entrenar con el resto! —me ordena.

—¡Bueno, vale! —exclamo, aceptando el desafío—. Pongamos a prueba este cuerpo.

¡Qué poderío! Este cuerpo es una máquina: me siento ágil, ligero y lleno de energía. Cumplo con la rutina de ejercicios sin ninguna dificultad. Se me *calientan* un poco los muslos con las sentadillas, pero es que Álvar nos ha obligado a sostener las sillas de montar mientras trabajábamos, para aumentar la carga del ejercicio.

Ahora nos indica que nos tumbemos poca arriba y trabajemos la respiración diafragmática. Un vozarrón rompe el silencio del ejercicio.

—Venga Fáñez, déjate de respiraciones —propone la voz desconocida—. Te reto a ver quién hace más fondos.

—Antolínez, ya sé que haciendo fondos no tienes rival —le responde Álvar—. Pero algún día encontraré un ejercicio de brazos en el que pueda ganarte, ¡ya lo verás!

Me fijo en el tal Antolínez y me quedo con la boca abierta. Me parece estar viendo a Jason Momoa en su papel de *Aquaman*. Lo cierto es que podría ser él, incluso el pelo y la barba me recuerdan al actor. ¡Qué mala bestia el tal Antolínez! Un poco fanfarrón pero, con ese cuerpo, puede permitírselo. Aunque se me ocurre una cosa... Me acerco a Álvar y le susurro mi idea al oído. Se trata de un ejercicio que creo que Antolínez no podrá realizar. Conversamos en bajito durante unos instantes.

—Parece una tontería de ejercicio —comenta Álvar, poco convencido —. ¿Tú crees que funcionará?

—Vi un vídeo donde ponían a prueba a un tal Julius Maddox: tenía el record del mundo en *press de banca* levantando más de trescientos treinta y cinco kilos y no pudo levantar ni una mancuerna de medio kilo en esta posición que te he descrito —le explico.

—Por probar... —concluye Álvar, y llama a su rival—: ¡Antolínez! El momento ha llegado antes de lo esperado. Se me acaba de ocurrir un ejercicio en el que puedo derrotarte. Le he explicado el ejercicio a Santiago para que nos guíe él durante la competición. ¿Aceptas el desafío?

Álvar me guiña el ojo y sonríe ilusionado. El ejercicio es muy simple, pero sé que por el aspecto que tiene Antolínez, le resultará realmente difícil. En cambio, Álvar es delgado, fibroso y se le ve flexible y elástico. Hará el ejercicio sin problema.

—De acuerdo, caballeros —comienzo—. ¿Preparados? El procedimiento es sencillo. Nos tumbamos boca abajo y pegamos la frente al suelo. Abrimos los brazos hasta tenerlos en cruz, con las palmas de las manos hacia el suelo. Y ahora, doblamos los codos hasta formar un ángulo recto. Por favor, necesito testigos. ¿Los participantes están en la posición correcta?

Algunos hombres se acercan a observar y hacen pequeños reajustes en la posición de Antolínez. Aprovecho para buscar un par de piedras; no necesito nada excepcional: algo que se agarre bien y que pese entre medio kilo y un kilo.

—Bueno, señores —prosigo—: les voy a entregar a cada uno un par de piedras. El ejercicio es muy fácil: en la posición en la que se encuentran deben agarrar las piedras con sendas manos y, con ellas cogidas, tendrán que despegar sus antebrazos del suelo mientras los codos permanecen apoyados en el firme. Álvar —ordeno—, tú irás primero.

Le coloco las piedras a Álvar en las manos y le indico que comience el ejercicio. Antolínez gira un poco la cabeza, para observar la actuación de Álvar y confirmar que ha entendido lo que tiene que hacer. Como era mi sospecha, Álvar ejecuta el movimiento a la perfección. Se levanta como un resorte al terminar.

—Es curioso —me susurra Álvar al oído—; si no hubiera tenido que hacerlo, a simple vista hubiera dicho que era mucho más sencillo. Lo cierto es que me ha costado; es como si el peso de las piedras se hubiera multiplicado por diez.

No me da tiempo a contestarle. Antolínez está ansioso por empezar y reclama nuestra atención:

—¿Y ya está? —pregunta Antolínez desafiante—; ¡qué bobada de ejercicio! Dadme a mí las piedras, que según haga el ejercicio las voy a machacar entre mis dedos —dice.

—Aquí las tienes Antolínez —le contesto, mientras le coloco una piedra en cada mano—. ¡Adelante!

El espectáculo es digno de ver. Justo lo que sospechaba. Su propio desarrollo muscular le limita el movimiento. Ni siquiera es capaz de levantar el antebrazo del suelo. No *encuentra* ese arco de movilidad entre sus patrones de movimiento. Se centra en el antebrazo, cuando el movimiento debería salir de su hombro. Se retuerce, presiona la frente contra el suelo, se le tensa toda la musculatura paravertebral a lo largo de la espalda... pero nada. Imposible, su rotación externa de hombro es inexistente desde esa posición. Las piedras no se mueven. En un intento final intenta levantarlas solo con la muñeca, llevando la mano hacia atrás. No me hace falta decir nada. El resto de los hombres se dan cuenta de la trampa y se ríen de él. Al final, se levanta con la cara llena de polvo y expresión de incredulidad.

—¿Cómo es posible? —pregunta Antolínez sorprendido y un tanto disgustado.

—Ja, ja, ja, ja —Álvar no puede contener la risa.

—No te enfades, Antolínez —le tranquilizo—. Para poder usar los músculos en condiciones, hay que tener una buena movilidad y equilibrio entre los distintos grupos musculares. Tú tienes los músculos de delante mucho más potentes que los de atrás, por eso no has podido hacer el ejercicio —le explico.

—¿Y tú cómo sabes eso, Santiago? —me pregunta extrañado.

—Eh... Yo... —titubeo.

—Se lo he contado yo antes —aclara Álvar, acudiendo de nuevo en mi rescate—, cuando le explicaba el ejercicio para que hiciera de árbitro.

—¡Aaaaah! —contesta Antolínez con tono desconfiado—. En fin, me has vencido. Pareces un maldito jilguero, pero he de reconocer que luchas y te mueves como nadie, Fáñez... —añade—. ¡Venga esa mano!

—¡Aquí la tienes, hermano! —exclama Álvar.

Estrechan sus manos con fuerza y después se dan un abrazo. Se ríen y se dan palmadas en la espalda.

—Caballeros —dice a continuación Álvar—, cojamos las espadas y sigamos con el entrenamiento.

Álvar ha sabido utilizar muy bien las habilidades del *Paco* del siglo XXI. Comparte sus conocimientos y su rutina de entrenamiento de artes marciales con sus compañeros del siglo XI. Estas espadas pesan más del doble que las *katanas* que él conocía, por lo que ha tenido que adaptarse. Y, en ese proceso de adaptación, ha creado su propio estilo de lucha que nada tiene que ver con lo que conocían estos hombres. Empiezo a entender cómo estos soldados, inferiores en número y mal equipados, saldrán victoriosos en tantas ocasiones ante ejércitos más numerosos y mejor armados. Sí, sin duda, se trata de un estilo *fusión* muy curioso a la par que efectivo.

—Ha sido impresionante, Santiago —me felicita Álvar—. Me ha encantado lo de la apuesta. ¿Crees que podrías ayudarme a rediseñar la rutina de ejercicios para los hombres? ¿Por qué tienes esos conocimientos? ¿Qué deporte prácticas?

—Mi madre se dedica a esto, Álvar —le explico—. Es fisioterapeuta y osteópata. Le fascina todo lo relacionado con la salud, el ejercicio, la terapia manual, la nutrición, la anatomía, la fisiología. Comparte su fascinación conmigo, dándome clases magistrales sobre todo lo nuevo que aprende. Sé manipular, colocar hombros dislocados, tratar esguinces de tobillo... En 1492 reduje el hombro luxado del almirante Colón —le cuento— ¡no te digo más!

—¿Trataste a Cristóbal Colón? ¿Me estás tomando el pelo? —me pregunta.

—¡Que no!, te lo digo en serio —aseguro—. Gracias a eso empezó a confiar en mí y pude cumplir mi misión.

—¡Fascinante! Eso me lo tienes que contar con más calma —añade—. Pero, volviendo al tema: ¿qué recomiendas para mejorar el entrenamiento de los hombres? —me pregunta.

—Por lo que he observado, tienen mucho más trabajada la parte anterior que la parte posterior. Creo que deberías introducir ejercicios de espalda y muchísimo ejercicio dirigido a escápula: trapecio inferior, medio, superior, romboides, manguito rotador —enumero—. Mira, sin ir más lejos, el desastre con Antolínez. Su infraespinoso y su redondo menor necesitan mucha toma de conciencia y trabajo. Mamá siempre dice que «un hombro feliz necesita una escápula feliz».

—¡Claro, tienes razón! —exclama Álvar—. Toda la musculatura que yo les trabajo: deltoides, bíceps, tríceps va anclada a la escápula, y si la escápula no está firme...

—No manejarán la espada como deberían y la resistencia de sus brazos en el campo de batalla se verá afectada —concluyo—. Además, pasan mucho tiempo a caballo. Todo lo que sea fortalecer su espalda les vendrá fenomenal para aliviar dolores y molestias. Ayer por la noche, todos buscábamos apoyarnos en los troncos de los árboles para descansar, me di cuenta...

—¡Fenomenal! —dice Álvar—. Esta noche, después de cenar, si no nos toca guardia, nos pondremos manos a la obra y me ayudarás a diseñar los ejercicios. ¿Te parece?

—Me parece —respondo—. Me alegra muchísimo poder ser de utilidad.

—¡Claro que lo vas a ser! —exclama—; porque además se me está ocurriendo otra cosa... —añade con tono misterioso—. Pero antes, desayunemos algo.

En cuestión de segundos tengo un enorme trozo de pan en las manos. Me doy cuenta de que tengo mucha hambre.

—¿De dónde sale la comida? —le pregunto, mientras como a dos carrillos—. Esa carne que cenamos anoche ¡estaba muy rica! Y ahora, ¡este pan parece recién hecho!

—Vamos encontrando ayuda por donde pasamos —me aclara Álvar—. Hay mucha gente buena que nos da lo que tiene: animales, verduras, pan, legumbres, vino...

—Me da un poco de ternura —comento.

—¿El qué? —me pregunta Álvar.

—La gente... nosotros... el ser humano, quiero decir —respondo—. Siempre estamos buscando a alguien en quien creer, a alguien que nos guíe, que nos devuelva la fe y la ilusión, alguien que represente algo más grande.

—Te entiendo —me dice—; Rodrigo es esa persona. Te hace creer que algo mejor es posible. Esta etapa es un caos, Santiago. Olvídate de interpretaciones *simplistas*. Esto no va de moros y cristianos. Aquí todos se pelean con todos. El escenario es lamentable: los musulmanes se dan de mandobles entre sí, divididos en un montón de reinos de taifas. Cada uno intenta aniquilar a sus compatriotas para evitar que adquieran poder. Por suerte para nosotros, son incapaces de unirse frente a los cristianos. Es más, algunos contratan nuestros servicios para su defensa y nos pagan tributos para que no carguemos contra ellos.

—Las parias —añado.

—Eso es —afirma—. También te gusta la historia —me dice—. Déjame adivinar. Eso te viene de tu padre, ¿a que sí? Si a *Torreznator* le gusta el *Age of Empires*, seguro que también le gustará la historia.

—Has acertado —le confirmo—. El tema es que nosotros, los cristianos, tampoco lo hacemos mucho mejor, ¿verdad? Matándonos entre hermanos, ¡qué vergüenza! Los cinco hijos de Fernando I se están sacando los ojos entre ellos por la herencia: Fernando le dejó a Sancho el reino de Castilla; a Alfonso el de León; a García, Galicia y algunos territorios conquistados a Portugal; a Urraca, Zamora; y a Elvira, Toro. Pero no se podían conformar cada uno con lo suyo y ahora, Sancho ha sido asesinado, García y Elvira a saber si siguen vivos, y mientras Urraca y Alfonso están dirigiendo el *cotarro*. Pero, ¿qué iban a hacer? Si su padre hizo lo mismo: Fernando I se cargó a su hermano García Sánchez III de Pamplona en la batalla de Atapuerca, eliminó a su hermano Ramiro de Aragón y también se llevó por delante a su cuñado Bermudo III. El *karma* no perdona: de tal padre, tales astillas.

—¡Vaya repaso histórico me has hecho! —exclama Álvar—. Oye, y ¿qué sabes tú de la muerte de Sancho? —me pregunta intrigado—. ¿Qué dirán los historiadores en el futuro? Ahora me arrepiento de haberme hecho chuletas en los exámenes de historia...

—Pues nadie se moja al cien por cien con la implicación de Alfonso, pero Urraca está en el ajo, fijo. Me da a mí que es la mano que mece la cuna. Yo creo que ella lo organizó todo con la ayuda del tal Vellido Dolfos —le respondo.

—Eso pensamos nosotros —dice Álvar—. A pesar de que Rodrigo quería mucho a Sancho, nunca pudo creer que Alfonso estuviera implicado. Pero, esa Urraca… Rodrigo respeta y aprecia a Alfonso y le sirve con lealtad, y sin embargo, mira… ¡desterrado! Hace dos semanas que, entre lágrimas, tuvo que abandonar Burgos, separándose de Jimena y de sus pequeños: Diego, Cristina y María. Nosotros decidimos acompañarle. Doce nos comprometimos desde el principio, antes de salir de Vivar ya éramos setenta, cuando dejamos a Jimena y a los niños en el Monasterio de San Pedro de Cardeña se nos unieron cien caballeros más; a día de hoy, somos más de trescientos hombres los que hemos unido nuestros destinos al de Rodrigo.

—¡Qué mala leche se me está poniendo! —exclamo—. Doña Urraca envenena a su hermano, como Grima *Lengua de Serpiente* hacía con el rey Théoden, ¿te acuerdas? Y el malvado García Ordóñez, el conde de Nájera, ¡ya ni te cuento!

—Me acuerdo de Grima —añade Álvar riendo—. Estoy de acuerdo contigo en todo. El tal García Ordóñez también es «*un pieza de cuidado*».

—¿Qué querías decir antes cuando me has advertido que me olvidara de interpretaciones *simplistas*? —le pregunto—. Que la cosa no iba solo de moros y cristianos…

—Aquí la batalla es entre la luz y la oscuridad, el bien contra el mal —explica Álvar—. De un lado hay hombres de honor que quieren la paz, la convivencia y el bienestar del pueblo, y del otro hay sanguinarios y autócratas que solo buscan poder, riqueza y el sometimiento de sus siervos. Ambos tipos de hombres se encuentran en los dos bandos.

—Y los pobres ciudadanos en el medio, sacrificados como peones en una partida de ajedrez. Mi padre del siglo XXI es director financiero: ¿sabes cómo llaman ellos a los empleados en las empresas? —le pregunto.

—¿Cómo? —dice Álvar, extrañado por la deriva de la conversación.

—«Recursos», Álvar, los llaman «recursos». Me enfado mucho cuando veo el dato así expresado en sus interminables tablas éxcel. Sé que no es cosa suya, pero es un reflejo de lo que representamos. El ciudadano de a pie es simplemente un recurso económico más, yo diría que el principal para los grupos sociales que ocupan la posición dominante. Da igual la época y quiénes sean ellos: ahora, la aristocracia, el clero... En nuestra época los famosos, los poderosos, los *influencers*, los políticos... Ellos son conscientes: pueden tener todas las tierras del mundo, sí, pero necesitan hombres para que las hagan productivas, para defenderlas, para construir sus fortalezas y castillos. Y además, esos hombres pagarán tributos por vivir y explotar un mísero pedazo de tierra. ¡Qué asco de sistema! Pueden cambiarle el nombre todo lo que quieran, hasta podrán llamarlo democracia en el futuro, pero el medio de explotación que han inventado es tan antiguo como el hombre. Se les ve el plumero a la legua.

—¿De verdad tienes once años en el siglo XXI? —me pregunta Álvar—. Tus reflexiones son... profundas.

—Mis padres son unos inadaptados —le explico—; una especie de conspiranoicos antisistema. Nos pasamos horas discutiendo sobre estos temas. Ellos quieren que no me deje engañar, que me mantenga aferrado a lo real.

—¡Santiago!, ¿y qué es lo real? —me pregunta—. ¿Lo que estamos viviendo aquí?, ¿lo que vivimos en el siglo XXI? Yo tengo una *caraja* mental considerable.

—Lo único real eres «tú», Álvar —le digo—, esa *esencia* en ti que es consciente de estas vivencias, que es capaz de analizarlas. Esa *entidad* que está en ti ahora mismo y que llevarás de vuelta cuando despiertes en tu cuerpo del año 2020. Cambiamos de medio de transporte, viajamos de un destino a otro, pero somos «nosotros» los que viajamos, ¿me sigues?

—Te sigo —contesta asintiendo con la cabeza—. Me gusta cómo te expresas. Consigues materializar conceptos muy abstractos a través del lenguaje. Es un placer hablar contigo, chaval.

—Antes te dejaste algo en el tintero —le recuerdo—. Me dijiste que me lo dirías después de desayunar.

—No se te escapa una, ¿verdad? —me comenta.

—Dominar la atención es una especie de superpoder. Eso dice mi madre —le explico—. Donde pones el foco, pones toda tu energía. Tú lo sabes bien: las artes marciales requieren de concentración y de focalización de la energía. De todos modos, siendo realistas, tampoco puedo presumir demasiado; a veces desconecto de la realidad y me quedo como ausente, en una especie de trance. Tú ya me has *rescatado* en varias ocasiones de mis *idas de olla*... Pero, volviendo a lo importante... ¡Dispara!: ¿qué querías plantearme?

—¡Sí, que te enrollas que da gusto! —contesta Álvar—. Disparo: hay algo que me preocupa sobre Rodrigo. Él no le está dando importancia, porque no tiene riesgo vital.

—¿Riesgo vital? —pregunto preocupado—. ¿Está herido?

—Sufrió un corte en el antebrazo hace tiempo, nada grave, uno de tantos... La cicatrización ha sido aparentemente buena, al menos a simple vista. Sin embargo, a veces, está sujetando la espada y se queja de un pinchazo, «la puñalada» la llama él, y pierde totalmente la fuerza de la mano. Podría traerle serios problemas en combate. Eso me preocupa —me explica.

—Seguro que podemos hacer algo —le animo—. Le echaré un vistazo. Pero, ¿qué le vas a decir? Sigo siendo Santiago, ¿recuerdas? ¡Y ahora, voy a hacer de curandero! No lo va a entender.

—Ya veré cómo lo enfoco —responde Álvar—. En cuanto tenga ocasión de estar a solas con él, vendremos a buscarte.

Cuando Álvar se da la vuelta dispuesto a abandonarme, me doy cuenta de que no tengo ni idea de qué hacer: no conozco la rutina del campamento ni sé lo que hacía Santiago en su día a día.

—¡Chis*t!*¡*Chist!* ¡Paco! —le llamo—. Espera un momento.

—¿Qué pasa? —me pregunta.

—¿Qué hago mientras tú te vas? —le digo.

—Lo de siempre, corretear por el campamento a ver dónde te necesitan —contesta—. ¿Sabes lo que dice Santiago siempre que acude a algún puesto?

—No —respondo intrigado—, ¿qué dice?

—«Quiero aprender. ¿En qué puedo ayudar?» —responde Álvar imitando a Santiago—. Así que, ya sabes, ahí tienes a Ramírez que está atendiendo a los caballos. Antolínez estará afilando espadas y cuchillos. Al otro lado de esas tiendas está Rodríguez organizando las provisiones y planificando la comida. Tienes dónde elegir —me ofrece—. Que lo pases bien.

—Gracias —contesto.

Me gusta lo que me ha contado Álvar. Me siento identificado con Santiago. Se ve que el chaval tiene buena actitud: «Quiero aprender. ¿En qué puedo ayudar?». Sí, señor, sin duda Santiago es un muchacho curioso a quien le gusta aprender. En eso nos parecemos. Será mi baza para disimular.

Estaba pensando en los apellidos de los hombres: Fáñez, Gustioz, Antolínez, Rodríguez, Muñoz. La abundancia de «zetas» me hace recordar que los apellidos acaban de empezar a utilizarse. Su uso empezó a difundirse en los siglos X y XI. Como empezaron a mezclarse en la península personas de diferentes procedencias, idearon una manera más específica de identificarse: no se complicaron la vida, al nombre del padre, se le añadían las terminaciones *az*, *ez*, *iz* y *oz* y ya estaba creado el apellido: Martínez sería el hijo de Martín, Ramírez el descendiente de Ramiro; de Ruy nació el apellido Ruiz, de Ordoño surgiría Ordoñez. Bueno, bonito y barato. Suena casi como los nombres del *Señor de los Anillos*: Théodred, hijo de Théoden; Aragorn, hijo de Arathorn... «¡Vuelve, Suso, que te has vuelto a ir a tus mundos...!».

¡Vayamos al lío! Creo que me acercaré a ver a mi querido Brego y al resto de los caballos. Intentaré interactuar con el tal Ramírez.

—Ramírez, ¿te ayudo? —le pregunto mientras me acerco.

—Sí, Santiago. Me vendrá bien —me agradece—. Me disponía a traer agua para los caballos. Mira, justo ahí abajo hay una pequeña garganta. ¿Te ves capaz de subir algunos cubos?

—Sí, claro —afirmo—. Pero... aquí hay mucha agua. Los cubos ya están llenos. ¿No es suficiente?

—Está un poco turbia, y aquí, los *señores* son muy exquisitos —dice—. No les gusta el polvo en lo que comen ni en lo que beben.

—¡Pero si nosotros bebimos de esta agua anoche mismo! —contesto.

—Y la seguiremos bebiendo hoy —añade Ramírez—. Pero ya ves, se creen *condes* los animalitos. Sobre todo, tu Brego.

—¡No pasa nada! —exclamo—. Yo traeré agua para estas nobles criaturas.

Brego parece entender lo que está pasando y me da un pequeño topetazo en la espalda, como si quisiera decirme que tiene sed pero de agua limpita.

Me entretengo un buen rato, subiendo y bajando, llenando los cubos por pares. No me importa, solo quiero estar ocupado y pasar desapercibido. Y hay muchísimos animales a los que dar de beber... Ramírez me cuenta que, en realidad, lo de que a los caballos solo les guste el agua muy limpia es una ventaja más que un inconveniente, porque gracias a ellos saben qué agua es apta por el consumo humano. Si encuentran algún curso de agua y los caballos beben, es buena señal.

Otra vez noto un golpe en la espalda. Me giro sonriendo, pensando que es Brego de nuevo. Pero no, es Muño, mi padre de esta época.

—Hijo, ¿cómo estás hoy? —me pregunta.

—Bien, padre. ¿Y usted? Anoche, le perdí de vista, antes de cenar —le respondo.

—Teníamos guardia, tú y yo —me dice—. ¿No te acuerdas?

—Lo siento, padre —me excuso—; se me olvidó. Perdóneme por no haberle acompañado. Me quedé dormido enseguida. ¿Por qué no me dijo nada?

—Me di cuenta de que necesitabas descansar —añade—. No te preocupes. En las guardias participamos más de una veintena de hombres. El campamento es grande y muchos ojos son necesarios durante la noche. Ayer no estabas en condiciones de ayudar.

—Gracias, padre —le digo—. ¿Y ya ha dormido usted un rato?

—Estuve de guardia las primeras horas de la noche —me cuenta—. Después vino el relevo y he podido dormir hasta el amanecer. Yací a tu lado, pero estabas tan cansado que ni te percataste de mi llegada. Me desperté al amanecer y seguías durmiendo.

—Hoy compensaré todo lo que no hice ayer, padre —le prometo—. Me encuentro bien.

—Esta mañana, te miraba mientras dormías y me acordaba de cómo te despiertan en casa Lobo y Trueno, subiéndose a tu camastro —relata con una sonrisa—. Recordaba también cuánto se enfada tu madre: los gritos que pega *la María* cuando tus perros pisotean las sábanas con sus patas sucias. ¡Mi querida María! —concluye con un profundo suspiro.

—En casa me despiertan los perros y aquí me despierta Brego —digo—. Yo también echo de menos a *la María*, padre —añado.

En ese momento, Muño mira hacia abajo, negando con la cabeza. De repente, se sienta en el suelo, en un gesto tan rápido que más que sentarse parece que le hubieran fallado las piernas. Se esconde la cara entre las manos y se alborota el pelo mientras sigue negando con la cabeza.

—Pero, padre, ¿qué pasa? —le pregunto—. No esté usted triste. Volveremos a casa, con madre y con los perros. Todo saldrá bien. ¿Tanto la echa usted de menos?

—Hijo, no tenemos perros —me informa con tono serio—. Y tu madre, no se llama María; se llama Isabel… No recuerdas nada después del golpe, ¿verdad?

Ya está, me ha cazado. Me ha tendido una trampa y he caído como un pardillo. ¡No tengo más remedio que decir la verdad!

—No recuerdo nada, padre, lo siento —admito avergonzado—. Sé que usted es mi padre porque me llama hijo. No recuerdo nuestra casa ni nuestro pueblo. No recuerdo cómo se llama mi madre. No recuerdo su rostro. Ni siquiera recuerdo el mío. Estoy intentando ponerme al día con todo lo que me rodea —le explico—. Aprenderé rápido, pero no se lo diga usted a los demás, padre. Pensarán que soy una carga y me mandarán de vuelta a casa. Yo quiero continuar formando parte de esta aventura. ¡Ayúdeme! —le ruego.

—Mi pobre hijo —se lamenta—. ¡Qué angustia debes haber pasado ocultando tu secreto! Deberías habérmelo dicho desde el principio. ¿Qué puedo hacer?

—Ayudarme, padre —le insisto—, y confiar.

—¿Confiar en qué? —me pregunta.

—En que el Santiago que usted conoce, volverá —le aseguro—. Tengo la certeza de que recuperaré la memoria. ¿Usted ha tenido alguna vez una de esas certezas, padre? ¿Entiende lo que quiero decir? ¿Saber algo sin poder explicar por qué lo sabe?

—Creo que te entiendo —dice—. Solo dos veces en mi vida he tenido esas certezas: la primera, cuando vi a tu madre; enseguida supe que acabaría casándome con aquella mujer. La segunda, mientras veía crecer a Rodrigo; tuve claro que le serviría hasta mi muerte.

—Padre, me esforzaré al máximo —prometo.

—Estaré a tu lado, hijo —me responde, al tiempo que me agarra por los hombros—. Reaprenderás todo lo que has olvidado; yo te ayudaré.

—¡Gracias, padre! —exclamo entusiasmado—. Me gustaría darle un abrazo, pero no sé si debo.

Yo ya no me arriesgo a tutear ni a tocar a nadie sin permiso; en 1808 me llevé unas cuantas tortas por mostrar más familiaridad de la debida. No hace falta que Muño me dé permiso porque es él quien me da un abrazo, y de los buenos, un abrazo de calidad, de los que duran más de siete segundos, como los que me dan papi y mami cuando les dejo, claro… Prometo que, cuando vuelva, no me tendrán que pedir permiso para abrazarme. Les voy a *ahogar de amor*. ¡Les echo tanto de menos!

El abrazo de Muño me sabe a gloria. Es un hombre con buena presencia, grande y fuerte, y tiene un gran corazón, eso lo noto al instante. Su energía es cálida y poderosa. Me proporciona fuerzas renovadas. Me recuerda por qué merece la pena luchar: el amor, la familia, el sentimiento de pertenencia a algo más grande, ayudar a otros, la nobleza, el honor. Todas esas emociones se atropellan en mi pecho y me hacen sentir animado y poderoso otra vez.

Muño me cuenta la historia de nuestra familia: vivimos en Vivar, en Burgos. Mi padre siempre ha estado al servicio de la familia de Rodrigo. Empezó sirviendo a su padre, Diego Laínez de Vivar. Ahora, mi padre no solo sirve a su hijo, a Rodrigo, sino que ha unido su destino al del Campeador. Para él es casi como otro hijo. Entre lágrimas me dice que daría su vida por mí, pero que tampoco dudaría en sacrificar su vida por la de Rodrigo. ¿Por qué extraño hechizo estos hombres están dispuestos a darlo todo por otro ser humano con el que ni siquiera tienen lazos de sangre? Mientras, los que sí tienen lazos de sangre, nuestros reyezuelos, están matándose entre hermanos para tener más poder y más tierras. ¿Y esos pretenden gobernarnos? ¿Esa es la élite? ¡Vaya ejemplo! Ni honor, ni palabra, ni nada de nada. ¡Qué vergüenza de gobernantes! Debe llegar un punto en que, determinada cantidad de poder y riqueza, ciega por completo a un individuo, porque si no, no se entiende; ¡es que no se entiende! ¡Pasado, presente, futuro y siempre lo mismo!

Álvar Fáñez, Muño Gustioz, Martín Antolínez, Martín Muñoz, Álvar Salvadórez, Álvar Alvaroz, Galindo Garciaz, Félez Muñoz... ¿Qué raza de hombres es esta? ¿De dónde provienen su fe y su valor? Parecen una prolongación del cuerpo de Rodrigo. Siempre a su alrededor, protegiéndole, apoyándole. Me impacta y me emociona. Me contagia y me inunda el deseo de formar parte de eso que ellos ven. No están locos: yo también lo vi, anoche, cuando Rodrigo se acercó a traernos la cena. Hay algo en él... ¡Su vínculo con «la luz» es muy potente!

A partir de ahora, el Cid estará protegido no solo por los hombres de su tiempo sino también por un «guerrero» más, que ha venido del futuro para ayudar a preservar el pasado y proteger su presente… ¡Jope! Me estoy liando. Resumiendo: me uno al destierro que han elegido estos hombres. Me comprometo aquí y ahora a ser uno más de esta *pandilla histórica*. Estamos en el día 14 del destierro del Cid, en el año 1081. De momento, todo me viene muy grande, pero aprenderé, como siempre lo hago; de eso no me cabe ninguna duda.

El guerrero del futuro (Pixabay)

UN PACIENTE DE LUJO

El día transcurre de manera muy agradable. Muño no se ha separado de mí ni un instante. De su mano, he pasado por los diferentes puestos del campamento. De manera disimulada me ha explicado qué hacía cada hombre; ha ido conversando con unos y otros para que yo tomase nota mental de los nombres de todos. Si metía la pata con algo, Muño me excusaba diciendo que aún estaba un poco aturdido después de la caída.

También hemos montado a caballo un par de horas por los alrededores. Antolínez y Félez Muñoz han venido con nosotros. Desde un pequeño otero hemos llegado a contemplar las poblaciones cercanas: Ateca, Terrer y, a lo lejos, Calatayud con su impresionante Castillo de *Ayyub*. Padre está satisfecho. Temían que la noticia de nuestra presencia ya hubiera llegado a Calatayud. Parece que de momento, no hay movimiento. La cosa va bien. Si no hemos llamado la atención, podremos seguir nuestro camino sin obstáculos.

Aquí viene lo raro: ¿seguir nuestro camino? No podemos seguir; aquí hay cosas que hacer y batallas que librar. En un par de días deberíamos empezar el asedio a la fortaleza de Alcocer, situada entre Ateca y Terrer. A lo mejor no me he enterado bien, pero me ha parecido escuchar a Félez Muñoz hablar de la intención de su tío Rodrigo de dirigirse directamente a Barcelona para ofrecer sus servicios a los condes de esa ciudad. ¡Sí, a los condes de Barcelona! que son dos: Ramón Berenguer I, cuando falleció, traspasó el poder a sus dos hijos mellizos, Ramón Berenguer II y Berenguer Ramón II. Se mató con los nombres *el tío...* No compartirán el gobierno del condado de Barcelona mucho tiempo, y a finales de 1082, Ramón Berenguer II será asesinado en un bosque en extrañas circunstancias, probablemente por su hermano Berenguer Ramón II, que será apodado como el *Fratricida.* ¡Los hermanos en esta época no se andan con tonterías! ¡Vaya tela!

En fin, vayamos a lo importante. No deberíamos pasar de largo. Asegurar esta zona es necesario: el sur de Zaragoza será estratégico para la futura conquista de Valencia en 1094, que será la principal gesta del Cid... Tal vez no haya interpretado bien las palabras de Félez Muñoz. Esta noche, en la cena, consultaré a Álvar. Necesito conocer las intenciones de Rodrigo para asegurarme de que el pasado sigue su curso correcto hacia mi presente.

—Caballeros —anuncia Muño—, volvamos al campamento; es hora de almorzar algo.

Cuando regresamos, mi padre localiza a Rodrigo para darle el parte. En esta ocasión, no puedo estar presente, Muño así lo ha querido. Pero no me preocupa, Álvar está con ellos. Sé que me informará de todo en cuanto estemos a solas.

Alguien me ha puesto un plato de comida en las manos. Son lentejas, bien calentitas. Y con sus buenos tropezones de carne y tocino y zanahoria y...

—¡Cómo te estás poniendo, Santiago! —exclama Álvar, surgiendo de la nada—. ¡Tenías hambre!

—Esto está buenísimo —le digo con la boca llena—. Hacía siglos que no probaba nada igual de rico. Y sabes que no te exagero —agrego.

En ese momento le guiño el ojo a Álvar, que empieza a reírse a carcajadas.

—Agradéceselo a Rodríguez —me señala—. Es un auténtico mago con la comida. Con ingredientes básicos, cuatro hogueras y cuatro enormes perolas hace milagros.

Rodrigo parece haber terminado de hablar con mi padre y su sobrino, y se incorpora a nuestra conversación.

—¡Muchacho, te chorrea el caldo por la cara! —me dice riéndose—. Límpiate, ¡anda!

No tengo nada a mano, por lo que decido limpiarme con la manga de la túnica. ¡Ostras! Raspa mogollón... Parece lija. Eso sí, el frío no traspasa lo más mínimo. Calculo que estaremos en enero o febrero y aquí estoy yo, entre Soria y el sur de Zaragoza, comiendo unas lentejas al aire libre y durmiendo a la intemperie. La ropa hará lo suyo, pero también hay que reconocer que los cuerpos de antes tenían otro nivel de tolerancia y aguante. En mi época somos mucho más blanditos.

Se me ocurre pensar que todas las comodidades que tenemos en el siglo XXI han aumentado nuestro bienestar, pero ¿nos benefician evolutivamente hablando? ¿Sobreviviría un hombre del siglo XXI en un entorno como este? ¿Sabría hacer fuego, conseguir agua y comida y orientarse para no perderse sin un móvil y su GPS? Me temo que sé la respuesta. El hombre más listo del siglo XXI, en un escenario como este, se sentiría como me siento yo ahora, *más tonto que Abundio, que corriendo solo en una carrera llegó segundo*.

Me planteo también si todos los avances que la humanidad tiene a su alcance en mi época, nos hacen más felices. Tal vez, hayamos confundido el bienestar y la comodidad con la felicidad, y en el futuro nos perdamos cosas importantes por el camino, como el contacto con la naturaleza, las relaciones humanas reales y honestas, la intimidad, la lealtad, el honor.

Recuerdo haber escuchado con *mami* una conferencia del coronel Baños, un militar experto en geoestrategia, defensa y seguridad. Decía que, al utilizar móviles y ordenadores, al utilizar Internet y sus aplicaciones, hacer búsquedas y compras *online,* habíamos puesto la comodidad por encima de la seguridad y la intimidad. Nuestros datos, nuestras inquietudes y secretos más recónditos, incluso aquellos que escondemos de nuestra pareja, están registrados en forma de movimientos digitales. Alguien maneja esos datos. Facebook o la nube son propiedad de grandes compañías. Hay gente que tiene almacenada su vida entera en estas aplicaciones. ¿Qué uso de nuestra información están haciendo esas empresas? ¿Cómo la utilizarán en el futuro? Nadie lo sabe. Quizás el coste, finalmente, sea demasiado alto.

—¡Vuelve, Santiago, vuelve! —exclama Álvar—. Te has quedado otra vez mirando al infinito.

—¿Eh?, ¿qué?, ¿qué pasa? —pregunto desorientado.

¡Ostras! Se me había *ido la pinza* del todo.

—Te despistas con mucha facilidad —me dice Rodrigo—; pero no te apures, muchacho. Lo del golpe tal vez te dure unos días. ¿Tienes mucho chichón?

—Pues no lo sé —contesto—. Hoy no he inspeccionado la zona del impacto.

Empiezo a palparme el cráneo y noto la zona dolorida. Percibo además una ligera hinchazón. Me duele el cuero cabelludo solo con cambiar mis largos cabellos rizados de dirección. También noto una costra, de unos cinco centímetros de diámetro. No me había dado cuenta hasta ahora; debí sangrar bastante. Eso es bueno, menos presión dentro del *melón*.

—¿Y bien? —pregunta Álvar.

—Sobreviviré —respondo—; un poco más tonto, pero sobreviviré.

—¿Más tonto que antes? —añade Álvar—. ¡*Bufff*!

—¡Déjale Álvar! —me defiende Rodrigo—. No seas cruel. Aquí todos recibimos algún golpe, si no es un día es otro.

—Ya, pero es en manos del enemigo —puntualiza Álvar—. ¡Golpearse uno solo tiene su gracia! —aclara riendo.

—¿Y vosotros qué habéis estado haciendo? —pregunto, en un intento de dejar de ser el centro de la conversación.

—Hemos estado entrenando un buen rato con la espada —explica Álvar—, pero...

—No le des importancia, primo, se me pasará —le interrumpe Rodrigo—. Es cuestión de tiempo.

—Ese maldito pinchazo te traerá problemas, Rodrigo —comenta Álvar—. Algo no ha curado bien en tu antebrazo. Has dejado caer la espada en dos ocasiones. ¡Si eso te ocurriera en el campo de batalla! —exclama con preocupación.

—Tendré a mi mejor hombre junto a mí para ayudarme —dice Rodrigo, poniendo su mano sobre el hombro de su primo.

—Y si... —murmura Álvar.

—¿Y si qué? —interrumpe Rodrigo.

—A lo mejor es una tontería, pero el otro día, cuando me hice daño en la espalda peleando con el animal de Antolínez, le pedí a Santiago que me diera unas friegas con aceite en la zona y fue mano de santo —explica Álvar—. Puede ser que el chico tenga un don y no se haya dado cuenta.

Este Álvar es *la caña*. ¡Qué pedazo de *trola* se acaba de inventar! Si *cuela,* tendré que reconocer que Rodrigo tiene auténtica fe ciega en él.

—¿Qué dices? —pregunta Rodrigo—. Ni siquiera me habías contado que te hubieras lesionado.

—No te iba a contar que tu guardaespaldas se había partido el espinazo. ¿Para qué preocuparte? —le aclara, y mirándome, añade—: Santiago, ¿quieres probar?

—Yo... por mí... —balbuceo en señal de acuerdo—, pero no garantizo nada.

—Daño no me va a hacer —afirma Rodrigo para convencerse a sí mismo—. Está más bien flacucho. Si me dijeras que me tiene que dar las friegas Antolínez, me lo pensaba dos veces, pero de Santiago me fío —dice confiado.

Rodrigo se sienta a mi lado y me ofrece su brazo. Tiene una cicatriz que le llega desde el codo hasta la zona media del dorso del antebrazo. Es bastante gruesa, como si hubiera hecho un *queloide*. Si ha cicatrizado así por fuera es posible que haya creado también alguna adherencia en planos más profundos. Empiezo a palpar la musculatura del antebrazo, a intentar separar transversalmente unos músculos de otros, le movilizo la cabeza del radio, *suelto* el cúbito con respecto al radio. Al darle la vuelta al antebrazo y colocarle en supinación, detecto otra cicatriz más antigua en la zona de la muñeca. ¡Pobrecillo, está hecho un cromo!

—Necesito el otro antebrazo, para comparar —le solicito a Rodrigo—. ¿Me permite?

—¡Qué gracioso, Santiago! —contesta—. Si hasta parece que sabes lo que estás haciendo. Toma mi otro brazo.

Por fortuna, el otro antebrazo está indemne, por lo que puedo hacerme a la idea de lo que sería la movilidad normal de los tejidos del antebrazo del Cid Campeador. ¡Qué pena no poder contar esto a nadie! Estoy tratando a Rodrigo Díaz de Vivar: le daría un *zasca en toda la boca* a ese amigo de mi madre que presume de haber tratado a Shakira una vez que la artista se alojó en el Palace, aquí en Madrid. «Susooooooooo, céntrate...». Mi vocecita interior se ve obligada a intervenir. Sí, me centro, me centro. Vuelvo al tratamiento: creo que sé dónde está el problema.

—Señor, necesito hacerle una prueba contra resistencia —le explico—. Ponga la palma de la mano hacia el suelo y deje caer la mano hacia abajo. Ahora yo le voy a ofrecer resistencia en el dorso de su mano y usted tiene que hacer fuerza hacia arriba, contra mí. ¿De acuerdo?

—De acuerdo —consiente Rodrigo—, pero agárrate a algo, porque te voy a levantar los pies del suelo —añade entre risas.

—¡Arriba esa mano! —ordeno.

—¡Ayyyyyyy! —brama de dolor.

—¡Mil perdones, señor! Pero, aguante un poco, por favor, siga haciendo fuerza y dígame exactamente dónde le pincha —le indico.

Rodrigo aguanta la contracción contra mi resistencia y me señala con precisión la zona de la molestia. El meollo del asunto está un par de traveses de dedo por debajo de la cabeza del radio. Le digo que ya puede relajarse y, sin mediar palabra y sin que se lo espere, le manipulo la cabeza del radio. ¡Crack!

—Pero, ¿qué…? —dice Rodrigo impresionado.

—Hagamos la prueba otra vez, señor —le propongo sin dejarle pensar—. Yo vuelvo a hacer fuerza y usted se resiste. ¿Qué tal?

—¡Mucho mejor! —contesta con entusiasmo—. Sigo notando una especie de presión o tirantez, pero el pinchazo fuerte ha desaparecido. ¿Cómo es posible?

—A lo mejor tuve un bisabuelo curandero, no lo sé —respondo.

La cara de extrañeza de Rodrigo es evidente. No le convence mi respuesta. Cabeza inclinada a la izquierda, ojos medio cerrados. Igualito, igualito que Cristóbal Colón cuando no me quitaba ojo de encima. En ese momento, Álvar interviene para quitarle hierro al asunto.

—Ya sabía yo que el muchacho tenía un don —comenta—. Y tenía que venir a este viaje para descubrirlo. Entonces, ¿ya está curado? —me pregunta.

—Falta más por hacer —explico—; he notado cierta tensión entre los músculos de su antebrazo. Me da la impresión de que la cicatriz ha creado *raíces* también por debajo, no sé si me explico, es como si hubiera establecido *enganches* donde no debe, y por eso dificulta el trabajo de los músculos. La manipulación del hueso ha aliviado algo la situación, pero hay que solucionar otras cosas y fortalecer los músculos de una determinada manera. Si no lo hacemos, volverá a estar igual en cuestión de horas.

—¿Qué necesitas? —me pregunta Álvar.

Ambos nos levantamos y dejamos a Rodrigo, aprovechando que su sobrino Félez Muñoz se ha acercado a hablar con él. Le explico a Álvar que necesito una especie de gancho, como un garfio, para meterme por debajo de los músculos y separarlos unos de otros. Si conseguimos soltar esa *atadura indebida* que se ha creado en el proceso de cicatrización, habremos resuelto el problema.

Es inevitable que mi mente empiece a divagar de nuevo, pensando en mami. Mami tiene ganchos de todos los tamaños para tratar las adherencias; por supuesto, existen ganchos profesionales de *diafibrolisis percutánea* —ese es el nombre raro; para mí es la *técnica de los ganchos*— pero mamá suele usar los suyos: una vez tuvo un paciente que era soldador, Juan *El tuercas,* y el hombre quedó tan agradecido a mi madre por el tratamiento de su prótesis de rodilla, que fabricó y diseño para mamá un montón de herramientas de tortura para sus futuros pacientes.

La última vez que le vi usar uno de sus ganchos fue tras la cirugía del tío Rigo, el hermano de papi. Mi tío llevaba años con dolores de tobillo porque tenía el astrágalo osteocondrítico perdido y finalmente, necesitó que le operasen. Para acceder a la zona tuvieron que fracturarle el peroné, así que aparte de los agujeritos de la artroscopia, le recompensaron con una gran incisión: mi madre disfrutó como una enana despegándole una enorme cicatriz de unos doce centímetros que le dejaron a lo largo del peroné en su parte distal. Antes de empezar a tratarle la cicatriz, tío Rigo se quejaba de un pinchazo cada vez que contraía los músculos laterales de la pierna, los peroneos. Fue *meter gancho* un par de días, y mano de santo. Lo tengo recientito; esto ocurrió a principios de verano de 2021.

Una bofetada de Álvar me devuelve al 1081.

—¡Eh, tú! *Alelao* —me dice—, ¿esto servirá?

Álvar sujeta en las manos una especie de garfio. ¿De dónde...? ¡Ah, ya veo! Lo acaba de extraer de un trozo de carne que estaba colgada en la rama de un árbol.

—¡Es ideal! —exclamo—. Solo necesito que Antolínez suavice la punta del gancho para dejarla roma y, si alguien me fabrica algún mango para poder empuñarlo con facilidad, ya será perfecto del todo.

Fingiendo que mi dedo índice es el gancho, le muestro a Álvar en qué consiste la técnica. Cuando ve de qué se trata, entiende a la perfección lo que necesito.

—Yo me encargo de explicárselo a los hombres —añade—. Esta noche lo tendrás listo.

—¡Genial! —contesto—, pero hay una cosa más: mientras correteas por el campamento, ve pensando qué le vas a decir a Rodrigo.

Nos ha salvado la campana con la llegada de Félez, pero estaba muy extrañado por todo lo que ha pasado. Se le notaba en la cara. Está claro que sospecha algo.

—Las cosas una a una —me pide Álvar—. No te aturulles. Ya pensaré algo. ¡Gracias colega! Me has quitado un enorme peso de encima —dice—. Eres una máquina. ¿Cómo puedes saber tantas cosas con once años?

—Llevo jugando con los artilugios de mamá desde los seis años: las vendas, los ganchos, las poleas, las corrientes… En lugar de colorear dibujos normales, mamá me fotocopiaba láminas de anatomía de su *Netter* y las pintábamos juntos, leíamos los nombres de las diferentes estructuras y me enseñaba a buscarlas en el cuerpo. En vez de puzles, armaba y desarmaba un pequeño esqueleto que me regalaron cuando cumplí cinco años. También tenemos un gran esqueleto en la cocina con el que repasamos a diario.

—*¡Buff!* Me está dando un poco de miedo —comenta Álvar.

—¿Por qué? —le pregunto perplejo.

—Es como si tus padres te hubieran estado preparando para este momento —plantea—. Las clases de anatomía, las de historia…

—No lo sé, Álvar —respondo al tiempo que suspiro—. Yo, a estas alturas ya no entiendo nada.

—Te dejo —me anuncia—; voy a buscar a Antolínez para que me apañe el gancho.

—No, espera Álvar —contesto bloqueándole el paso—. Necesito saber una cosa importante antes de que te vayas. Puede ser que tengamos un problema…

—¿Qué necesitas saber? —pregunta desconcertado.

—¿Cuándo nos marchamos de aquí? ¿A dónde nos dirigiremos después? —le interrogo.

—Mañana mismo levantamos el campamento. Nos dirigimos al condado de Barcelona. Rodrigo pretende que nos pongamos al servicio de los condes de Barcelona —me responde.

—¡Lo sabía! ¡Problema! —exclamo.

—Desembucha —me ordena—. ¿No debería ser así?

—No, amigo mío —le aclaro—. Hay mucho que hacer aquí antes de marchar. Debéis asegurar estas tierras. Es fundamental hacerse con el control de Ateca, Terrer y la fortaleza de Alcocer antes de ir a ningún otro lugar.

—¿Alcocer? —me pregunta—. ¡Pero eso está en Guadalajara! Por allí ya hemos pasado. Creo que te estás confundiendo.

—No, Álvar —le explico—. No me estoy confundiendo. Hace muy poquito, me refiero a nuestra época, en 2017, se descubrió que la batalla de Alcocer no tenía nada que ver con el pueblo de Alcocer en Guadalajara sino que se relacionaba con una fortaleza que se sitúa aquí, a pocos kilómetros, en el margen izquierdo del río Jalón, justo entre Ateca y Valtorres. Lo sé porque Valtorres es el pueblo de mi padre, el maño, *Torreznator*, ¿recuerdas?

—Sí, claro —me dice—. ¡Continúa!

—Yo he venido con mis padres a ver las ruinas de esa fortaleza y también las ruinas del campamento que montaréis en el margen derecho del río para asediar Alcocer —le cuento—. Valtorres aún no existe en esta época, pero sí existen Ateca, la fortaleza de Alcocer y después Terrer. Debéis asegurar toda esta zona, conquistando sus fortalezas y castillos. Controlar el sur de Zaragoza será estratégico para vigilar las entradas y salidas de Valencia. Ayudará a la conquista de Valencia en el año 1094. Si no os hacéis con el control de esta zona, cuando los almorávides vengan a la península, en 1086, alertados por sus compatriotas tras la caída de Toledo, os podrán hacer un sándwich entrando a la península desde el sur y también desembarcando en Valencia por el este. ¿Me explico?

—Creo que sí —afirma Álvar—. Ojalá hubiera prestado más atención en mis clases de historia. Entonces, ¿qué viene ahora exactamente? —pregunta.

—Abandonar esta ubicación, avanzar unos kilómetros hasta dejar atrás Ateca, y cuando divisemos la fortaleza de Alcocer, buscar un vado en el río Jalón, cruzar al margen derecho del río y establecernos allí —respondo—. Construiremos un campamento, con su propia fortaleza, que en el futuro se conocerá como Torrecid. Y comenzaremos el asedio a Alcocer, hasta que se rindan. La cosa no será breve, si no recuerdo mal tardaremos más de quince semanas.

—¡Quince semanas! —exclama Álvar visiblemente contrariado.

—Eso no es nada —le animo—; a Alfonso VI le llevará siete años el asedio de Toledo. A Rodrigo dos el de Valencia. ¿Qué son quince semanas si aseguran la conquista de las otras dos?

—Tienes razón, *tío* —me dice convencido—. Esto se pone complicado: a ver qué le digo yo a Rodrigo para que entre por el aro y cambie de planes.

—Se te ocurrirá algo, ¡vaya *elemento* estás hecho! Improvisas sobre la marcha que da gusto —lo alabo—. ¡Yo soy más pánfilo...! No valgo para mentir. Se me ocurre que puedes contarle que aquí hay muchas riquezas, dile que podrá cobrar parias y tributos mientras se encuentre aquí. Reunirá mucho dinero y eso le ayudará a seguir engrosando su ejército y a dotarlo de la mejor manera posible. Además, podrán seguir entrenando mientras permanezcan aquí.

—Me gustan tus argumentos —añade Álvar asintiendo con la cabeza—. Puede funcionar. Ahora sí que te dejo. Nos vemos en un rato.

Cuando Álvar se aleja, busco con la mirada a «padre». Está terminando de comer. Me siento a su lado y le escucho charlar con los otros hombres. Hablan de grandes batallas y de increíbles botines. Empiezo a entender a estos soldados; en el siglo XXI, incluso llegué a leer que el Cid y sus hombres eran una especie de mercenarios que luchaban al servicio de cualquiera que les pagase bien. No es así: estos hombres buscan una causa justa, sirven por igual a moros y a cristianos, eso es cierto, pero Rodrigo nunca respaldaría a un líder cruel o abusivo con su pueblo.

Además, mientras las taifas permanezcan disgregadas, enfrentadas entre ellas, seguirán pagando a los cristianos por su protección; los recursos pasarán del bolsillo de los príncipes musulmanes a los ejércitos cristianos; sin que ellos lo sepan, se estará cocinando el caldo de cultivo ideal para que un gobernante cristiano fortalecido pueda unificar toda la península bajo su mando. Eso es lo que Rodrigo espera de Alfonso VI. Por eso le sirve con paciencia y lealtad y, a pesar de su destierro, lo seguirá haciendo.

En estos días, la guerra, para el ciudadano raso, es la única manera de ascender en la escala social. Ellos hacen lo que pueden para mejorar su calidad de vida y la de sus familias. Cuando acabe todo en Alcocer y el Cid se dirija a Barcelona, será rechazado por los condes de Barcelona y, sin embargo, será bien recibido por Al-Muqtádir y su hijo Al-Mutamán en el reino taifa de Zaragoza. Y se quedará a servirles durante un tiempo. Al-Muqtádir es quien ordena construir el Palacio de la Aljafería, en Zaragoza. ¡Me encantaría poder verlo recién terminadito!

Volviendo a Rodrigo... Después de su servicio militar y diplomático a los príncipes de Zaragoza, habrá engrosado todavía más su ejército y lo habrá convertido en algo único: un ejército híbrido de cristianos y musulmanes, algo inconcebible hasta el momento. De hecho, el reino taifa de Zaragoza será lo más parecido a un respaldo, a una retaguardia, que tendrá Rodrigo, quien acabará aglutinando cualidades y nociones políticas, jurídicas, económicas, diplomáticas y militares de los dos mundos en los que habita: el cristiano y el musulmán. Ese entendimiento de ambas culturas y de sus tácticas militares, le ayudará a vencer en batalla a sus enemigos y le convertirá en un gran negociador: muchas batallas las ganará sin llegar a librarlas gracias a sus habilidades de comunicación.

Lo cierto es que el contexto histórico es complicado: es un «todos contra todos», un escenario de disgregación y falta de unión. No entiendo cómo Rodrigo ha podido siquiera imaginar una España unida, grande y poderosa. Parece algo tan lejano, tan imposible...

—Santiago —me dice Muño, interrumpiendo mis pensamientos—. Ven conmigo. Vamos a hacer una ronda por el campamento. Mañana partimos. Hay mucho que organizar.

Las horas pasan volando. Se nos va la tarde ayudando aquí y allá. Empaquetamos todo lo que no vamos a utilizar esta noche. Así, mañana, solo habrá que recoger las tiendas, cargar los caballos con los hatillos que hemos preparado y empezar a cabalgar. Me invade la ansiedad. Si Rodrigo ya ha comunicado a los hombres sus planes, será más complicado hacerle cambiar de opinión. Confío en Álvar. Espero que sepa convencerle.

Padre me indica que me siente a descansar. Parece que hemos terminado nuestra labor por el momento. Se aleja hacia una de las hogueras, donde están asando carne.

Por fin, reaparece Álvar en escena. Viene sonriendo y con el gancho en las manos. Me localiza rápidamente y se sienta a mi lado.

—Todo en marcha, amigo mío —me confirma.

—¿Todo, todito, todo? —le pregunto.

—Todo —afirma, asintiendo con la cabeza—. Ya le he dejado caer a Rodrigo lo de quedarnos aquí. Casualmente se acercó a mí cuando estaba con Antolínez ultimando el diseño de tu herramienta de trabajo.

—¿Y qué te ha dicho? —pregunto con curiosidad.

—Ni sí, ni no —contesta—. Pero le conozco: ahora mismo le estará dando vueltas. Mírale, casi le sale humo de la cabeza. Está ahí, solo, mirando al infinito, encomendándose a Dios, pidiéndole consejos, como siempre. Él cree mucho en las señales, Santiago. Busca mensajes en clave, indicaciones de cualquier tipo, señales de la providencia —añade.

—Esperemos que tengas razón —le comento—. ¿Y el gancho?, ¿ha quedado bien? —pregunto.

—Dímelo tú —dice entregándome el gancho—. Aquí tienes a la criatura. ¿Qué te parece?

—Tiene el tamaño ideal, se agarra cómodamente con este puño de madera que habéis fabricado y la punta está redondeada a la perfección —contesto con asombro—. Trabajaré fenomenal con esto, Álvar, ¡bien hecho!

—Antolínez es el mejor afilando espadas, cuchillos, reparando los agarres de las herramientas, diseñando artilugios. Sabía que haría un gran trabajo. ¡Cuidado! —me advierte Álvar—; disimula, Rodrigo se acerca.

—Álvar, me das grandes satisfacciones —interviene Rodrigo—, pero a veces, también, grandes quebraderos de cabeza.

Rodrigo se deja caer en el suelo y se sienta frente a nosotros, cerrando un pequeño círculo.

—¿Les dejo solos? —pregunto.

—No, Santiago —responde Rodrigo—, no es necesario. Lo que salga de esta conversación se lo comunicaré a los hombres de inmediato. No hay nada que no puedas oír. Quédate sentado —añade.

—Primo, no te disgustes conmigo —le ruega Álvar—. Todo lo que sale de mi boca es para tú bien y el de nuestro pequeño ejército. Tú lo sabes, ¿verdad?

—Lo sé, primo, lo sé —asiente Rodrigo—. Solo dime una cosa...

—Pregúntame lo que quieras —le ofrece Álvar.

—¿Es otra de tus intuiciones? ¿Por qué extraña vía recibes la información que recibes? Si Dios hablara conmigo con la nitidez que habla contigo... —se lamenta.

—¡Lo hace, amigo mío! —le explica Álvar—. ¿Qué más da de dónde recibas sus mensajes? Lo importante es que te lleguen. Y si te sirve de consuelo, yo a veces, regalaría con gusto mi *don*. Es muy cansado luchar contra la corriente, Rodrigo...

—Nunca dudaría de ti — contesta Rodrigo.

—Esta vez, ni siquiera es una intuición, Rodrigo —le asegura Álvar—. Es una auténtica *certeza*. Sé que tenemos que permanecer aquí.

Álvar me dedica una mirada fugaz llena de complicidad y, aprovechando que Rodrigo está mirando al suelo, me guiña un ojo. Rodrigo dibuja garabatos en la arena con un palo mientras medita. De repente, levanta la cabeza. La decisión está tomada.

—Así lo haremos, Álvar —confirma Rodrigo—. Y que Dios nos guíe y nos proteja, como siempre. Cuando los hombres acaben de cenar, les reuniré y les comunicaré el cambio de planes.

—Perfecto —responde Álvar satisfecho—. Ahora, déjate de charlas. Dale tu antebrazo al chaval y poneos manos a la obra. Ese brazo tiene que estar perfecto para nuestra próxima batalla. ¡No querrás que tenga que salvarte la vida otra vez!, ¿verdad?

—¡Maldito fanfarrón! —le contesta Rodrigo riéndose—. Pero, tienes razón. ¡Adelante, Santiago! Haz lo que tengas que hacer —añade dirigiéndose a mí.

Álvar me deja a solas con Rodrigo y marcha a cenar. Intento dejar a un lado mis nervios y concentrarme al máximo, poniendo toda mi atención en el tratamiento. Vuelvo a movilizar los huesos del antebrazo, la membrana interósea, hago estiramientos de musculatura epitroclear y epicondílea y, entre maniobra y maniobra, voy *gancheando*, separando unas estructuras de otras. También le pido contracciones musculares para generar más tensión y poder romper las adherencias con mayor eficacia. Parece que la cosa va bien. En las últimas contracciones musculares resistidas que le solicito, ya no aparece ningún tipo de molestia. Rodrigo está muy contento.

—¡Noto la diferencia, muchacho! —dice Rodrigo entusiasmado—. Esto es increíble. ¿Ya está solucionado el problema?

—Vamos por muy buen camino —explico—; eso está claro. Hay que realizar algunos ejercicios más, pero esos ya se los explicaré a Álvar para que los practique con usted durante los entrenamientos con la espada.

Tengo que explicarle a Álvar que deberá insistir en trabajar los gestos en los que Rodrigo lleve la muñeca hacia abajo mientras blande su espada. Así trabajará en excéntrico, es decir, contrayendo los músculos mientras van hacia su estiramiento. Si queda alguna adherencia, acabará rompiéndose en los entrenamientos.

—Tú también eres otro *iluminado*, como Álvar —señala Rodrigo mirándome con atención—. Los mensajeros de Dios me rodean pero Él se niega a hablar directamente conmigo —se queja.

—No piense eso, señor —le digo—. Yo considero que es justamente lo contrario: Dios le protege rodeándole de personas que velan por usted ¿No lo ve? —le pregunto—. Cualquiera de estos hombres daría su vida por usted, sin pensarlo.

—Tienes razón, Santiago —responde—. No debo ser desagradecido. Los caminos de Dios son…

—Inescrutables —digo, completando su frase.

—Eso es, Santiago —asiente—, inescrutables.

Justo cuando hemos terminado, Álvar regresa con Muño y se sientan junto a nosotros. Ellos ya han cenado. Vienen masticando los últimos bocados de comida y sacian su sed pasándose una bota de vino.

—Rodrigo, ¿has cenado algo? —le pregunta Álvar.

—Sí, no te preocupes —le responde—. Pero tengo sed, pásame el vino.

—Santiago, hijo, ¿tú has comido algo? —me pregunta Muño—. Álvar y yo cogimos los últimos pedazos de cerdo.

—No, padre —le respondo—. Pero no pasa nada, aguantaré hasta mañana.

—¡De eso nada! —exclama Rodrigo—. Yo me encargo, espera aquí.

Rodrigo se dirige a un árbol cercano donde hay colgados varios trozos de carne cruda. Corta hábilmente un buen filete con su cuchillo, lo agujerea cuatro o cinco veces, coge unos palos de unos cincuenta centímetros del suelo y los clava atravesando el filete, creándole una especie de hamaca. ¡Qué buena idea! Después, apoya los palos en las piedras que rodean la hoguera y deja ahí el filete que se cocina lentamente con las últimas brasas. Se acuclilla junto a la hoguera y espera con paciencia a que se haga la carne por un lado para darle la vuelta.

Cuando por fin regresa a nuestro lado, me hace más ilusión la sonrisa que me dedica que la propia carne. ¡Es tan bueno y servicial…!

—Tu cena, Santiago —me dice entregándome la carne—. Un buen solomillo de cerdo. Espero que esté bien hecho.

—Está perfecto, señor —le contesto—. ¡Es un auténtico manjar! ¡Muchas gracias!

—Gracias a ti, Santiago —responde mientras apoya su mano derecha en el corazón—; ¡gracias a ti!

Muño me mira extrañado. No sabe qué está pasando. Su Santiago no recuerda quién es pero tiene otras habilidades que nadie sabe de dónde provienen. También mira a Rodrigo, que está contento moviendo su muñeca y su codo en todas las direcciones, cogiendo peso, poniéndose a prueba para ver si «la puñalada» ha desaparecido del todo. El gesto de extrañeza de Muño se transforma en una sonrisa. Su hijo ha ayudado al Cid, y eso es lo que cuenta. Todo lo que sea bueno para el líder es bueno para el grupo.

Álvar y Rodrigo cruzan sus miradas. Mi amigo le hace una señal con la cabeza a Rodrigo. Ha llegado el momento de darles la información a los hombres. Un gesto de sorpresa inicial en sus caras, pero nada más; ni una protesta, ni una pregunta… Asumen con confianza el cambio de planes. Si Rodrigo cree que es lo mejor, todos consideran que así será.

Mañana, día dieciséis del destierro, levantaremos el campamento y lo trasladaremos unos kilómetros más adelante. En apenas dos horas de cabalgada, alcanzaremos nuestro destino y empezarán los preparativos para el asedio a la fortaleza de Alcocer. Parece que la historia sigue su curso… al menos de momento.

Herramienta para el tratamiento del Cid (Pixabay)

LA CONSTRUCCIÓN DE TORRECID

Acaba de amanecer. El movimiento de mi padre al incorporarse me ha despertado. El campamento ya está en pie. Los hombres comienzan a recoger sus bártulos y a cargarlos en los caballos. Mientras desarmamos las tiendas y plegamos las telas, Rodríguez va repartiendo una bebida caliente. No sé qué será, pero huele bien. Ha llegado mi turno. ¡A ver, a ver!

—¡Uy! ¡Padre, esto está riquísimo! —exclamo complacido—. ¿Qué es?

—Es vino caliente, con un poco de miel y alguna especia, no sé qué tendría Rodríguez a mano esta vez —me responde—. De todo hace buen uso: clavo, pimienta, nuez moscada… Y si no tiene nada, busca alguna hierba; se las conoce todas: mejorana, romero, tomillo…

—Me está sabiendo a gloria —añado, cerrando los ojos para saborear mejor el delicioso brebaje—. Y con este frío, me está entonando el cuerpecillo.

—Bebe despacio, hijo —me aconseja Muño—, a ver si te vas a *entonar* demasiado. Estamos a punto de partir y hay que permanecer alerta durante el viaje.

—Lo que usted diga, padre —respondo.

En menos de media hora estamos cabalgando, siguiendo el curso del Jalón rumbo a Ateca. Brego me lo pone fácil. Está contento, se ve que le apetecía trotar un poco después del descanso de la tarde. Álvar no tarda en empezar a descolgarse del grupo de cabecera. Va disimulando, charlando con unos y otros, hasta alcanzar mi posición.

Cuando se sitúa a mi lado, ordena a mi padre que vaya junto a Rodrigo. Muño asiente con la cabeza, espolea a su caballo y antes de desaparecer de nuestra vista se gira y grita:

—¡Álvar! ¡Cuídame al chico! Se ha emocionado con el *hipocrás* y va un poco *alegre.*

—Yo me encargo, Muño —contesta Álvar—. Puedes ir tranquilo.

En cuestión de segundos, Muño se incorpora al grupo de avanzadilla. Álvar y yo nos hallamos a una distancia prudencial del jinete más cercano y podemos hablar sin peligro.

—¿Qué tal por ahí delante, Álvar? —le pregunto—. ¿El *jefe* está convencido del cambio de planes?

—Eso parece —me responde—. Está reorganizando la estrategia. Lo que más le preocupa es que Calatayud intervenga.

—No lo hará —le explico—. Estas poblaciones no están bajo su *protectorado.* Observarán con cautela, pero si no nos metemos con ellos, permanecerán al margen.

—¡Estupendo! —exclama Álvar—. Eso tranquilizará a Rodrigo.

—Álvar, cuéntame cosas sobre él —le pido—. Quiero saberlo todo.

—¡Bufff! De acuerdo —dice Álvar—. Tenemos al menos un par de horas de camino. Pero, ¿por dónde empezar?

Escucho atentamente todo lo que me cuenta Álvar. Desde luego, el Cid, tiene muchas características sobre las que merece la pena detenerse. Pero sin duda, la cualidad que más me gusta de todas es la primera que enumera mi amigo: Rodrigo tiene una increíble *capacidad de aprendizaje y de adaptación.* Álvar habla, literalmente, de una «capacidad adaptativa camaleónica». No solo es único en el campo de batalla sino que, además, nada como pez en el agua en otros ámbitos: es una especie de híbrido militar y político que se desenvuelve perfectamente en contextos cristianos y musulmanes.

Gracias a ese *mundo fronterizo* en el que vive, entre el cristianismo feudal y el islamismo, en breve, cuando ofrezca sus servicios a los príncipes de Zaragoza, tendrá la oportunidad de articular ese ejército heterogéneo, de cristianos y musulmanes, del que ya os hablé. La mera idea de organizar y mantener un ejército permanente y profesional constituye ya una novedad para esta época. Y por si fuera poco, cuenta con Álvar, que gracias a sus conocimientos de artes marciales, añade su toque personal al entrenamiento de los hombres. Esta hueste se convertirá en un auténtico mestizaje de efectivos, tácticas y tradiciones guerreras de muy diversas procedencias.

Los hombres adoran a Rodrigo y le siguen por su implicación personal en todos y cada uno de los combates. Sufre como uno más en batallas, escaramuzas, cabalgadas y asedios. Comparte con ellos las largas marchas a caballo, las inclemencias meteorológicas, la dura vida castrense en bosques, campamentos y parajes medio destruidos. Por eso le siguen con lealtad, devoción y fe ciega.

—Otra vez se despegan del grupo los que van delante. ¿Qué hacen ahora? —le pregunto a Álvar.

—Reconocer el terreno, Santiago —me responde—. Para Rodrigo es fundamental conocer la topografía del territorio. La utiliza como un recurso militar más. ¿Entiendes? Presencia de ríos, bosques, terrenos elevados… Todo eso puede marcar la diferencia entre ganar una batalla o perderla.

—Es verdad —digo—. Todos esos detalles son muy importantes. *Papi Torreznator* me contaba como Sun Tzu, en *El arte de la guerra*, prestaba mucha atención al conocimiento del entorno para ganar una batalla, incluso la dirección en la que soplaba el viento podía ser decisiva en un combate.

—*El arte de la Guerra…* —repite Álvar—, ¡sí señor!, ¡muy grande Sun Tzu! Y muy grande tu padre por hablarte de ese libro. Tiene toda la razón. Pero hay más: ¿sabes el último recurso que Rodrigo utiliza de manera sublime?

—¿Cuál? —pregunto.

—El factor psicológico —añade—. Utiliza su valentía y seguridad para inspirar a los suyos y el miedo para debilitar y vencer a sus enemigos. Entre tú y yo, propagar algún que otro rumor sobre la fiereza de nuestro ejército y su líder, hace que en ocasiones las poblaciones se rindan sin resistencia.

—¡Mira tú por dónde! —apunto—. Ahora resulta que las *fake news*, los *bulos* y la obsesión por controlar la información y los medios de comunicación no es algo exclusivo del futuro.

—¡Ahí le has *dao*! —contesta Álvar riendo—. Dentro de poco, haremos creer a nuestros enemigos que el Cid es inmortal. Podría funcionar, ¿no?

—Por probar... —contesto encogiéndome de hombros, y agrego—: oye, yo diría que se te ha olvidado una cualidad muy importante de Rodrigo.

—¿En serio? —me dice—, ¿cuál?

—Creo que lo leí en un libro de David Porrinas sobre la historia y el mito del Cid —aclaro—. Decía que los propios musulmanes acabaron hablando de la *baraka,* la *suerte providencial* del Cid. Me gusta mucho ese *factor suerte*, ¿sabes por qué?

—¿Por qué? —pregunta Álvar.

—Porque ahora entiendo que el factor suerte somos nosotros, proporcionándole a Rodrigo alguna que otra información privilegiada que le ayuda a estar donde tiene que estar en el momento preciso, ¿no crees? —concluyo.

—Tienes razón —afirma—. Me gusta, colega... *baraka...*

—Álvar —susurro—; tengo que confesarte una cosa.

—Habla —me dice—; ¿qué tienes que contarme?

—Estoy muerto de miedo —admito avergonzado—. Nunca he estado en una batalla y ahora nos dirigimos a una.

—No debes tener miedo, Santiago —me anima—. El cuerpo a cuerpo es lo menos habitual. Las batallas campales que tú tienes en mente son lo menos frecuente en esta época. Son mucho más frecuentes las cabalgadas y los asedios. La mayoría de las veces rodeamos un emplazamiento enemigo, impedimos la entrada y la salida y esperamos a que se rindan. Sin suministros, sin agua y sin comida no hay otro desenlace posible, ¿entiendes? —explica.

—Pero siempre hay alguna que otra refriega —añado—; ¡no me engañes!

—Tienes razón —acepta—. Pero, en cualquier caso, tú permanecerás siempre en la retaguardia y yo cuidaré de ti —me dice para tranquilizarme.

—No, Álvar —contesto—. Tú debes velar por Rodrigo. Yo aprenderé todo lo que pueda durante estos días. Tenemos varias semanas por delante antes de la batalla de Alcocer. Me esforzaré al máximo para no ser una carga. Tú y Muño tenéis que proteger a Rodrigo. «Yo» cuidaré del cuerpo de Santiago para que no sufra ningún daño hasta que su *mini yo* regrese.

—Trato hecho —me dice—. Te meteré *caña* en los entrenamientos. Cuando veas cómo manejas la espada en el cuerpo de Santiago, perderás el miedo —asegura.

—Eso espero —le respondo—. Gracias por escucharme, amigo.

Empiezo a recordar la visita que hice con mis padres del siglo XXI a las ruinas de la fortaleza de Alcocer. Los restos de la edificación se encuentran entre Ateca y Terrer, en el paraje de La Mora Encantada, perteneciente al municipio de Ateca, provincia de Zaragoza, junto a la antigua carretera N-II, a unos cuatro kilómetros de Ateca. Todo es tan diferente en el año 1081... Me pregunto si seré capaz de reconocer la zona en esta época, sin sus carreteras y sin las vías del AVE.

Como le comentaba a Álvar ayer, Alcocer es muy conocido por las numerosas referencias presentes en el *Cantar de Mio Cid*. Sin embargo, su ubicación seguía siendo un misterio. De hecho, la contienda navegaba entre la realidad y la invención. Los historiadores no acababan de ponerse de acuerdo, y nadie sabía a ciencia cierta si la historia era real o se trataba de una leyenda; hasta que una excavación en Zaragoza, en 2017, descubrió material hispano-musulmán de entre los siglos XI y XII que podría pertenecer al asentamiento. Entonces se confirmó que el asedio y la batalla de Alcocer no tenían nada que ver con la población de Alcocer en Guadalajara, sino que se trataba de una fortaleza en Zaragoza.

En los detalles más nimios puede encontrarse la verdad; lo que quiero decir es que si se decidieron a excavar en esta zona fue simplemente por unas referencias antiguas a una acequia: resulta que en 1382 el obispo de Tarazona realizó un inventario de todos los bienes de su diócesis mencionando entre ellos «una acequia en Alcocer». Documentos del siglo XVI y XVII también hacían referencia a la misma acequia. Los investigadores, esperanzados por esta nueva pista, la siguieron y, a pesar de que la acequia había cambiado de denominación y se conocía como «acequia de La Losa», ataron cabos y decidieron probar suerte excavando aquí.

El nombre de Alcocer procede del árabe al-Quṣayr (القصير), que significa «el palazuelo». ¡Tengo tantas ganas de ver cómo es la fortaleza!

La detención del grupo me saca de mi ensimismamiento. Algo está ocurriendo. Álvar se apresura a recuperar su posición junto a Rodrigo. Les veo marchar con diez hombres más. Como me dijo, estarán reconociendo el terreno. Debemos estar muy cerca de nuestro destino.

No tardan en regresar. Esta vez es Muño el que vuelve a mi lado.

—Ya estamos, hijo —me informa—. Rodrigo ha encontrado el lugar perfecto para establecernos.

Nos ponemos en marcha de nuevo y, al dejar atrás un grupo de pinos, por fin lo veo: desde nuestra posición elevada podemos contemplar las poblaciones que ya vi ayer durante mi paseo a caballo con Muño, solo que ahora están mucho más cerca; la del fondo es inconfundible: sin duda es Calatayud, con su impresionante Castillo de *Ayyub*. Más cerca tenemos Terrer y Ateca, también con sus castillos y fortalezas. ¡Si pudiera convertir estas vistas en una postal...! Fotografío la imagen mentalmente. Quiero conservarla siempre, junto al fotograma que grabé cuando contemplé juntas a la Santa María, la Pinta y la Niña.

—Nos adelantamos hace un rato para buscar un vado en el río —me explica Muño—. Cruzaremos al margen derecho del Jalón por ahí, ¿lo ves?

—Lo veo, padre —le digo.

Seguimos cabalgando hasta dejar Ateca a nuestra izquierda, cruzamos el río Jalón por donde ha dicho padre y empezamos a ascender para llegar a lo alto de un otero con bastante elevación. Por fin, llegamos a la cima. Este será nuestro hogar durante las próximas semanas.

—Desde aquí vigilaremos, hostigaremos, intimidaremos y nos dejaremos ver por los habitantes de Alcocer y las otras poblaciones musulmanas —me comenta Muño, mientras baja de su caballo.

Padre me señala satisfecho los asentamientos del otro lado del río. A poco más de un kilómetro, justo enfrente, se divisa la población musulmana de Alcocer. Está defendida por un pequeño castillejo que se limita a una torre, construida en tapial, rodeada de muros. A la izquierda, Ateca, defendida por su castillo, más grande. A la derecha, Terrer, también con su castillo, y al nordeste, Calatayud.

—¿Y ahora qué? —pregunto.

—Vamos a ponernos cómodos aquí —responde Muño—. Construiremos nuestra propia fortaleza, hijo.

Esto marcha. Pues sí, parece que lo de utilizar el miedo como arma psicológica lo trabajan bastante bien. Me imagino a los musulmanes de Ateca o Alcocer, al otro lado del río, contemplando desde sus hogares la evolución de las obras de nuestra fortificación. Una cosa es presenciar continuas algaradas de moros y cristianos, y otra muy diferente es ver cómo un grupo de cristianos se establecen, con todo el morro, delante de sus narices. ¿Sorpresa?, ¿temor?, ¿estupor?, ¿curiosidad? A algunos, les va a costar conciliar el sueño los próximos meses.

El cerro donde nos encontramos es perfecto. Su altura lo convierte en una posición estratégica privilegiada, desde donde controlar todo el valle medio del Jalón, desde Ateca a Calatayud.

Padre dice que en pocos días nuestra fortificación estará acabada. Nos servirá de centro de operaciones, de campamento base para nuestras correrías y conquistas por las tierras del Jalón. Yo, de momento, no lo veo claro. ¿Construir una fortaleza? ¿Cómo? ¿Con qué? ¿Hay algún arquitecto presente? ¿Acaso estos hombres saben hacer de todo?

De todos modos, tampoco me da tiempo a pensarlo demasiado. En cuanto descargamos los equipos de los caballos, mis dudas se despejan de inmediato: los hombres empiezan a actuar perfectamente coordinados como un ejército de hormigas. Cada uno sabe exactamente lo que debe hacer. Rodrigo le ha transmitido a un tal Fernández la idea que tiene en su mente y Fernández se ha encargado de materializarla dibujando una especie de plano a tamaño real en la arena. Con su propio talón va excavando la tierra y dibujando los contornos de lo que serán las estancias. Cuando el plano está completo, acompaña a algunos hombres para inspeccionar el cerro y sus laderas. Va seleccionando piedras a modo de muestra de lo que necesita. La materia prima no será un problema: tenemos piedras, agua y tierra arcillosa. Es la mezcla perfecta. Construiremos la fortificación con piedras mezcladas con barro.

Antes de que acabe la tarde ya puedo ver con claridad las dimensiones de la edificación. Las primeras hileras de piedras definen el contorno de las estancias: en el centro se levantará una torre de unos diez metros de altura cuya función será la guardia y vigilancia del valle; también servirá de refugio ante un posible ataque musulmán. A su alrededor se dispondrán una serie de dependencias adosadas, con muros muy gruesos, yo diría que casi de unos ochenta centímetros. Puedo contar un total de seis habitaciones.

Escucho con atención los comentarios de Rodrigo mientras visualiza la fortaleza terminada en su mente.

—Las dos habitaciones de la zona norte serán las más seguras —explica Rodrigo—, porque están a ras del barranco que da al valle del Jalón. Nadie podrá sorprendernos por este lado. Sin embargo, las dos habitaciones del sur resultarán más accesibles, ya que la pendiente por ese lado es casi inexistente. Nosotros mismos acabamos de bordear el otero a caballo y hemos accedido a la cima precisamente por ese lado —añade preocupado.

—Eso no será problema, señor —añade Fernández—. Excavaremos un gran foso para asegurar las defensas por ese lado.

—Perfecto —dice Rodrigo—. En cuanto a las dos habitaciones centrales de la fortaleza, ni siquiera tendrán acceso directo desde el exterior: solo se podrá acceder a ellas mediante algún tipo de escalera o cuerda. Eso nos proporcionará una última oportunidad de contención si fuera necesario. La torre se levantará sobre ellas. —Y continúa—: por lo que veo, una de las estancias deberá excavarse parcialmente en esta roca, Fernández, ¿será eso un problema?

—Ninguno, señor —responde—. Lo hemos hecho otras veces. Se hará todo como usted dice.

Antes de que se esconda el sol ha quedado perfectamente delimitada la zona en la que se levantará la construcción. Rodrigo ordena a los hombres instalar por fin las tiendas de campaña a su alrededor. Cumplirán su función habitual, pero también servirán de pantalla para ocultar nuestras actividades al enemigo. Cuando vean alzarse la torre por encima de nuestras tiendas, ya será demasiado tarde. También da orden de instalar parte del campamento al pie del otero, justo a orillas del río. Esa será la primera línea defensiva.

Ahora, toca relajarse un rato; cenar, charlar, beber un poco de vino...

—¡Ya estás pensando en las musarañas otra vez! —exclama Álvar dirigiéndose a mí—. Te lo noto en la cara.

—Me apetece descansar —le digo—. Estaba pensando en la cena.

—Lo de la cena, vale —me contesta—; lo de descansar, me temo que no. En cuanto cenemos, tú y yo entraremos de guardia.

Me activo de inmediato. La idea de hacer mi primera guardia me emociona. Y más si la hago con Álvar.

—¿Qué habrá de cena? —pregunto, mientras noto como la boca se me hace agua.

—¡Anda, tragón! —me regaña Álvar—. Vayamos a coger el rancho. Hoy Rodríguez nos deleita con unas ricas gachas de harina de trigo y un potaje de garbanzos con sus buenos tropezones de tocino y carne. Hay que darle salida a la carne que sobró ayer, si no, aunque hace frío, se acabará echando a perder.

—¡*Uhmmmm!*, ¡qué hambre tengo! —digo.

Nos sentamos con Rodrigo y sus hombres de confianza. Yo no pinto nada en el grupo, pero mi parentesco con Muño y mi cercanía con Álvar me permiten disfrutar de este pequeño privilegio. Las conversaciones se entremezclan, por lo que no me entero de mucho. Me dedico simplemente a «estar» y a disfrutar de la energía del momento. De repente, Álvar interrumpe mi meditación para susurrarme algo al oído:

—¿No te bebes el vino, Santiago?

—El cuerpo me pide agua —le explico—. ¿No bebéis agua nunca?

—Te vas a reír —me responde—, pero en esta época se considera que el agua no alimenta. A ver, se sabe que es indispensable, pero ante la duda de si es pura y apta para el consumo, se suele optar por el vino —añade.

—¿Las bebidas alcohólicas se consideran nutritivas? —le pregunto asombrado—. ¡Esto se lo tengo que contar a *mami*! Lo va a *flipar*.

—Nutritivas puede que no sean —comenta Álvar—, ¡pero no me digas que el *hipocrás* que tomaste esta mañana no hace resucitar a los muertos! —dice riéndose.

—Punto *pa* ti —le reconozco—. A ver cómo le explico a mis padres cuando vuelva a casa, que quiero desayunar vino caliente en lugar de leche —agrego.

Álvar se pone en pie y se despide de los demás. Me tiende la mano para que me levante y nos marchamos juntos.

—¡Álvar! Ni un rasguño, ¿entendido? —grita Muño mientras nos alejamos—. Me juego la vida si le pasa algo —advierte—. Ya lo sabes.

—Tranquilo —contesta Álvar—. Te lo devolveré intacto.

Nos alejamos caminando hacia el lado sur del campamento, más que nada porque hacia el lado norte nos despeñaríamos por el barranco que presenta el otero. En cuanto perdemos de vista al grupo,

Álvar empieza a corretear con nerviosismo, como si fuera un niño pequeño, fuera de la vista de sus padres. Comienza a toquetear y a levantar las piedras que encuentra, como si buscara algo.

—No te alejes mucho —le pido—, que está oscuro y no te veo bien. ¿Qué te ha dado, Álvar? ¿Qué estás buscando? —le pregunto intrigado.

—¡Ya lo tengo! —exclama con entusiasmo—. ¡Ven aquí! Se me ha ocurrido una idea genial y hay que ponerla en marcha ahora, mientras estamos construyendo los cimientos de la fortaleza.

—¿Qué se te ha ocurrido? —le pregunto con curiosidad creciente.

—Vamos a fabricar una especie de cápsula del tiempo —me dice—. Tú y yo.

—¿Una cápsula del tiempo? —repito—. Eso lo he visto en algunas películas. Entierran o esconden artículos del pasado para luego desenterrarlos en el futuro. ¡Qué idea más chula!

—Se me ha ocurrido que, en algún momento, tú y yo nos separaremos en esta línea temporal, pero tendremos la oportunidad de reencontrarnos en el futuro, ¿entiendes? Yo despertaré en 2020. Tendré que esperar un año a que tú tengas este sueño en 2021 —me explica nervioso—. Si voy a buscarte antes y te cuento esta historia, pensarás que soy un loco peligroso. Aguardaré con paciencia y cuando por fin tengas este sueño y despiertes, te acordarás de mí; entonces, podremos quedar...

—¡Claro, es una idea estupenda! —exclamo entusiasmado—. Quedaremos y vendremos juntos a desenterrar nuestro pequeño tesoro. ¡Tienes razón! —añado—; será mejor que concretemos los datos de nuestra cita en el futuro porque nuestra presencia aquí podría verse interrumpida en cualquier instante.

—¡Venga! —añade Álvar—. Estudiemos las fechas.

—A ver... —digo, calculando—. Yo me dormí el jueves 9 de septiembre de 2021 a las 9 de la noche. Despertaré el viernes 10. Acabo de empezar el curso, así que tendré que ir al cole. Les contaré a mis padres todo esto que ha pasado en cuanto pueda. Creerán que estoy loco porque no tengo pruebas, pero conseguiré sembrar la duda en sus cabezas. Dame el sábado 11 para convencerles y el domingo... ¡Sí! ¡Lo tengo claro! ¡Esto funcionará!

—¿El qué? —pregunta Álvar ilusionado.

—El domingo les engañaré un poco para que me traigan al pueblo, a Valtorres —le explico—. Mi padre no dudará: Valtorres en su mente se traduce en «longaniza y torreznos de Soria». Tú estarás en el bar de carretera donde solemos parar a almorzar, el hotel restaurante Avis, en el kilómetro ciento treinta y dos de la A-2. Serás mi prueba viviente de que no estoy loco. Entonces, vendremos todos juntos a desenterrar nuestra cápsula del tiempo. ¡Tendrán que creernos!

—Me parece bien —afirma Álvar—. Pase lo que pase aquí, en el siglo XI, nos dé tiempo a despedirnos o no, tú y yo tenemos una cita en el futuro: nos encontraremos el domingo 12 de septiembre de 2021 en el bar Avis a las trece horas.

—Te prometo que ahí estaré —contesto con contundencia— aunque me tenga que escapar de casa.

—«Yo» debería despertar en el cuerpo de Paco el 12 de octubre de 2020 —añade Álvar—. Se me hará largo casi un año esperando nuestro encuentro.

—¿Otra vez, Universo? ¿Otra casualidad? —pregunto mirando al cielo.

—¿A qué te refieres? —dice Álvar confundido.

—El 12 de octubre es mi cumpleaños —contesto.

—Pues sí es casualidad, sí... —añade pensativo—. Pensaré en ti cuando despierte. Será mi manera de felicitarte.

—Gracias, amigo. Pero, cambiando de tema: ¿ya has encontrado lo que buscabas? ¿Qué se te ha ocurrido enterrar? —le pregunto.

—Estaba buscando una buena piedra —responde—, algo que sea fácil de tallar pero que aguante el paso del tiempo. Si elijo una piedra muy arcillosa o porosa, en diez siglos podría desaparecer. Creo que he encontrado a la candidata perfecta. ¿Qué te parece? —me pregunta mientras me muestra la pieza.

Ha escogido una piedra oscura, plana y bastante gruesa. Tiene la forma aproximada de un cuadrado, con unos quince centímetros de lado.

—Pues que es un *pedrolo* muy hermoso —contesto—. ¿Y ahora qué?

Álvar se sienta con la piedra en su regazo. Saca una punta de flecha que llevaba escondida en el cinturón, apoya su vértice en la piedra y empieza a golpear el metal con un canto rodado. Los símbolos empiezan a tomar forma.

—Menos mal que nuestros nombres son cortos —dice—. ¿Quieres intentarlo tú? —me pregunta.

—Vale, así descansas tú un poco —respondo tendiendo la mano para que me entregue la piedra.

Veo que ha escrito su nombre del siglo XXI, «PACO», en letras mayúsculas, por lo que yo decido escribir el mío: «SUSO». Las curvas de las «s» no son nada fáciles. No me queda más remedio que tallarlas a base de líneas rectas. Quedan un poco raras. El resto tampoco me sale mucho mejor, pero lo importante es que se entiende lo que está escrito. Álvar me pide que le vuelva a pasar la piedra.

—Ahora escribiremos el año: 1081 —comenta—. Y se me ocurre otra cosa...

Cuando me devuelve la piedra, me encanta lo que veo. Yo había escrito mi nombre debajo del suyo, a cierta distancia y desplazado un poco hacia la derecha. Álvar ha aprovechado y ha escrito otro nombre, de manera que los tres constituyen los vértices de un triángulo perfecto. El tercer nombre es: «El Cid». En el centro del triángulo ha grabado la fecha, 1081.

—¡Me encanta, *tío*! —exclamo—. ¡Ha quedado *guay!*

—Cuando los hombres duerman, tú y yo aprovecharemos nuestra guardia y enterraremos la roca y algunas cosas más que tengo preparadas a un par de metros de la esquina suroeste de la edificación —me aclara—. Ya he estado ahuecando la tierra en el lugar hace un rato. Podremos enterrarlo todo con facilidad y sin hacer ruido.

—Estás en todo, Álvar —añado—. Y el lugar es perfecto: no puede estar demasiado cerca de los cimientos, porque si no, encontrarán nuestra cápsula del tiempo en las futuras excavaciones. ¡Buena idea!

¡Qué emoción! La idea de Álvar me parece estupenda. Estaba preocupado por desaparecer de aquí en cualquier momento sin haber tenido tiempo de quedar con él en el futuro. ¡Quién sabe si me iré esta misma noche! Si mi misión era traer al ejército del Cid a Alcocer, ya estaría cumplida. Todo sigue el curso adecuado; al menos, todo coincide con lo que narraba el *Cantar de Mio Cid*:

> *Al otro día cabalga Mío Cid el de Vivar,*
> *Alhama ya la ha pasado, hoz del río abajo va,*
> *y ya a Bubierca y a Ateca se las ha dejado atrás*
> *y por fin junto a Alcocer Mío Cid ha ido a posar,*
> *en un otero redondo y fuerte van a acampar,*
> *cerca está el Jalón, el agua no se la podrán quitar.*
> *Aquel pueblo de Alcocer piensa Mío Cid tomar.*

Ojalá tuviera el libro en mis manos. Creo que me acuerdo de todo lo importante, pero una ayudita no me vendría mal.

En fin, si mañana despierto y sigo aquí, significará que me queda algo por hacer.

Por otro lado, también le estaba dando vueltas a la manera de contar esta aventura a mis padres, porque tengo que contársela sí o sí. Yo solo no seré capaz de transcribir mis viajes. Necesito la ayuda de mamá y sus largos «dedos de lápiz» para pasarlo todo al ordenador, y también me irá bien el asesoramiento histórico de papá para organizar la información de manera correcta. ¡Paradojas de la vida! Yo les llamaba «locos» a ellos y mirad ahora la situación en la que me encuentro: buscando el modo de demostrarles que «yo» no he perdido la cabeza.

¡Será difícil convencerles! Tendré que proporcionarles algún tipo de prueba física, material, tangible... algo que sea creíble. La cápsula del tiempo será mi prueba irrefutable.

—Santiago —me avisa Álvar—, ya he escondido la piedra en unas retamas. Luego, vendré a buscarla. Yo me encargo de todo. Ahora, sigamos con la ronda, no debemos despistarnos —añade.

—¡A sus órdenes, señor! —respondo.

Fortaleza (Pixabay)

CONOCIENDO A *ÁLVAR*

La guardia de anoche transcurrió sin novedad. Era lo previsible: todavía es pronto para esperar reacciones por parte del enemigo. Eso sí, seguro que la noticia de que un ejército de cristianos se ha instalado al ladito de poblaciones musulmanas ya está volando de pueblo en pueblo.

A mitad de la noche, padre y Antolínez nos dieron el relevo. Habré dormido cuatro o cinco horas, pero me encuentro bien, con energías y ganas de hacer cosas. Y también con ganas de tomarme ese vinillo caliente tan delicioso.

—¿Me estabas buscando con la mirada? —me pregunta Rodríguez.

—Sí —le respondo—. ¿Ese vinillo tan rico que preparas...? Hace mucho frío. Me vendría taaaan bien...

—¡Toma, hombre! —dice riendo mientras me sirve—. Pero bebe despacio y come unas gachas calientes, que el día será largo —me previene—. Hay mucho que hacer.

—No veo a Álvar —le comento—. ¿Dónde está? ¿Hoy no entrenamos?

—Ahí lo tienes —señala Rodríguez—, entre esos pinos, ¿lo ves? A primera hora él siempre se retira a hacer sus ejercicios raros, sus estiramientos y respiraciones. En breve reunirá a los hombres y empezaremos el entrenamiento. No le molestes ahora. Le gusta disfrutar del amanecer en soledad.

No hace falta que vaya a buscarle. Antes de que termine de desayunar, Álvar ha regresado. Se aproxima con una enorme sonrisa en el rostro, como siempre. De verdad, es de esas personas con las que da gusto estar. Su energía me recuerda a la de *papi,* mi querido *oso panda*: sosegada, estable, positiva. Nada parece alterar su ánimo. Imagino que su costumbre de meditar tendrá algo que ver con la paz que transmite.

—¡Buenos días, muchacho! —saluda con brío.

—¡Buenos días, señor! —le respondo.

—Hoy entrenaremos directamente con la espada, Santiago —me explica—. Solo tendremos una hora. La prioridad estos días es la construcción de la fortaleza y la excavación del foso. Rodrigo nos quiere a todos manos a la obra lo antes posible.

—¡Estupendo! —exclamo ilusionado—. Iré a por mi espada.

—Dile a tu padre que te deje también una loriga de cota de malla y un casco de Olmutz —añade.

—¿Por qué? —pregunto con preocupación—. ¿No me irás a hacer daño?

—No, tonto —me asegura—, pero conviene que te acostumbres a luchar con ellos puestos. La cota de malla pesa bastante y resta movilidad al hombro, y el casco te quita visibilidad.

—¡Ah! Entiendo… —respondo más tranquilo.

Álvar me ayuda a vestirme. ¡Madre mía! El casco es de hierro y está forjado en una sola pieza: ¡pesa un montón! Se me va a poner el cuello como a Fernando Alonso. Y la cota de malla otro tanto de lo mismo: de hecho, requiere llevar debajo una especie de camisón acolchado llamado *gambesón* para amortiguar las contusiones y evitar que sea la propia malla la que lesione la piel. ¡Ojalá pudiera hacerme una foto! ¡Estoy súper *cool*! Parezco un personaje del *Age of Empires*.

Una vez que ha terminado de ayudarme, Álvar convoca al resto de los hombres. Todos, espadas en mano, ejecutan una coreografía perfecta con una secuencia de movimientos aprendidos. Debería decir «ejecutamos». Para mi sorpresa, me encuentro realizando los movimientos sin ninguna dificultad. La espada pesa, pero los brazos de Santiago están acostumbrados a ella. Es un espectáculo precioso, la coordinación es milimétrica; el silencio, absoluto.

A continuación, nos colocamos por parejas para continuar con la práctica. Álvar es mi compañero de lucha. Avanza atacándome y yo, como por arte de magia, respondo a cada uno de sus golpes anticipándome a ellos. No me da tiempo a pensar nada. Mi capacidad de respuesta es algo automático. Después de dar cinco pasos atrás, soy yo el que debe avanzar y atacarlo. Del mismo modo, sé lo que tengo que hacer. Álvar sonríe satisfecho.

—¿Qué te dije? ¿Eres o no eres bueno con la espada? —comenta con orgullo.

—¡Es una sensación increíble! —contesto—; es como si fuera uno con la espada. ¿Cómo lo has conseguido?, ¿cómo sabías que *recordaría* el modo de luchar de Santiago?

—Hay cosas que tenemos automatizadas y que grabamos más allá del cerebro consciente —explica—. Aunque te diste un golpe en la cabeza seguías sabiendo caminar y montar a caballo, ¿no? Tenía claro que el manejo de la espada no sería diferente.

Álvar tiene razón. ¿Cómo no lo habré pensado yo antes? La gente sufre de demencias o de Alzheimer, como mi abuelito Vicente, pero hay ciertos aprendizajes tan arraigados en la memoria subconsciente, que consiguen desafiar a la enfermedad: mi abuelito todavía puede hablar, caminar con ayuda, cantar jotas y responder con un beso a los besitos que le doy. Recuerdo que cuando *mami* me explicaba lo que le pasaba al abuelo, me enseñó un vídeo precioso, en el que una señora muy mayor, que tenía un Alzheimer avanzado, ya no conectaba nada con el exterior ni respondía a estímulos; sin embargo, sí reaccionaba a cierta melodía que conocía muy bien y empezaba a *dibujar* con sus brazos la coreografía que había aprendido decenas de años atrás. Había sido una famosa bailarina de ballet. Ahora estaba *atrapada* en su silla de ruedas, pero sus brazos eran libres y podían *volar*, describiendo en el espacio los bellos movimientos que tan familiares les resultaban. Noto como se me llenan los ojos de lágrimas y se me pone la piel de gallina solo con recordarlo. Un grito de Álvar interrumpe mis pensamientos:

—¡Señores! ¡Buen trabajo! —exclama—. Ahora, todos, manos a la obra. Ya saben lo que tienen que hacer. Si surge algún problema o alguien tiene dudas sobre la construcción, que recurra a Fernández.

Álvar y yo colaboramos con los hombres encargados de excavar la enorme zanja que protegerá la zona sur y este del campamento. Como siempre, nos retiramos un poco de los demás para poder hablar de nuestras cosas sin ser escuchados.

—Álvar —le pregunto—, ¿dónde están Rodrigo, padre, Antolínez y Félez? Les vi marchar a caballo hace rato con un grupo de hombres.

—Han ido a *presentar sus respetos* a las autoridades de la zona —me explica.

—¿Presentar sus respetos? —repito—. ¡Ah! ¡Ya! Quieres decir que les han ido a avisar de que o nos pagan tributos o serán atacados, ¿no?

—Eso es. Aprendes rápido —me dice—. Con esas incursiones iremos consiguiendo lo necesario para subsistir y algún que otro remanente para repartir entre los hombres.

—Entiendo —contesto—. Pero, ¿la gente paga sin más? —añado—. Quiero decir que, si ya están pagando parias a los príncipes de Zaragoza y ahora les extorsionamos nosotros...

—El objetivo no es desplumarles —me aclara Álvar—. No pagarán impuestos dos veces. También nos encargaremos de eso. Cuando vengan los enviados de los príncipes a cobrar, Rodrigo les explicará amablemente que, de momento, la situación ha cambiado. ¿Comprendes? Es un artista negociando. Les convencerá de que les conviene ceder un poco si no quieren enfrentarse a nosotros. Y les venderá que mejor tenerle como aliado que como enemigo.

—Así tiene que ser —afirmo—, porque dentro de poco pasaréis una temporada en Zaragoza a su servicio.

—Me olvidaba de lo *empollón* que eres —me dice—. ¡Te lo sabes todo! ¡Anda *Sapientín*! Ayúdame aquí, que me he encontrado una piedra.

—Voy —respondo—. ¡Jope! ¡Cómo pesa! Oye, Álvar... cambiando de tema: ¿a qué te dedicas «tú» en el siglo XXI?

—A algo muy aburrido —me cuenta—: soy programador informático. Estudié la carrera de matemáticas, pero ¡ya ves!, acabé dedicándome a la informática.

—¿Y qué haces exactamente? —insisto.

—Lo que me pidan —contesta—: programación, desarrollo de aplicaciones, migraciones de datos de empresas…

—¿Sabes algo de cuestiones de seguridad? —le interrumpo.

Álvar deja de cavar de inmediato, se incorpora como un resorte y me dedica una mirada interrogante, con el ceño fruncido.

—¿Cómo sabes tú eso? —me pregunta desconcertado—. Mis contratos en ese campo son totalmente confidenciales.

—No lo sabía —respondo—. Solo te preguntaba porque tengo un interés genuino en el tema de seguridad digital. ¡Pero vamos, que te acabas de delatar tú solito!

—¡Vaya por Dios! —se lamenta—, ahora el bocazas he sido yo. ¿Y qué necesitas tú de un experto en seguridad digital? —me pregunta con resignación.

—La invisibilidad, Álvar —le planteo—. Necesito la invisibilidad.

—No entiendo nada —me dice confuso—. ¿Por qué un renacuajo de once años necesita ser invisible?

—¡Eh! ¡Un poco de respeto! —protesto—, que cuando regrese al 2021, en apenas un mes, habré cumplido los doce años.

—Mis disculpas al señor —añade en tono burlesco—. ¡Contesta, *pesao*! ¿Para qué quieres ser invisible?

—Álvar, este es mi cuarto viaje en el tiempo —le explico—, y esto no acabará aquí. Cuando vuelva al siglo XXI tendré una misión que cumplir. Siento que un trabajo muy importante me ha sido encomendado. *Allí* acabo de crear un «club de niños despiertos» destinado a convertirse en la resistencia contra «las sombras». Necesito a alguien que nos convierta en invisibles, y para eso tengo que saber que puedo comunicarme con los miembros del club con seguridad, ¿me copias?

—Te copio —dice.

—¿Conoces al coronel Pedro Baños? —le pregunto.

—Le conozco —afirma—. Es uno de los mejores expertos en ciberseguridad y geoestrategia del mundo.

—En una ocasión le escuché decir que existen programas informáticos que cuestan apenas quinientos mil euros —le explico—. Esos programas, solo con disponer del número de móvil de un usuario, pueden acceder a todo lo que contiene su dispositivo. Alguien con ese poder sería el dueño de nuestras vidas.

—No sé si debería decirte esto... —añade Álvar sin atreverse a continuar.

No tengo ni idea de qué está pasando. Álvar, de repente, se ha quedado pálido. Por un instante, es como si su vitalidad le hubiera abandonado por completo. Deja de mirarme a los ojos y desvía su mirada hacia el suelo, como si estuviera avergonzado por algo.

—¡Cuéntamelo! —le animo—. Seguro que no es tan grave como piensas.

—Yo he colaborado en el desarrollo de un programa de ese tipo, Santiago —me confiesa apenado.

—¡No puede ser! —exclamo.

—¡Me arrepiento tanto...! —dice en tono consternado—. Jamás pensé que «las sombras» estuvieran detrás de todo esto. Me dijeron que serviría para luchar contra el terrorismo y el crimen organizado. Nunca se me ocurrió que quisieran utilizarlo como herramienta de control contra la disidencia. De haberlo sabido, no habría aceptado el trabajo.

—Lo sé —le digo colocando mi mano sobre su hombro—. No te culpes, si no lo hubieras hecho tú lo habría hecho otro. Encargan pequeñas partes de su maligno plan a personas diferentes. Así, nadie puede tener una visión completa de lo que están tramando. Además, tu misión real no era esa...

—¿Qué quieres decir? —me pregunta intrigado.

—Tu misión real viene ahora —le aclaro—. Conoces el programa porque tú lo has diseñado. Del mismo modo, serás capaz de *hackearlo*. Nos ayudarás a eludir su vigilancia.

—¡Cuenta conmigo! —dice entusiasmado.

Paco (Álvar) jaqueando el sistema (Pixabay)

Ante la perspectiva de poder hacer el bien, Álvar recupera su luz y su sonrisa. Estoy impactado por la información que acabo de conocer. «Las sombras» tienen abiertos numerosos frentes. Su plan se ejecuta sin que seamos conscientes de ello. Pero lo que más me sorprende es que el Legislador nos presenta siempre una pista, una salida, alguna herramienta para detener el avance de la oscuridad.

Estoy aquí, con Álvar, protegiendo el pasado, destripando los entresijos de nuestro presente y diseñando un plan para salvaguardar nuestro futuro. ¡Impresionante! ¿Hasta dónde llegan los tentáculos de tu poder, Legislador? Te imagino disfrutando de tu plan acabado y perfecto mientras experimentas sensaciones, emociones y situaciones a través de nosotros. Seguro que nuestras preocupaciones resultan insignificantes a *Quien* no conoce los problemas porque en su mente universal solo tiene soluciones, resultados, el todo, la perfección...

* * *

Álvar y yo pasamos juntos la mayor parte del tiempo. Nos contamos todo sobre nuestras vidas en el siglo XXI. Ya conoce a papá y a mamá casi tan bien como yo mismo.

Su historia del siglo XXI es un poco triste. Perdió a su padre en un accidente de tráfico cuando era pequeño. El pobre hombre marchó a trabajar y nunca regresó. Su madre falleció en abril de 2020. Todavía no entiende cómo ocurrió: sin salir de casa, sin tener contacto con nadie... Empezó con una pequeña tos, la cosa se complicó con su asma y tuvo que ser ingresada. Acabó intubada en la UCI y nunca salió de allí. Ni siquiera pudo despedirse de ella, ni agarrarle la mano mientras marchaba al otro lado. Todo sucedió en el periodo más restrictivo de la pandemia. Miles de familias pasaron por lo mismo.

Tampoco tiene novia. Dice que su trabajo es muy exigente y que no le da tiempo a nada. Sus ratos de desconexión los dedica a sus dos únicas aficiones: las artes marciales y los videojuegos. Papá es muy bueno con los videojuegos, pero *samuraiwarrior_1995* no se le queda atrás. Estoy deseando organizar una competición entre los dos cuando volvamos.

Como en el 2020 está muy solito, Álvar me cuenta que no tiene prisa por volver al cuerpo de Paco. En el 1081 siente que está haciendo el bien, contribuyendo al nacimiento de España; es su manera de enmendar su error del siglo XXI, cuando sin saberlo colaboró con «las sombras». Aquí tiene a Rodrigo, su primo, y al resto de los hombres, que son una gran familia para él. Rodrigo no le considera un subordinado, ni siquiera su primo; le considera un hermano. De hecho, le llama *Minaya* en la intimidad, que en euskera significa «mi hermano».

—Álvar —le pregunto—, ¿y aquí, en 1081, estás casado?

—¿Qué dices? —me pregunta riendo—, ¿casado yo? Tú *te flipas*.

—Sí, sí, *me flipo* —contesto con una sonrisa.

—¡Maldito empollón! —exclama—. Ahora no me dejes con la duda. ¿Me voy a casar en esta línea de tiempo? —me pregunta con insistencia.

—Sí —afirmo—. ¡Y tendrás dos hijas!

—¿Yo? ¿Con hijos? —dice pensativo.

—*Sip* —le aseguro riendo—. Tienes una cara de padre que no te la quita nadie.

—Bueno, a lo mejor me vuelvo a 2020 antes de que eso pase —contesta.

—Tal vez —añado—. Eso no lo podemos saber.

Álvar intenta compaginar su servicio a Rodrigo como lugarteniente con su servicio a Alfonso VI como capitán. Será el protagonista de grandes conquistas, perfectamente equiparables a las de Rodrigo. Es tan valiente y leal como el Cid, pero él, en su humildad, ha asumido su papel como secundario, sin rechistar. Si aspiran a unir todos los territorios en uno, Álvar tiene claro que no conviene dividir la atención: debe haber un único líder.

Paco (Álvar) practicando kendo (Pixabay)

LA HORA DE LA VERDAD

Una vez que nos hacemos con la rutina en el nuevo asentamiento, los días transcurren con rapidez. Dormir, entrenar, cavar, comer, hacer guardia y volver a dormir. La fortaleza está acabada en pocos días. ¡Quién me lo iba a decir! Me parecía un imposible y, sin embargo, ahí se alza: lo que solo era una idea ha tomado forma y se ha convertido en algo material. Dentro de diez siglos, cuando yo venga a visitar la zona, solo podré ver ruinas, una pequeña parte de la primera hilera de piedras. ¡Soy tan afortunado de poder contemplar la edificación recién terminada!

Ya la han bautizado: alguien empezó a hablar de la torre del Cid y el resto ha seguido el rollo. Al final, han acabado abreviando y la han denominado Torrecid.

Álvar me ha prometido que algún día subiremos juntos a la torre para contemplar los alrededores. De momento, solo he entrado a las habitaciones de la zona norte: allí almacenamos el grano y los alimentos. No nos podemos quejar: la comida es abundante y, como tenemos el río tan cerca, el agua no es un problema.

—¡Eh, tú! *Alelao*, ¡vuelve! —me ordena Álvar—. Estás más tiempo *allí* que aquí.

—Perdóname —me disculpo—. Intento recordar cosas y también intento grabar todo lo que puedo en mi memoria. No quiero olvidar nada cuando regrese.

—Ha llegado el momento —comenta.

—¿Qué momento? —pregunto atolondrado—. ¿Nos atacan?

—¡No, hombre! —exclama—. El momento que te prometí: el de subir a la torre.

—¿En serio? —pregunto—. ¡Qué ilusión!

La torre es muy estrecha, un cuadrado que no llegará a los dos metros de lado. Para llegar arriba nos toca subir por una escalera de madera apoyada en el interior. En lo más alto han construido una especie de descansillo de madera. Cuando por fin me siento seguro y puedo observar lo que me rodea, quedo impresionado.

—¿Qué te pasa? —me dice preocupado—. Tienes los ojos como platos.

—El valle está verde, todo ha florecido, la primavera ya está aquí —respondo—. ¿Cuánto tiempo llevamos en el asentamiento?

—Esta que empieza es la decimoquinta semana, *so pánfilo*. ¡Tanto fijarte, tanto querer memorizar y luego estás a por uvas! —me regaña.

—¡Está a punto de tener lugar! ¡La batalla es inminente! —exclamo con voz entrecortada.

—Sí —afirma Álvar—, ¡y más vale!, porque Rodrigo empieza a impacientarse. Llevamos muchas semanas de asedio y Alcocer no muestra señales de rendición. No hay manera de hacerles salir. Deben tener algún manantial dentro de la misma fortaleza y si tienen abundante cereal y legumbre, podrían aguantar años.

—No podemos irnos —señalo—; no ahora.

—Ya sabes quién manda —añade Álvar encogiéndose de hombros.

¡Pues claro que sé quién manda! Y no es Álvar, ni yo, ni siquiera Rodrigo. El que manda es *el de arriba*. Sospecho que algún tipo de señal tiene que estar a punto de llegar.

—Pero, ¡qué demonios! —exclama Álvar de repente.

—¿Qué pasa? —le pregunto sobresaltado.

—¿Qué hacen esos hombres? —pregunta señalando hacia abajo—. Están recogiendo las tiendas de la orilla del río. Algo está sucediendo. ¡Rápido, tenemos que bajar!

Álvar no me espera. Se desliza ágilmente por las escaleras como hacen los bomberos por sus barras. En cuestión de segundos le veo correr por el lateral del cerro para dirigirse a la orilla del río. Allí se encuentra con Rodrigo. Charlan acaloradamente. No pinta bien. Rodrigo gesticula mucho con las manos y le señala hacia el este. Me decido a bajar de la torre. Los soldados que están en lo alto del cerro también han empezado a desmontar las tiendas tras ver la escena del río.

De repente, escucho las voces a gritos de Álvar y Rodrigo que están de regreso:

—Está decidido, primo —dice Rodrigo con determinación—. No podemos permanecer aquí. Félez me acaba de dar la noticia, le envié a investigar hace días; lo ha visto con sus propios ojos: un ejército de tres mil hombres se aproxima desde Valencia, quién sabe si alertados por Calatayud. Están a menos de tres días de camino. Alcocer no se rinde y nosotros, aquí arriba, no tenemos escapatoria. Nos arriesgamos a ser nosotros los asediados y masacrados.

—Si no quieres escucharme a mí, al menos, escúchale a él —contesta Álvar dirigiendo su dedito acusador hacia mí.

¡No me lo puedo creer!, Álvar me está señalando. Muy mal se le tiene que haber dado la cosa para que recurra a delatarme. ¿Qué hago yo ahora?

—¿Qué va a saber Santiago de lo que tenemos que hacer? —pregunta Rodrigo extrañado.

Triple salto mortal, doble tirabuzón y de lleno a la piscina. ¡Virgencita, virgencita que me quede como estoy!

—Alcocer caerá —afirmo con voz potente—. Y entonces, nosotros esperaremos a ese ejército que viene de Valencia y cuando estén en la llanura, les atacaremos envolviéndoles desde dos frentes: Torrecid y Alcocer. ¡No se lo esperarán!

Rodrigo se queda paralizado. No tiene ni idea de lo que está ocurriendo. Álvar intenta tranquilizarle apoyando su brazo sobre los hombros de su primo.

—Es mejor que hablemos en privado —sugiere Álvar—. Santiago, ven aquí.

Nos dirigimos hacia el interior de una de las habitaciones de la fortaleza donde no había entrado nunca. Álvar camina a mi lado. Rodrigo viene detrás con Muño. En el interior de la estancia hay papeles, joyas y objetos de valor por todas partes. De inmediato, Álvar se dirige a mí:

—Lo siento, *Suso*, pero, tienes que contar lo que sabes.

Escuchar mi verdadero nombre me deja petrificado. No se me ocurre qué decir ni por dónde empezar. De hecho, ni siquiera me sale la voz. No soy capaz de articular palabra. Pero en un instante todo cambia y empiezo a escucharme a mí mismo *desde fuera*, como si no fuera yo el que hablase. *Alguien* me está dictando lo que tengo que decir:

Esa gente de Alcocer al Cid ya le daba parias
y los de Terrer y Ateca también ya se las pagaban
a los de Calatayud esto muy mal les sentaba.
Allí Mío Cid estuvo por más de quince semanas.
Cuando ve el Campeador que Alcocer no se entregaba
un ardid se le ha ocurrido y fue a hacerlo sin tardanza:
las tiendas manda quitar, deja una sola plantada,
y se va Jalón abajo, con bandera desplegada,
todos con loriga puesta y ceñidas las espadas:
taimado es el Cid y quiere tenderles una celada.

Los de Alcocer que lo vieron ¡Dios y cómo se alababan!
"Ya se le ha acabado al Cid todo el pan y la cebada.
Cargados van con las tiendas, una sola queda alzada.
A guisa de derrotado el Campeador se marcha,
vamos a asaltarle ahora, sacaremos gran ganancia,
que, si no, los de Terrer para ellos han de tomarla,
y si cogen el botín no querrán cedernos nada;
las parias que nos cobró hoy las volverá dobladas".

Para salir de Alcocer mucha prisa que se daban.
Cuando el Cid ya los vio fuera hace como que se escapa.
Jalón abajo corría, muy en desorden andaba.
Decían los de Alcocer: "¡Ay, que el botín se nos marcha!"

Ya todos, grandes y chicos, a salir se apresuraban,
con el ansia de coger, de lo demás se olvidaban:
abiertas dejan las puertas, nadie se queda a guardarlas.

Mío Cid Campeador hacia atrás volvió la cara,
vio que entre ellos y el castillo un gran espacio quedaba,
manda volver la bandera y a gran prisa espoleaban.
"¡Heridlos, mis caballeros, sin temor, el Cid gritaba,
que con la ayuda de Cristo nuestra será la ganancia!"
Ya vuelven todos revueltos por medio de la llanada.
¡Dios, qué grande era el gozo de todos esa mañana!

Mío Cid con Álvar Fáñez adelante cabalgaba,
tienen muy buenos caballos que a su voluntad andaban,
ya entre el castillo y los moros los dos guerreros entraban.
Los vasallos de Mío Cid sin piedad sus golpes daban,
en poco más de un momento a trescientos moros matan.
Con muy grandes alaridos los que están en emboscada
para adelante salían, hacia el castillo tornaban,
con las espadas desnudas a la puerta se paraban.
Ya van llegando los suyos, la batalla está ganada.
Ved cómo el Cid conquistó Alcocer por esta maña.

Acabo de terminar de recitar el *dictado providencial*. ¡Menos mal!, necesitaba respirar. Se me doblan las rodillas y me caigo al suelo. Es como si, por un momento, hubiera estado poseído.

Padre se apresura a auxiliarme.

—¿Estás bien, muchacho? —pregunta preocupado.

—Estoy muy cansado —respondo— pero me recuperaré. ¿Ya no me llamas «hijo», Muño? —le digo.

—Acabo de darme cuenta de que no eres mi hijo —añade—. Ahora entiendo nuestras conversaciones. ¿Quién eres? —me pregunta con cara de espanto.

—Me llamo Suso —revelo—. Soy un niño de once años del año 2021. He viajado en el tiempo para ayudaros.

—¿Qué? —grita Rodrigo con la cara desencajada—. ¿Estáis todos locos? ¿Qué tipo de broma es esta?

En ese momento, Álvar no se lo piensa y le da una bofetada a Rodrigo. Muño y yo nos quedamos con la boca abierta.

—Primo, escucha —dice Álvar con voz pausada—. Lo que es, es ¡y punto! Tienes unos segundos para aceptarlo y no hay más que hablar. ¿Qué te tengo dicho sobre la información y los mensajes que te llegan? ¡Responde! —le ordena.

Rodrigo parece salir de su aturdimiento.

—Que lo importante es que la información me llegue —responde—; el canal es indiferente.

—Pues hoy este muchacho es ese canal —concluye—. ¿Entiendes?

—Entiendo —asiente Rodrigo—. Y lo que has recitado, Santiago, ¿qué es? —añade dirigiéndose a mí.

—Se llama *Cantar de Mio Cid*. Lo escribirán dentro de cien años para rememorar sus gestas —digo sin pensar mucho.

—¡Dentro de cien años! —exclama Rodrigo levantando las cejas y abriendo los ojos al máximo.

—Primo, céntrate —le aconseja Álvar—. ¿Te ha quedado clara la estrategia que debemos seguir?

—Sí —afirma Rodrigo—. Un engaño, una artimaña, una argucia, una distracción. Fingiremos que marchamos de manera apresurada, aterrados por el ejército que viene. Dejaremos plantada solo una tienda. Ellos pensarán que nos vemos obligados a abandonar en su interior todas las riquezas que hemos acumulado estas semanas para huir más ligeros de equipaje. Cuando salgan de Alcocer, nos interpondremos entre ellos y su fortaleza. Les derrotaremos en la llanura y, al mismo tiempo, atravesaremos sus muros por la puerta abierta.

—¡Eso es! —celebra Álvar—. ¡Veo que mi primo ha vuelto!

—No soy solo tu primo —le dice Rodrigo—. ¡Ven aquí, *Minaya*! —exclama agarrándolo del cuello con una mano.

Los dos se dan un fuerte abrazo y acto seguido, se encaminan a la salida. Antes de abandonar la sala, Rodrigo se gira y se dirige a Muño:

—Muño, hay que proteger al muchacho. Es un enviado divino. Permanecerás con él en la retaguardia, lo más alejado posible del campo de batalla.

—No, señor —le corrijo—; perdóneme, pero Muño debe cabalgar a vuestro lado. No necesito que cuide de mí. Le prometo que permaneceré en la última línea.

—De acuerdo, muchacho —contesta Rodrigo—. Confío en tu prudencia. En ese caso… ¡Muño, ven con nosotros!; el chaval se apañará solo.

—Sí, señor —responde Muño.

Muño sigue los pasos de Álvar y Rodrigo pero se da la vuelta a medio camino. Quiere decirme algo pero no sabe por dónde empezar. No le dejo pronunciar palabra:

—Muño, no te preocupes —le digo mirándolo a los ojos—. Protegeré el cuerpo de Santiago y no permitiré que le pase nada. Él está a punto de regresar.

—Gracias… Suso… —contesta aliviado.

Estoy exhausto. La extraña *posesión* me ha dejado *seco* de energías. No acabo de entender qué ha pasado. Recuerdo haber leído pasajes del *Cantar de Mio Cid* con *papi*, pero nunca llegué a memorizarlo. ¿Cómo he podido recitarlo de carrerilla? *Algo* o *Alguien* me ha utilizado para dar el mensaje. Estoy agotado y muy mareado. Permanezco sentado en el suelo pero no es suficiente, necesito tumbarme. Antes de que lo haga, Álvar entra corriendo de nuevo a la sala, se pone en cuclillas para situarse a mi altura y me estruja los mofletes mientras me zarandea la cara.

—*¿El Cantar de Mio Cid?* ¿En serio? —me pregunta—. *Tronco*, eres único, ¡te adoro! Cuídate mucho y permanece escondido aquí, en las habitaciones de la zona sur —me pide—. Si alguien se acerca, puedes salir corriendo hacia las retamas, donde enterramos nuestro tesoro. En apenas diez metros estarás escondido entre los pinos. Nos veremos antes de anochecer; ¡te lo prometo!

—¿De verdad volveré a verte? —le pregunto.

—¡Por supuesto! —responde.

Me da un abrazo y un beso en la mejilla. Me saben a gloria. Tengo carencias afectivas; lo noto. Tanto amor en casa me ha convertido en un *yonqui* de los abrazos y los besos.

No quiero dormirme. ¿Y si tuviera que huir? Da igual lo que quiera o no. Mis últimas fuerzas me permiten acomodarme detrás de unas tablas apoyadas en la pared. Creo que voy a desmayarme. ¿Será el inicio de un nuevo viaje?

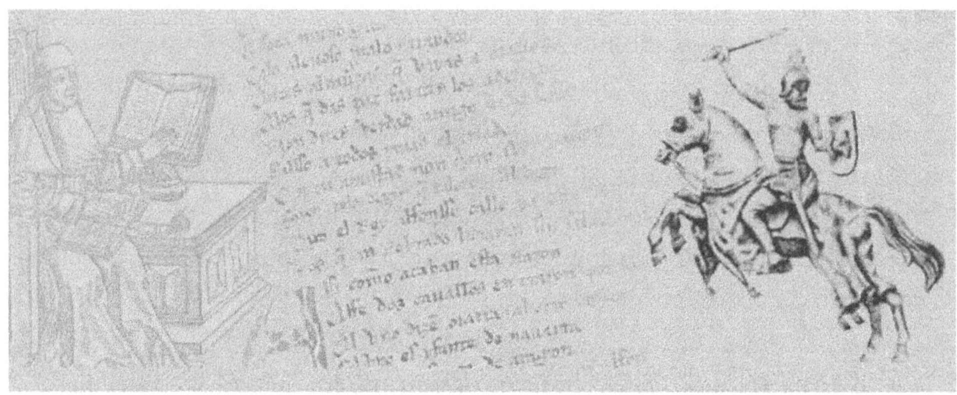

Cantar de Mio Cid. https://www.cervantesvirtual.com/portales/cantar_de_mio_cid/

* * *

Me parece oír algunas voces de fondo. ¿Cuánto tiempo habrá pasado? ¿Dónde habré viajado ahora? Estoy desganado; ¡ya no quiero ni mirar!

¡Zasca! ¡Zasca! Pero, ¿qué...? ¡Me están abofeteando otra vez! No me queda más remedio que abrir los ojos.

—Hijo, ¿qué te han hecho? —grita Muño mientras me zarandea por los hombros—. ¡Hijo! ¡Despierta, por Dios bendito!

—Muño, estoy bien —respondo intentando espabilarme—. ¡No me pegues más! Debo haber perdido el conocimiento. ¿Se te ha olvidado algo? ¿Por qué has vuelto?

—¿Vuelto? —pregunta extrañado—. ¡Muchacho, hace horas que te dejamos aquí! Ya está hecho. ¡Hemos ganado! ¡Alcocer ha caído! Ocurrió todo como tú dijiste.

—¿Están todos bien? ¿Álvar? ¿Rodrigo? —le interrogo—. ¿Han caído muchos hombres?

—Ni uno solo —responde satisfecho—. Ha sido un auténtico milagro.

—¡Quiero verles a todos! —le pido—. Ayúdame a levantarme, Muño.

Salgo al exterior apoyado en Muño. A mis ojos les cuesta un poco adaptarse a la claridad. Cuando por fin veo, recupero de inmediato las fuerzas. La energía en el campamento es impresionante. Los hombres están muy contentos. Ahora mismo, se sienten invencibles. Les vendrá bien conservar los ánimos. Dentro de dos días se tendrán que enfrentar a un ejército que les superará ampliamente en número. Muño trae su caballo y el mío.

—Vamos a Alcocer, muchacho —me explica Muño—. Allí nos reuniremos con Álvar y Rodrigo. Pero daremos un pequeño rodeo. Álvar me ha especificado que no quiere que veas el campo de batalla porque podrías impresionarte.

Entiendo lo que quiere decir, por lo que no insisto. Está claro que, para que alguien gane una batalla, tiene que haber otro que la pierda. La llanura entre Torrecid y Alcocer estará teñida de sangre y plagada de cadáveres y restos de la lucha. ¡Ojalá ningún ser humano tuviera que pasar por esto! No debería haber ni vencedores ni vencidos, ni señores ni siervos. Pero el mundo no es así... desgraciadamente, parece que aniquilarnos está en nuestra naturaleza, del mismo modo que intentar sobrevivir.

Una vez en nuestras monturas, retrocedemos hacia el suroeste y cruzamos el Jalón por otro vado más al oeste. Rodeamos Ateca por su parte norte y llegamos a la fortaleza de Alcocer por detrás. No he visto nada, solo naturaleza y quietud. ¡Es tan raro! Es como si la tierra estuviera ajena a todo lo que ocurre con los hombres. El sol se está escondiendo, saldrá la luna y mañana volverá a amanecer. A los ciclos del universo les da igual si alguien los contempla o no. Ellos siguen ahí.

Algo me pega un tirón de la pierna y casi me derriba del caballo. Me doy un susto de muerte, pero resulta ser Álvar.

—¡Amigo! —exclamo entusiasmado.

—¡Dame un abrazo, chaval! —me pide mientras tiende sus brazos hacia mí.

—¿Ya está? —le pregunto—. ¿Lo hemos conseguido?

—Mira ahí arriba —me indica—. Bermúdez acaba de colocar nuestra bandera. La fortaleza de Alcocer ha caído.

—Hoy dormiremos en aposentos en condiciones —añade Rodrigo mientras se acerca—. Un poco de comodidad después de estos meses a la intemperie no nos vendrá nada mal.

Rodrigo ordena perdonar la vida a los habitantes de la fortaleza. La población que no ha participado en la batalla podrá seguir ocupando sus casas y permanecerán al servicio de la tropa mientras continúen allí. De nada sirve ejecutar a personas desarmadas. El Cid no tiene piedad en la batalla, pero después se mueve por la practicidad y la búsqueda de lealtad y alianzas futuras.

Álvar registra algunas casas vacías y elige la que considera mejor equipada para Rodrigo. Allí, el Cid y sus hombres de confianza, por fin, se sientan, charlan, bromean, ríen y comen y beben relajados. Muño y yo también estamos invitados a la mesa. La jornada ha sido larga y dura. Los hombres quieren descansar: Félez, Bermúdez, Antolínez y Salvadórez no tardan en levantarse y despedirse de los demás. Muño me hace una señal y nosotros también nos disponemos a marcharnos.

—Buenas noches, Rodrigo —dice Muño.

—Buenas noches, señor; que descanse —añado despidiéndome yo también.

—¡Esperad! —exclama Rodrigo levantándose de la silla.

—¿Necesita algo más, señor? —le pregunto.

—No —responde—, pero soy yo el que se va. Vosotros, hoy dormiréis en esa cómoda habitación —añade señalando una de las estancias.

—No entiendo… —titubea Muño.

—Es sencillo, Muño. Si no hubiera sido por vuestra insistencia, hoy esta plaza no habría sido conquistada. Esta habitación es mi pequeño regalo para vosotros en señal de agradecimiento.

—¡Gracias, Rodrigo! —contesta Muño visiblemente emocionado.

—¡Gracias, señor! —agrego yo también.

Este hombre es grande, muy grande. La manera en que valora a sus hombres es única. Les aprecia, se pone en su lugar, les agradece todo lo que hacen. Es como si cada uno fuera una pequeña célula de un cuerpo perfectamente organizado. Cada célula sabe que, sin la otra, no es nada, pertenezca al órgano que pertenezca. Puede que Rodrigo sea el cerebro y el alma del grupo, pero el resto constituyen sus manos, sus pies, sus ojos…

—Estoy impresionado —me confiesa Muño tras cerrar la puerta de nuestra habitación—. Este hombre, no deja de sorprenderme.

—Somos afortunados, Muño —añado—. Hemos sido *tocados* por alguien muy especial.

—Tienes razón —asiente—. Y, como señal de respeto a él debo hacer lo mismo y darte las gracias, seas quien seas.

—No es necesario —le digo—. Yo sé las cosas que sé, porque las sé… Solo quería ayudar.

—Tú eres el responsable de esta victoria, Santiago —afirma Muño—. O debería llamarte… Suso… era así, ¿verdad?

—Sí, Muño, mi nombre de verdad es Jesús, pero todos mis amigos me llaman Suso —contesto con una sonrisa.

—No sé qué decir —confiesa—. Me siento idiota por creer en una historia como la que has contado antes, pero de algún modo sé que es verdad.

—Las intuiciones, *padre*, digo… Muño —me corrijo a mí mismo— ¿recuerda? Hablamos de ellas y de las *certezas* que uno tiene y que desafían a la razón. Hoy está haciendo usted un acto de fe… Pero, ¿sabe qué?

—¿Qué? —me pregunta con curiosidad.

—Ese acto de fe que usted ha hecho hoy tendrá su recompensa —le aseguro—. Yo, ahora mismo tengo una de esas certezas. He sentido, sin ninguna duda, que mi misión en esta época está completa. Toda la presión y la angustia que sentía en mi pecho han desaparecido. Creo que este tiempo ya está en orden. Y por eso sospecho que su hijo Santiago recuperará su cuerpo esta misma noche.

—¿En serio lo crees? —me dice esperanzado.

—No lo creo, lo sé —contesto de manera tajante—. Pero no se emocione todavía. Ahora necesito que me preste toda su atención. Es crucial que tome buena nota de la información que le voy a dar.

—¡Soy todo oídos! —exclama.

—Vine aquí para acompañarles en la batalla de Alcocer, para que no pasaran de largo. He cumplido —afirmo—, pero en esta tierra todavía se derramará más sangre…

—¿Qué quieres decir? —me interrumpe con cara de preocupación.

—Un enorme ejército musulmán se aproxima desde Valencia —le explico—. Rodrigo, informado por su sobrino Félez, ya sabía que ese ejército se acercaba, por eso quería marcharse esta mañana. Además, ahora mismo, la noticia de nuestra victoria estará viajando a la velocidad del rayo. En un par de días ese ejército se presentará aquí: intentarán arremeter contra Calatayud pero esta les recibirá con las puertas cerradas y centenares de hombres defendiendo sus murallas.

—Y entonces, vendrán contra nosotros —completa Muño.

—Eso es —digo, mientras asiento con la cabeza—. Avanzarán hasta la llanura y se apostarán allí. —Y agrego—: Muño, debes asegurarte de que nuestros hombres estén alerta y perfectamente repartidos entre Alcocer y Torrecid.

—Entiendo el plan —contesta—, es perfecto. Estarán totalmente expuestos en el centro del valle; les acorralaremos desde nuestras dos posiciones. No son conscientes de que se dirigen a una muerte segura. Cuando quieran darse cuenta de su error, será tarde.

—Sed prudentes —le pido—; estamos hablando de millares de hombres. Os superarán ampliamente en número.

—Estaremos alerta —me promete Muño.

—Después de esta victoria, la leyenda será más grande incluso que el hombre, ¿comprendes? A partir de entonces, el Cid y sus hombres ganarán más batallas con el miedo que con la espada —le revelo—. La mitad de las poblaciones se rendirán a vuestros pies sin luchar porque sabrán que el Cid y sus mesnadas están protegidos por algo muy grande.

—Haremos cuanto dices —me jura—. Mañana le transmitiré a Rodrigo todo esto que me has contado.

—Ahora necesito descansar, Muño —le digo—. Estoy muy cansado, muy cansado...

Los ojos se me cierran sin poder evitarlo. Noto cómo Muño me arropa con cuidado, y me acaricia la cara y el pelo.

—Buenas noches, Suso —se despide.

No tardo en darme cuenta de que esto no es un sueño como el de otros días. El túnel de luz se abre ante mí. Sé que es el inicio de un nuevo salto cuántico. Agradezco que en esta ocasión no se haya producido ningún episodio traumático para acceder al tobogán del tiempo.

Pero, ¿qué es eso? Esto es nuevo: mientras avanzo hacia la profundidad del túnel percibo una luz que se aproxima. Somos como dos bolas de luz que viajan en la misma dirección pero en sentidos contrarios. Es como si esa luz se dirigiera al lugar de donde yo vengo. En su avance empieza a perder su forma redondeada y comienza a adquirir la de una silueta. De repente, la silueta me saluda con su recién formado brazo. ¡Lo sé, lo entiendo! Es la conciencia de Santiago que regresa a ocupar su cuerpo.

¡Qué sensación más bonita! Me invade una enorme alegría y serenidad al saber que todo está en orden. Imagino la alegría de Muño cuando reconozca a su hijo Santiago. Esa emoción hace que mi energía se amplifique hasta el infinito. Me visualizo a mí mismo despertando y abrazando a mis padres, como va a hacer Santiago con el suyo. Mis misiones son cada vez más largas y difíciles. Puede que, desde fuera, quien contemple mi plácido cuerpo en la cama, en el año 2021, piense que solo estoy soñando, que es una noche más, pero para mí es como si llevara más de cinco meses fuera de casa.

«Legislador: no te lo pediría si no fuera importante para mí: me gustaría volver a casa; necesito *mimitos*. ¡Echo tanto de menos a mis padres!».

Me concentro en la emoción que nace en mí al visualizarme abrazado por mis padres. Intento canalizarla y convertirla en energía. Es algo tan grande que finalmente me desborda, se amplifica más y más y más… haciendo que mi esencia, que antes solo era una bola de luz, se convierta en una especie de rayo: el viaje se acelera de una manera descomunal.

De vuelta al túnel del tiempo (Pixabay)

REGRESO AL FUTURO

Percibo un calorcito muy agradable en la mejilla, pero ya no me hago ilusiones. Será el sol lo que me despierta, algún ratón de campo que se me ha subido a la cara, la sensación de calor después de alguna bofetada... cualquier cosa menos lo que deseo que sea: un beso de mamá. No quiero abrir los ojos, estoy muy cansado. Me arriesgaré a que «lo que sea» me siga molestando. Tal vez pueda seguir durmiendo un poco más.

Otra vez, calorcito en el moflete, pero en esta ocasión noto... ¡No puede ser!; también percibo un punto de frescor. Abajo calorcito y arriba como si me tocaran con un cubito de hielo. Esto sí, ¡tiene que ser *mami*!: sus labios calentitos pero la punta de la nariz siempre helada. Aun así, tengo miedo, no quiero abrir los ojos y llevarme otra decepción.

—Suso, hijo. Despierta ya —me dice una voz femenina—; me estás preocupando. ¿Estás bien?

No hay duda: es la voz de mi querida *bruja*... Abro los ojos como platos y me abalanzo sobre ella.

—¡Mami! ¡Mami! ¡Eres tú! —exclamo enloquecido.

—¡Pues claro, hijo! —responde—, ¿quién iba a ser?, ¿el hombre del saco? —añade entre risas.

No puedo dejar de tocarle la cara con las manos; luego empiezo a tocar mi rostro, mi pelo, mi... En fin, quería asegurarme de que seguía siendo un niño...

—«Tú» eres «tú» y estás en tu cuerpo y «yo» soy «yo» y estoy en el mío —le explico—. ¡La clave es la emoción! ¡He conseguido volver! ¡La clave es la emoción! La emoción amplificada proporciona la energía necesaria para plegar la malla espacio-tiempo y crear el agujero de gusano —suelto de carrerilla.

El nerviosismo me hace pegar un salto de la cama y ponerme en pie. Mamá se lleva un susto de muerte.

—Pero, ¿qué...? —pregunta desconcertada.

—¡Claro! ¡Estoy tonto! ¡Cómo no me he dado cuenta antes! El Legislador me lo había puesto delante de mis narices en el primer viaje cuántico: la glándula pineal permite nuestra línea directa con Él, y la glándula forma parte del ojo de Horus, que está representado por el sistema límbico en el cerebro, y el sistema límbico es el responsable de las emociones. Una emoción potente activa el ojo de Horus y abre el *portal*... La respuesta estaba ahí todo el tiempo y no la veía —divago mientras camino en círculos—. ¡Qué fuerte todo! ¡Qué fuerte! La emoción es la que permite abrir el túnel y establecer las coordenadas del viaje. La angustia por encontrar mi cuerpo fue la que inició la aventura; la emoción por volver a ver a mis padres fue la que me trajo de vuelta a casa... Esto ya ha ocurrido antes, está documentado: tenemos el ejemplo de Miguel Juan Pellicer y el milagro de Calanda... ¿Cuántos «milagros» habrán tenido lugar del mismo modo?

—Suso, hijo, ¿qué dices?, ¿has tenido alguna pesadilla?, ¿tienes fiebre? —dice mamá preocupada.

—¿Una pesadilla? No, mamá —respondo—. ¡Si solo hubiera sido eso! Creo que acabo de confirmar la teoría de Einstein-Rosen y también las hipótesis del doctor Jean Pierre Garnier Malet. Se puede plegar la malla, la energía necesaria está en la emoción y el acceso más sencillo al túnel del tiempo es a través de nuestros sueños. ¡Podemos hacerlo! Podemos viajar al futuro y adelantarnos a los planes de «las sombras» —susurro.

—¿Qué murmuras? —pregunta con cara de asombro—. No te entiendo. Estás delirando —concluye—. Voy a llamar al médico.

—No, mamá —la retengo—. Estoy bien, de verdad. Dame unos minutos para centrarme —le pido mientras respiro profundamente—. Solo necesito eso. No llames al médico ni al psicólogo.

Mamá me toca la frente con el dorso de la mano, frunce el ceño e inclina la cabeza hacia el lado derecho. Eso quiere decir que algo no va bien.

—Yo diría que tienes unas décimas de fiebre —comenta—. Mis manos gélidas no suelen engañarme. Te pondré el termómetro.

Mamá saca el termómetro del bolsillo de su bata. No necesita ir a buscarlo. Seguro que acaba de tomarse su propia temperatura. Es otra de las manías de mami: se monitoriza todas las mañanas para ver cómo funciona su metabolismo. Hubo una temporada en que no conseguía llegar a los treinta y seis grados Celsius y empezó a pensar que su tiroides no funcionaba bien. Estuvo unos meses tomando algunas de sus hierbas y ahora *su caldera* ha recuperado el equilibrio: treinta y seis grados con seis. Cuando alcanza los treinta y seis con ocho sabe que, o está ovulando o empiezan lo que ella llama sus *«happy days»*.

—No me equivocaba —añade confirmando sus sospechas—; tienes treinta y siete y medio. Nada preocupante, hijo. Pero eso explica que hayas estado inquieto esta noche y que te hayas despertado un tanto desorientado. Me parece que hoy, alguien, se va a quedar en casita. Ya iremos al cole el lunes, ¿de acuerdo? —me dice—. Empezasteis ayer el curso; no te preocupes, Suso, que no te perderás nada importante.

—Vale, mamá, lo que tú digas —respondo sin rechistar.

—¿Tan fácil? ¿Sin protestar? ¡A ver si voy a tener que preocuparme de verdad! —exclama—. Tú nunca quieres faltar al colegio.

—Hoy sí —contesto—. Llama a mi amigo *Rodri* para que le diga a la *profe* que estoy malito. —Y pregunto— ¿Está *papi*? Hoy es viernes, ¿no? Pero me ha aparecido oír voces en el salón…

—Sí, cariño —me explica mamá—. Papá está en el salón. Hoy hacían una pequeña obra en su oficina y les han dicho que podían teletrabajar desde casa. Pero no vayas ahora, que está en una videocon…

¡Tarde! No dejo a mamá acabar la frase. Antes de que termine la palabra «videoconferencia» yo ya estoy en el salón y me dirijo corriendo a abrazar a mi padre. Le agarro con tanta fuerza por el cuello que estoy a punto de estrangularle.

—¡Papi, papi! —exclamo con alegría— ¡Te quiero!

—Hijo, ¿qué te pasa?, ¿estás bien? —me pregunta asombrado—. Saluda si quieres. Te están viendo Pedro, Miguel, Alfonso y Ángel.

—¡No quiero!, solo quiero abrazarte —le digo estrujándole aún más—. Me he quedado pegado con Loctite y no te suelto, como haces tú con mamá.

En ese momento, escucho las carcajadas desde el otro lado de la pantalla. Los compañeros de *papi* no paran de reírse y empiezan a hacer comentarios.

—¡Qué suerte tienes, Vicente! —comenta uno de ellos—. Mi hijo ya no me deja acercarme a él ni con un palo. «Eso de abrazar es de bebés», dice mi Juanjo. ¡Qué cariñoso es tu Suso! —insiste—. Disfrútalo, que dura poco.

—¿Cariñoso, este? —contesta papi—. Si él también está ya en el mismo plan que tu Juanjo… Lo que no entiendo es qué le pasa hoy —añade intentando zafarse de mi llave.

Que se rían todo lo que quieran. Yo sigo aferrado a *papi* como un koala a su eucalipto. De aquí, no me mueve nadie… Pues sí, si me mueven. Mamá acaba de aparecer y me desengancha de mi presa al tiempo que pide disculpas a los compañeros de papá.

—Perdonen la intromisión, caballeros. Este niño está con fiebre y tiene pinta de haber tenido terribles pesadillas por la noche. Por eso está tan extrañamente cariñoso —explica.

—¿Veis como tenía razón? —dice mi padre—. Ya sabía yo que a mi hijo le pasaba algo. Un abrazo gratuito, así, sin más, de un preadolescente…

Papá continúa la reunión entre risas y bromas, mientras mamá me acompaña al baño. ¡Qué maravilla! ¡Todo me parece tan nuevo!

—Mamá, tenemos váter. ¡Qué bien! —exclamo complacido—. Me puedo sentar a hacer pis.

—¡Pues claro, como cada día! —responde con cara de incredulidad.

—Como cada día, no, mamá. Llevo siglos haciendo *pipí* y *popó* de mala manera... ¡Ay! ¡Papel higiénico! ¡Qué suavito! —grito encantado.

—Hijo, empiezo a pensar que no has tenido pesadillas sino auténticas alucinaciones. ¿Te ubicas? ¿Sabes dónde estás? —me pregunta con tono serio.

—Claro mamá, hoy tiene que ser 10 de septiembre de 2021 y de este grifo que voy a abrir debería salir agua calentita —añado—. ¡Ah! ¡Qué gustito! En Ateca, en el 1081, ha habido veces que he tenido que romper el hielo para lavarme en algún arroyo.

—Madre mía, ¡qué torrija mental tienes! —me dice—. ¿Ateca?, ¿el 1081?

—¿Torrija? Eso mismo, me dijo Andrés Torrejón cuando estuve en 1808 —le cuento con cierta melancolía.

—Suso, voy a llamar al trabajo. Pensaba ir a organizar el despacho y los exámenes para hacer el traspaso de documentación a mis compañeros, pero creo que lo dejaré para el lunes —dice—. Me tienes preocupada.

—¡Eso, eso! —exclamo—. Llama al trabajo y diles que no vas. ¡Qué se vayan haciendo a la idea de que dejas de dejar clase en la universidad! ¿O eso también lo he soñado, mamá? —pregunto.

—No, Suso. Eso no lo has soñado. Te lo conté ayer a la salida del colegio —me aclara—. Ni clases, ni pacientes durante un tiempo. Tú eres mi elección, ¿recuerdas?

—Sí, me acuerdo, mami. Habías decidido dejar tu trabajo para adoctrinarme a tiempo completo. ¡Qué *guay*! Así aprenderé mucho más rápido y estaré preparado para mis futuros viajes —añado.

—¡Ja, ja, ja, ja! —se ríe mamá a mandíbula batiente.

—Es genial que estéis en casa los dos, mamá. Hoy necesitaré toda vuestra atención. Tengo que contaros muchas cosas —le explico—. Debemos ponernos manos a la obra de inmediato. El tiempo pasa y cada segundo que no hacemos nada es un segundo que aprovechan «las sombras».

—Lo que tú digas —contesta mami dándome la razón como a los locos—. ¡Anda! ¡Vístete! Te espero en la cocina para desayunar.

—Mamá —le digo antes de que se marche—, no pierdas tiempo haciéndome tortitas. Con unas tostadas de tu *pan de paja*, será suficiente. Hay que ponerse manos a la obra ¡ya!

—¡Que no es *pan de paja*!, es pan integral rico en proteínas —protesta mamá mientras sale del baño.

—¡Que sí, que sí! —asiento—: pan de proteínas.

Me planto en la cocina como un rayo. Mientras mastico con desgana las tostadas, mi mente trabaja a mil por hora, viajando del presente al pasado y del pasado al presente. No puedo olvidar nada de lo que he vivido. ¿Por dónde empezar? ¡Claro! ¡La magia de la escritura! Debo registrarlo todo por escrito. ¡Madre mía! Ayer, día 9 de septiembre, acabé mi primer libro y hoy me veo obligado a comenzar a escribir el segundo.

—¡Mamá! —grito de repente—. Coge papel y *boli* y la grabadora del móvil. Tenemos que transcribirlo todo, ahora que todavía lo tengo fresco en la memoria —le pido.

Mamá cumple pacientemente con mis requerimientos y cuando tiene todo lo necesario, se sienta a la mesa para acompañarme mientras acabo de desayunar. Papi ha terminado su reunión y también se sienta con nosotros. Aprovecha para tomarse otro café y unos cuantos bizcochos de anís.

—Mamá, graba todo lo que cuente, ¿de acuerdo? Y, toma apuntes, *porfi*, como tú sabes —le suplico—. Nos ayudará a organizar la información.

Mamá y papá se miran extrañados y algo preocupados. Finalmente, mamá se encoge de hombros, levanta las cejas en señal de aceptación, enciende la grabadora del móvil y agarra un bolígrafo. Cuando veo que está preparada empiezo a hablar casi tan rápido como cuando recité el *Cantar de Mio Cid* en 1081. Sé que cuanto más tiempo tarde en descargar la información de mi cerebro, más detalles olvidaré.

Mamá se limita a copiar y copiar sin levantar los ojos del cuaderno. Papá está tan interesado en mis historias que no vuelve a su ordenador; saca unas pipas y unos dátiles del armario de la cocina y empieza a picotear mientras me escucha, como si estuviera en el cine.

Cuando termino de narrar mis aventuras es la una de la tarde. ¡He estado hablando cuatro horas del tirón!

—Necesito beber un poco de vino —digo—. Tengo la garganta seca.

—¿Cómo vino? —pregunta mamá espantada.

—Perdón, es la costumbre —me disculpo—. Llevo cinco meses bebiendo más vino que agua. Mamá, ¡dame agua, por favor!

—Aquí tienes, hijo —contesta mamá mientras me ofrece un vaso de agua.

—¿Y bien? ¿Qué os parece? ¿Qué opináis? —insisto.

—A ver, hijo. Yo entiendo que para ti todo esto sea muy real —contesta mamá—; pero como comprenderás, ¡es difícil de creer!

—¿Y tú, papá? —le pregunto esperanzado—. ¿Tampoco me crees?

—Yo te creo, quiero decir que me doy cuenta de que tú crees que esto es real. Pero… en fin, yo sé lo que sientes —me dice—. A veces, sueño que tengo pelo otra vez, ¡y voy al espejo tan ilusionado…! pero la realidad es que sigo siendo calvo. ¿Me entiendes?

—Os entiendo —respondo decepcionado—. Vais de «abiertos de miras» y a la hora de la verdad, no sois capaces de considerar la existencia de otras posibilidades. ¡Igualitos que Cristóbal Colón! ¡Me costó horrores convencerle!, pero me da igual. Sabía que no me creeríais, por lo que fui dejando un rastro de pruebas en el pasado para poder convenceros cuando regresara al presente —les anticipo—. Dejadme un ordenador: tengo que hacer una búsqueda.

—Toma, hijo —dice mamá, entregándome su portátil—. ¿Qué quieres *googlear*?

Escribo *Xpo Ferens* en el motor de búsqueda y presiono la pestaña «imágenes». En cuestión de segundos…

—¡Miradlo, aquí lo tenéis! —exclamo satisfecho—; la tercera imagen. Se trata de la doble firma de Cristóbal Colón, como *Xpo Ferens*, «El Elegido», y como «Almirante».

Suso usa la firma de Colón como prueba.

—¿En qué quieres que nos fijemos, hijo? —me pregunta mami observando con detenimiento.

—En la «s» del *Xpo Ferens*. Esa raya vertical en la «s» no tiene ningún sentido aparente, ¿verdad? No lo tiene porque es un mensaje solo para mí —explico—. Cristóbal me dijo que yo era realmente «el enviado de Cristo», no él. Me contó que cada vez que firmara de ese modo, estaría acordándose de mí y reconociendo mi participación en el descubrimiento. Añadiría esa línea que sale de la «s» y se pierde hacia arriba, refiriéndose a Suso, «el niño de las estrellas» que vino del cielo para ayudarle. ¡Está clarísimo!

—Tengo que reconocer que la historia está currada, hijo —añade papá asintiendo con la cabeza.

—¡Papá, que no me lo he *currao*, que es verdad! —protesto.

—Suso, te estás poniendo muy nervioso y eso no te viene bien para la fiebre —dice mamá mientras me acaricia una mejilla—. Necesitas descansar. Estás *hiperactivado*. Te prometo que seguiremos hablando del tema esta tarde —me asegura.

—De acuerdo, mamá —respondo con un suspiro de derrota.

Me resigno y decido hacer caso a mi madre. Me dejo conducir al sofá y me echo un rato a descansar. Mamá me tapa con una mantita y me coloca en la frente una toalla empapada en agua fría. Cierro los ojos y finjo que descanso. Realmente, me dedico a analizar la situación: está claro que he de abordar el tema desde otra perspectiva. Yo creía que la firma de Colón sería una prueba impactante, sin embargo no ha parecido impresionarles. Tengo que reflexionar con calma. En 1808 no me dio tiempo a dejar ningún rastro de miguitas de pan para buscarlo en el futuro; no puedo culpabilizarme, por aquel entonces era tan joven e inexperto en los viajes de tiempo... Aun así, se me ocurre que, si recreo mi paseo con Paula y examino la zona, tal vez, encuentre alguna prueba de mi presencia *allí* hace doscientos años. Si me tranquilizo y finjo estar *normal* podría conseguir que diésemos un paseo por el centro de Móstoles esta misma tarde.

La prueba de la cápsula del tiempo es mi baza más valiosa, pero podría haber desaparecido. ¿Y si la hubieran hallado los investigadores en las excavaciones? Entonces todo se habría acabado. ¿O no? Todavía me queda mi querido Álvar, mejor dicho, mi querido Paco. Debo tranquilizarme y urdir mi plan: lo principal es no faltar a mi cita con Paco el domingo en el bar de carretera. Tengo que jugar bien mis cartas para conseguir que mis padres me lleven allí.

* * *

Mi gozo en un pozo: cuando quiero abrir los ojos ya son las siete de la tarde. Papá y mamá están sentados a mi lado en el sofá, leyendo sendos libros. ¡Y yo que pretendía seguir con la investigación hoy mismo! Lo de hacer trabajo de campo por el centro de Móstoles hoy, ¡va a ser que no! ¿Cómo he podido quedarme dormido otra vez? ¡Estoy agotado! Me duelen los músculos y las articulaciones. ¿Tendré agujetas de los entrenamientos en Alcocer? No puede ser, este cuerpo no ha participado en mi aventura.

—Papá, ¿por qué no me habéis despertado antes? —le pregunto molesto—. Tengo muchas cosas importantes que hacer.

—Hijo, nada tan importante como recuperarte —me responde—. Además, hemos encendido la tele un rato y hemos estado charlando a tu lado y no te has despertado. Es evidente que tu cuerpo necesitaba descansar.

—Mamá. Me duele todo el cuerpo —me quejo.

—Eso es por la fiebre, Suso. Es normal —me explica mami—. Mañana estarás perfecto. Bebe agua, hijo, necesitas hidratarte. Ahora nos daremos una duchita. Y luego, ¡a cenar!, que no has comido nada desde el desayuno. Si mañana estás bien, haremos todo lo que se te ha quedado pendiente hoy, ¿vale?

—Trato hecho, mamá —respondo.

¿Será la fiebre una consecuencia del viaje en el tiempo? No estoy resfriado, no me duele la garganta, no tengo ningún síntoma gastrointestinal. Con toda la energía que generé para volver a casa es probable que parte de ella siga almacenada en mi cuerpo y por eso tenga las células *a la virulé*. Tengo que documentarlo todo, esto también, para tenerlo en cuenta en mis futuros saltos cuánticos.

Hablando de documentar. Hay algo que me ronda la mente pero el pensamiento no acaba de aflorar. Estaba dándole vueltas a algo justo antes de despertarme... ¿Qué era? «Venga, *mini Suso*, ayúdame...». ¡Lo tengo! ¡Claro que era importante! Explicaba lo que me pasó la noche que emprendí mis viajes en el tiempo: estaba convencido de que «las sombras» me habían sumido en la confusión haciendo desaparecer mi cuerpo. Ahora, sin embargo, he tenido un *darmecuenta*, uno de esos *momentos ajá*: las sombras no habían interceptado mi cuerpo. Cuando vi la imagen de mamá reflejada en el espejo en lugar de la mía, ya estaba soñando. Era el Legislador el que guiaba mis sueños: la angustia que me produjo mi primer sueño fue la que me hizo adentrarme más y más en el tiempo, viajando cada vez más lejos. Pero Él siempre estuvo guiando mis pasos. Me utilizó como instrumento para desbaratar los planes de «las sombras».

—¡Ya estás *en babia* otra vez! —exclama mamá—. ¡Venga! El padre y el hijo... desfilando los dos juntos a la ducha *ipso facto*. Nada de entretenerse hoy, Vicente, que no coja frío el niño... —advierte a papá.

—¡A sus órdenes, *Directora General*! —responde papá haciendo un saludo militar.

—Un segundo, un segundo, *mami*, que tengo que apuntar una cosa importante en el cuaderno —digo.

Procedo a anotar mis recién extraídas conclusiones: la fiebre como posible efecto secundario de los saltos cuánticos y la guía indudable del Legislador desde el momento cero.

—¡Ahora sí! ¡Listo! ¡Vamos *papi*! ¡Tengo tantas ganas de ducharme con agua calentita! —exclamo—. ¡Toma *ataque volador secreto*! ¡Tú la llevas!

—¡Ven aquí, enano! —contesta aceptando el desafío—. ¡Te vas a enterar!

—¡Vaya dos! —se lamenta mamá—. ¿Qué he hecho yo para merecer esto, Señor? ¡Me van a quitar la vida! ¡De la vida me van a quitar! Luego, me tocará recoger agua hasta la misma puerta del baño ¡Gamberros! —grita.

¡Qué risa! Lo hemos pasado fenomenal en el baño. Como estábamos jugando todo el rato en la ducha, *papi* se ha despistado y, huyendo de mi *ataque volador*, ha intentado salir con la mampara cerrada. El golpe ha sido descomunal. Hasta ha sacado la puerta del carril. Menos mal que tenía arreglo. Si no, *mami* se lo come. ¡Otra vez está con un chichón en la frente! ¡Dios mío! Me duele la tripa de tanto reírme. ¡Cuánto he echado de menos estos momentos!

—Ven aquí, zángano —dice mamá dirigiéndose a mi padre—. ¡Ya sabía yo que alguna teníais que liar! Siéntate que te dé la crema con árnica. La uso más contigo que con Suso... —le regaña.

—¡Cúrame!, ¡cúrame!, que estoy malito... —lloriquea papi en plan *moñas*.

—Pero ¿qué te he dicho antes de entrar a la ducha? —le pregunta mamá indignada.

—Que me asegurase de que al niño no le pasara nada —responde sumiso—, y he cumplido; el niño está bien —afirma—. ¡Mira qué feliz está!

—¡Ja, ja, ja, ja! *Papi*, ¡para ya! —le imploro—, ¡que mañana voy a tener agujetas en los abdominales de tanto reír!

Mamá me ha preparado una riquísima tortilla con tres yemas y dos claras de huevo «para mejorar la proporción grasa/proteína de la mezcla», dice ella. Papá la ha enriquecido con unos taquitos recién cortados de nuestro jamón, *jamoncitos*. ¡Qué afortunado soy! Me siento como un marqués: tantos meses teniendo que ganarme el pan... Ahora, se me hace raro que me den de comer sin haber hecho nada más que *existir*.

No hay nada que ver en la tele, por lo que acabamos poniendo la *peli Las dos torres*. Nos encanta la batalla del abismo de Helm. *Papi* dice que tiene algunas de las mejores escenas bélicas de la historia del cine. La hemos visto tantas veces que nos sabemos los diálogos de memoria, pero da igual, así participamos de la historia como si estuviéramos formando parte de ella.

¡Qué retorno a casa más estupendo! Ha merecido la pena mi esfuerzo para recuperar mi cuerpo y regresar. Y, sobre todo, me doy cuenta de que merecerá la pena luchar en el futuro por proteger todo esto que tenemos, todo esto que damos por hecho. Desvío los ojos de la pantalla de la televisión para mirar a mis padres. Doy la orden a mis ojos y a mi cerebro de fotografiar el momento. Almaceno con todo mi cariño la imagen en mis archivos cerebrales. Es lo último que hago. No llego a acabar de ver el final de la batalla.

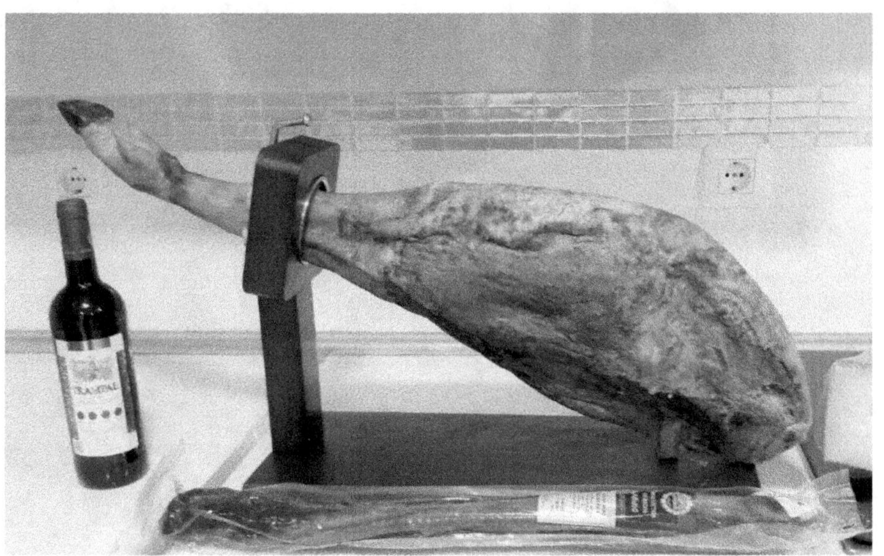

«Jamoncitos» (imagen propia)

EL RASTRO DE MIGAS DE PAN

—¡Mamá, mamá! —grito nervioso saltando sobre la cama de mis padres—. ¡Ya es de día! ¡Déjame el termómetro! Me encuentro mucho mejor y me prometiste ayer que haríamos todas las cosas que habíamos dejado pendientes.

—Hijo, ¿en serio? —me pregunta con voz somnolienta—. Son las ocho de la mañana y es sábado. Déjame al menos media hora más. Vete a buscar a tu padre, que es el que madruga. Estará jugando al ordenador en el salón.

—¡No, mamá! —protesto—. Hay que ponerse en marcha. ¡Vamos! ¡Levántate!

—Vas a empezar a caerme mal como sigas así —me dice mientras se tapa la cabeza con las sábanas—. A tu madre, lo que quieras, pero quitarle horas de sueño ¡no!; *caca*, hijo, *caca*.

—*Porfi* —le imploro—. Abre los ojos, mírame. Te estoy poniendo «cara de gatito con botas», como el de la *peli* de *Shrek*.

—¡Pero qué bobo eres! —me dice riendo—. ¡Vooooy!

—¡Genial! —celebro—. Dame el termómetro.

—Toma, *pesao* —contesta.

Pipipipí, pipipipí. En pocos segundos, *e*l termómetro ha dado su veredicto.

—¡Olé, olé, olé! —exclamo—. ¡Lo sabía! Todo perfecto: treinta y seis grados con seis décimas. Estoy como un roble, mi cuerpo es un templo. ¡Vamos de paseo!

—Un templo... —repite mami—. ¡Estás fatal de la cabeza! A ver, ¿dónde quieres ir, Suso? —me pregunta.

—Quiero pasear por el centro de Móstoles, mamá —le pido.

—Ya te veo venir. Te conozco bacalao, aunque vengas *disfrazao* —contesta—. Vamos a buscar pruebas, ¿no?

—*Sip* —respondo—. Con un matiz: no solo vamos a buscarlas, estoy seguro de que vamos a encontrarlas.

Me noto a *tope de power*. El descanso de ayer me ha sentado fenomenal. Estoy convencido de que hoy demostraré a mis padres que mis viajes en el tiempo han sido reales.

Antes de las diez de la mañana estamos saliendo por la puerta. Por mí, habríamos salido antes, pero mamá es incapaz de salir de casa sin dejarla recogida. Lo aprendió de la abuela Azucena: ¿qué impresión se llevaría alguien que entrase en casa y lo encontrara todo revuelto? Y yo pienso: «Claro, claro, hay que tener un poco de consideración con los ladrones, que llevan una vida muy dura y peligrosa. Por lo menos que roben en unas condiciones mínimas de orden e higiene». Muy lógico todo.

Lo importante es que ya estamos en marcha. *Papi* ha protestado un poco: salir pronto significa que hay mucho más tiempo para andar y sus pies planos no están diseñados para recorrer largas distancias. Mamá le ha engañado un poco diciéndole que vamos a comprar patatas fritas y cortezas a una tiendecita que hay cerca del Ayuntamiento. La perspectiva de la recompensa amortigua un poquito su disgusto.

He planificado la ruta mentalmente: nos dirigiremos al centro de Móstoles pasando por debajo de las vías del tren a través del *agujero*, un pequeño túnel peatonal que está justo antes de llegar a la Avenida de Portugal. Después cruzaremos la Avenida de Portugal por el paso de peatones y en apenas cinco minutos estaremos en la casa de Andrés Torrejón. Observaré con detenimiento toda la zona y reproduciré mis pasos desde que desperté tras la coz de la Paquita. Además, buscaré todas las pistas y monumentos relacionados con el

2 de mayo: la placa-homenaje a Villamil, el monumento a Andrés Torrejón de la plaza del Pradillo, el dedicado a Simón Hernández, la estatua ecuestre de Pedro Serrano, *el Postillón andaluz*... Lo tengo todo pensado: como ahí papá ya estará cansado e irá quejándose, nos sentaremos a tomar el aperitivo en el bar *La Flecha*, que está justo al lado.

El plan se ejecuta según lo previsto. Hago fotos, repaso fechas, incluso tomo notas de las leyendas en los monumentos, pero nada ayuda a demostrar que yo estuve en el Móstoles de 1808. Ya estamos sentados tomando el aperitivo y aún no tengo ninguna prueba. Siento tal decepción que no puedo evitar que se me escapen un par de lágrimas.

—¡Suso, no puede ser! —exclama mami—. ¿Estás llorando? —me pregunta—. Ha sido una mañana preciosa, hemos aprendido muchas cosas interesantes, es sábado, hace buen tiempo y estamos juntos. ¿Qué te pasa?

—Mamá —respondo disgustado—, estaba convencido de que encontraría pruebas irrefutables de mi viaje. No soy ningún loco, no me lo estoy inventando.

—Hijo, nadie ha dicho eso —me dice mami con cariño—. Vicente, *esposo mío*, ayúdame con el niño, por favor —le pide a papi—. Deja el pincho de tortilla y di algo.

—Hombre, yo creo que habéis pasado por alto algo muy importante —añade papá sin dejar de masticar—. Como íbamos por la otra acera, he pensado que no queríais verlo.

—¿El qué papá? —pregunto esperanzado.

—La Casa Museo de la Ciudad de Móstoles, con la maqueta del Móstoles de 1808 y el *Bando de los Alcaldes* —contesta.

—¡Claro! ¡El museo! Pero, ¿por qué no has dicho nada, *papi*? —le pregunto dando un golpe sobre la mesa.

—Es que ya estábamos tan cerquita de la tienda de las patatas fritas... Si os lo hubiera recordado, habríais querido entrar y yo quería mis cortezas —confiesa un poco avergonzado.

—Papá, eres un estómago con patas, de verdad, pero al mismo tiempo eres un genio. ¡Gracias! —le digo mientras lo abrazo—. Daos prisa, tenemos que volver a la calle de Andrés Torrejón antes de que cierren el museo. Coge el pincho de tortilla y lo engulles de camino.

—Temía que dirías eso —responde—. ¡Vaya por Dios! ¿Para qué habré abierto la boca? —se queja.

Es casi la una de la tarde cuando llegamos al museo. Cierran a las dos, ¡menos mal! ¡Justo a tiempo!

Me emociono al ver la enorme maqueta con sus doscientas setenta casas. La recreación del pueblo es perfecta. Es tal como lo recordaba: me sitúo rápidamente localizando la casa de Andrés, la iglesia de Nuestra Señora de la Asunción y la ermita de Nuestra Señora de los Santos. Les enseño a mis padres la casa de mis *padres postizos* de 1808, Miguel y Luisa, la *del* Daniel, la de Juan Pérez Villamil, la antigua fuente de «los pilares del concejo», el arroyo que pasaba por el Pradillo, también les señalo dónde estaba el Hospital de pobres de don Romualdo Marcos, los olivares y las huertas.

Me escuchan con atención, pero no hay nada de lo que les cuento que pueda demostrar que mi historia no es solo el resultado de una imaginación desbocada.

—Bueno, Suso, creo que deberíamos ir pensando en irnos —sugiere mamá—. Están a punto de cerrar. ¿Te apetece que vayamos a ver el *Bando de la Independencia* antes de marcharnos? ¿Nos lo lees tú?

—De acuerdo, mamá —respondo cabizbajo.

Mi fracaso me ha dejado chafado. Al menos, leer el *Bando de los Alcaldes* me dará energías y me llenará de emoción. Siempre lo hace...

—Ahí está la vitrina, Suso. ¡Ven, corre! —exclama mamá.

Enseguida me doy cuenta de que algo ha cambiado con respecto a la última vez que estuvimos aquí.

—Papá, mamá —les advierto—. ¡Aquí está pasando algo raro!

—¿Qué ocurre hijo? —pregunta papá.

—Papá, hay dos hojas —comento—. Antes solo había una.

—Déjame ver —dice mientras se acerca—. Es verdad... La de la derecha no estaba las otras veces. Pero, ¿qué...?

—¿Qué pasa, Vicente? —le interrumpe mamá—. ¿Qué es? ¿Qué dice?

—No es lo que dice, mujer, sino cómo lo dice. ¡Acércate! ¡Mira la letra... mira...! —añade impactado.

—¡No puede ser! ¡Imposible! —grita mamá sin poder contenerse—. Esas «r» tan historiadas, la «o» con su exagerada visera, las «s», escritas cada vez de una manera, la letra «i» con un círculo encima en lugar del punto. ¡No hay duda! ¡Es la letra de Suso! —concluye mami conmocionada.

—Sí... ¡Eso es! ¡Es mi nota! —afirmo con voz triunfal—; es parte de lo que escribí cuando intentaba demostrarle a Paula que sabía escribir. Alguien ha seleccionado solo la parte en la que proponía el «bando corto» y la ha conservado junto al bando original de los alcaldes. Dice: «La Patria está en peligro, Madrid perece víctima de la perfidia francesa; españoles: acudid a salvarla» —les leo en voz alta.

Papá y mamá no salen de su asombro. Deciden hacer una foto de los documentos para estudiarlos en casa con más detenimiento.

—Tenemos que preguntarle al encargado del museo. Él sabrá decirnos de dónde ha salido este otro documento —propone mamá.

—Sí, mamá. ¡Pregúntale, pregúntale! —le ruego.

Buscamos con la vista al encargado. Está en la zona de la maqueta, mostrándosela a una familia que acaba de entrar. Esperamos pacientemente a que termine la explicación y entonces mamá se acerca a preguntarle.

—Disculpe, caballero —le saluda.

—Dígame, señora —responde el hombre.

Mamá le enseña la foto que acaba de hacer de la vitrina.

—Nos gustaría saber desde cuándo lleva este segundo documento junto al bando original. ¿Es algún hallazgo nuevo? —pregunta.

—En absoluto, señores. Ambos documentos se encontraron a la vez. Los dos papeles tienen la misma procedencia y están datados en la misma fecha. Siempre han estado expuestos juntos, desde que se abrió el museo en 2008 —explica el encargado.

—Debe tratarse de algún error —insiste mamá—. Nosotros hemos venido muchas veces al museo y nunca habíamos...

El encargado no deja a mamá terminar la frase. Se ve que tiene prisa por cerrar y marcharse a comer.

—Pues no se habrán fijado bien —contesta de manera tajante.

Papá agarra a mamá del brazo y le hace una señal con la cabeza para que deje de insistir y nos marchemos. En cuanto estamos fuera, me pongo a dar botes y a pegar saltos de ardilla alrededor de mis padres.

—¡Tenía razón! ¡Tenía razón! He encontrado la prueba que necesitaba. ¡Oeeee, oe, oe, oe, oeee, oeeee! —canturreo—. ¿Me creéis ahora?

—Hijo... yo, no sé, tengo la piel de gallina —balbucea mami—. Ahora mismo no sé qué pensar. Tengo como... miedo. Estoy *en shock*. Tiene que haber alguna otra explicación.

—Volvamos a casa, familia. Allí hablaremos más tranquilos —propone papi.

—Vale, *papi*. Pero no os acomodéis mucho esta tarde —les advierto—. Mañana salimos de viaje.

—¿Qué quieres decir, Suso? —pregunta mamá.

—*Papi*, ¿qué te parecería estar mañana a eso de la una en tu bar de carretera favorito degustando una deliciosa longaniza y unos torreznos de Soria? —le propongo.

—Estoy salivando solo de pensarlo. ¡Aceptamos barco! Elena, ¿algo que objetar? —pregunta papá a mamá.

—Nada que objetar, Vicente —le responde—. Esto hay que aclararlo de inmediato. Me imagino que con este viaje pretendes buscar pruebas de tu destierro con el Cid, ¿verdad hijo? —añade mamá dirigiéndose a mí.

—Verdad, *mami* —contesto.

La familia Romeo Benito mañana mismo emprenderá un viaje sin vuelta atrás. Lo que les mostraré a mis padres cambiará totalmente su percepción de la realidad. Ahora mismo, están muy impresionados por haber encontrado mi inconfundible letra en el *bando abreviado* de la Independencia, pero conozco a mamá: sigue convencida de que hallará una explicación racional que esclarezca lo que ha sucedido hoy. Mañana le recordaré que fue ella quien me habló de la teoría de los dobles cuánticos, la existencia de los agujeros de gusano y la posibilidad de viajar en el tiempo. Tendrá que aceptar, que ya no son solo teorías sino hechos constatados.

No veo la hora de encontrarme con Paco. ¿Cómo será físicamente? ¿Nos reconoceremos? Estoy seguro de que sí: en el instante que cruce mi mirada con la suya sabré que tengo delante a mi querido amigo.

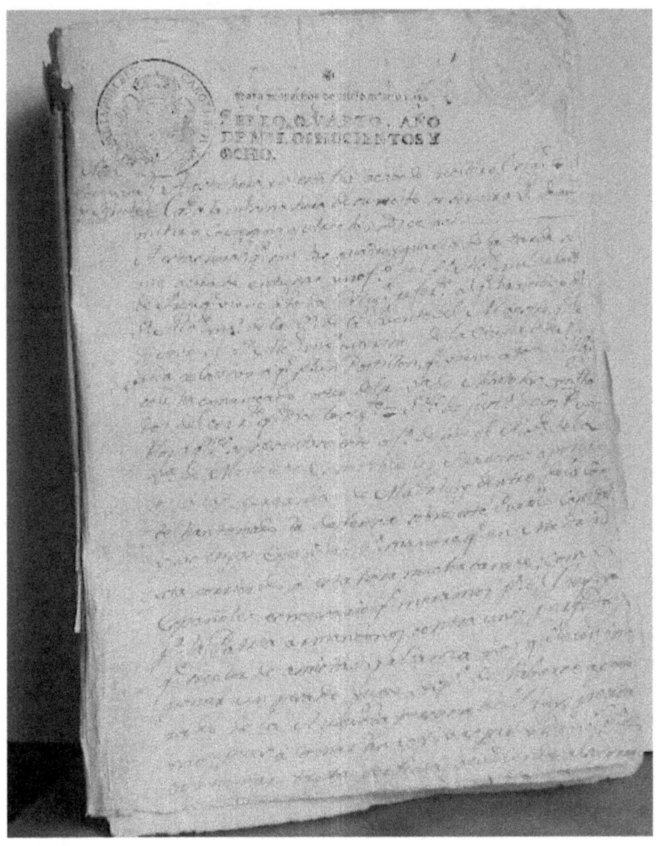

Bando de la Independencia

LAS HUELLAS DEL CID

—Mamá, no te olvides de coger el cuaderno con los apuntes que tomaste ayer. Quiero ir revisándolo en el coche —le digo mientras me ato los cordones de las zapatillas.

—Vale —responde—, pero tú no te olvides de preparar...

—¡Lo sé! —la interrumpo—. La bolsa con bebida y chuches para papá, para que no se ponga nervioso en caso de que haya algún imprevisto. ¿Papá de qué se encarga? —pregunto.

—Déjale, ahora está muy concentrado —bromea mami—. Está en medio de alguna batalla clave de la Segunda Guerra Mundial. Estará dándoles órdenes a sus hombres para que continúen el avance durante su ausencia... ¿*Call of Duty*, amor? —le pregunta.

—¡Qué graciosilla eres! —responde él cerrando la pantalla de su portátil—. Pues sí, *Call of Duty*. Me estaba relajando antes del viaje. Así me concentraré mucho mejor en la conducción. ¿O es que hoy te apetece conducir a ti, *patas largas*? —le pregunta con retintín.

—Prefiero perderme en mis pensamientos y *difusear* un rato. Ya sabes que el movimiento del coche activa mis estados creativos —le explica mamá—. Hoy conduces tú.

—Sí, papá, mejor conduces tú —propongo—, así puedo ir completando con mamá todo lo que apuntó ayer.

—¡Vale, lo sabía! —responde papá—. Pero me parece una irresponsabilidad por vuestra parte hacer conducir siempre al miembro de la familia que peor *psicomotricidad* tiene —expone.

—No me lo recuerdes, Vicen —dice mamá—. ¡Por Dios te lo pido! Concéntrate y que no se te resbale la mano del volante ni de la palanca de cambios —añade regañándole con el dedo índice.

—Papá, ¿en serio? ¿Se te *caen* las manos conduciendo? —le pregunto asombrado.

—Es que a veces me relajo mucho —se excusa—, pero lo tengo todo controlado. Reacciono enseguida cuando me pasa. Gracias a los videojuegos tengo reflejos de *ninja* —asegura.

—¿De *ninja*? Más bien reflejos de *Kung Fu Panda* —digo entre risas.

—¡Muy bueno, hijo! —exclama mami riendo—. Le pega mogollón.

—Ríete, ríete, pequeñajo —me amenaza papá—. Ya veremos cuando crezcas si te pareces a *Kung Fu Panda* o a *patas largas...* El que ríe el último, ríe mejor.

—No te enfades, *papi.* ¡Venga! Apaga las luces y salgamos de casa —le pido.

Ya vamos de camino. Estoy revisando las notas de mamá. Cogió más de cuarenta hojas de apuntes mientras me escuchaba ayer. Incluso escribiendo a gran velocidad, su letra sigue siendo perfecta. ¡*Times New Roman* la llaman en la universidad! ¡Que sí!, ¡que sí! El mote se lo puso su amiga y compañera Sofía. No exagero en absoluto. Mamá trabaja mucho con mapas mentales para sus alumnos. Suele hacerlos a mano, con muchos colorines y dibujos; después los escanea para tenerlos en el ordenador en PDF o poderlos incluir en sus presentaciones de *PowerPoint.* Cuando abre el archivo y el ordenador detecta su letra, se vuelve loco intentando identificar la fuente porque se piensa que es una de sus letras predeterminadas. ¡Así de cuadriculada es mi madre!

A mí me encanta su manera de escribir. De hecho, mi letra tiene un toque personal pero se parece mucho a la de *mami.* Yo todavía soy incapaz de coger apuntes como los suyos, pero poco a poco voy mejorando. Además, deja unos espacios generosos en los márgenes y en la parte inferior de las páginas. Eso le permite ir destacando las *palabras clave* y hacer pequeños resúmenes de cada hoja. Hoy estoy aprovechando esos huecos en sus anotaciones para añadir aclaraciones y algunos detalles adicionales que no quiero olvidar.

—Toma, hijo —me ofrece mamá—; unos *bolis* de colores, para que lo que añadas se vea mucho más claro.

—Gracias *mami*. ¡Estás en todo! —contesto.

Apenas he revisado y completado diez hojas de apuntes cuando…

—¡Oeee, oe, oe, oeeee! —canta papá victorioso.

—Papá, ¿ya estamos? —pregunto desorientado—. ¿Ya huele a longaniza?

—¿Oler? Ya la estoy saboreando —responde.

—Se me ha pasado el rato volando, mamá. No me he dado cuenta ni de que estábamos aparcando —comento mirando por la ventana.

—Pues ya ves, hace una hora y media que salimos —añade mientras abre la puerta del coche.

—¿Qué hora es, papá? —pregunto.

—La una menos cuarto, Suso —me responde.

—Bien, hemos llegado antes de tiempo —contesto complacido.

—¿Antes de tiempo, hijo? —dice un tanto extrañado.

—Nada, nada, papá. Cosas mías —explico—. Había calculado que llegaríamos en torno a la una, como siempre. ¡Vayamos a por esa longaniza!

Estoy emocionado y también muy nervioso. Seguimos el protocolo habitual en el restaurante. Entramos los tres al baño a lavarnos las manos y después, papá se va a la barra a pedir, mamá se escapa a examinar la vitrina de los cuchillos y navajas, y yo elijo mesa y me siento a esperarles.

El corazón me late a mil. Tengo la impresión de que se me va a salir del pecho. No puedo dejar de mirar el enorme reloj que hay detrás de la barra. Ya son menos cinco y solo hay un par de mesas ocupadas en el salón. Son otras dos familias, como nosotros. Ni rastro de Paco. Mis piernas no paran de moverse bajo la mesa, como si tuviera el baile de San Vito. Por primera vez se me ocurre que podría ser que Paco no apareciese. ¿Y si ha sido incapaz de recordar su sueño al despertar? —pienso—. A veces, sucede. Si uno no pasa a la acción con rapidez y hace el esfuerzo de recordar, todo se desvanece en la memoria. O a lo mejor, le ha pasado algo a lo largo de este tiempo. Él llevará esperando casi un año a que yo despierte de mi sueño.

Me inclino un poco en el asiento para buscar a papá con la mirada: se ha escondido detrás del expositor de las mieles y chocolates y le he perdido de vista por un instante. Al hacerlo, me doy cuenta de que hay una persona que no había visto. Una de las columnas del local lo tapaba por completo. Es un chaval alto y delgado, moreno y con el pelo rizado. Está de espaldas, no le puedo ver la cara. Intento comunicarme con él mentalmente: «date la vuelta, chaval, date la vuelta».

Como si me hubiera escuchado, por arte de magia, se gira y no hacia cualquier lado: se gira directamente hacia mí. Nuestras miradas se encuentran de inmediato. El muchacho empieza a sonreír. No tengo ninguna duda: mi alma reconoce a la suya. Echo a correr hacia él y le abrazo por la cintura.

—¿Eres tú? ¿De verdad eres tú? —pregunto conociendo de antemano la respuesta.

—Suso, colega. ¡Soy yo! ¡Tu Álvar! Bueno, ahora tu Paco…

Empiezo a llorar como un bebé. No quiero soltarle. Escondo la cara en su pecho para intentar ocultar mi llanto pero es imposible. Estoy hipando sin consuelo.

—Tranquilízate, amigo mío —me dice—. Todo está bien. Estamos aquí según lo previsto. Esta gente del bar se va a pensar que te he hecho algo. Mírame, *alelao…* —me ordena.

La palabra «*alelao*», con la que Álvar me sacaba de mis trances en 1081 me trae a la mente todos los buenos momentos y las risas que nos echamos en el campamento. De repente, el llanto desaparece y empiezo a sonreír. Despego la cara del pecho de Paco justo a tiempo para contemplar a mis padres acercándose a nosotros. Han detectado mi ausencia en el salón y se han preocupado. Mi madre interviene de inmediato.

—¡Hijo! ¿Qué te pasa? ¿Por qué lloras? —pregunta impresionada—. ¿Te ha hecho algo este señor?

—No, no pasa nada. ¡Tranquilos! No montéis un circo aquí en la barra. Vayamos todos a la mesa —propongo—. La de la esquina es la nuestra, he dejado allí mis cosas.

Mis padres nos siguen sin rechistar. Paco y yo vamos delante. Le llevo agarrado del brazo. No puedo soltarle. Es como si temiese que fuese a esfumarse en cualquier instante.

Cuando nos hallamos a una distancia prudencial del resto de la gente, me decido a hablar:

—Papá, mamá, este es Paco, o dicho de otro modo, tenéis delante al mismísimo Álvar Fáñez —expongo con orgullo.

Paco se inclina hacia delante como si fuera a hacer una reverencia. Le pego un codazo. Se ve que todavía no ha dejado atrás los modales del siglo XI. Mis padres se desploman sobre sus sillas. Creo que es la primera vez que dejo a mis padres sin palabras. Ninguno de los dos se decide a intervenir. Se miran entre ellos. Examinan a Paco. Me miran a mí otra vez. Finalmente, es Paco el que tiene que romper el hielo.

—Vicente, Elena —dice Paco—. Soy un buen amigo de Suso. Ustedes no me conocen a mí, pero yo sí a ustedes. Les conozco a través de los ojos de su hijo. En el tiempo que pasamos juntos, él me lo contó todo sobre su familia: su querida *cigüeña patas largas*, su admirado *oso panda*, sus abuelos Vicente, María Luz, Azucena y Jorge... Hasta conozco las historias del gato Leo, el caracol Imanol y la salamanquesa Teresa.

Mamá por fin se decide a preguntar:

—¿El tiempo que pasasteis juntos? ¿Qué tiempo? —le interroga—. Yo vigilo a Suso muy de cerca. ¿En qué momento ha pasado usted tiempo con mi hijo?

—Diré yo lo que todos sabemos ya. No me importa quedar como el loco de la mesa —explica Paco—. Lo que Suso les ha contado es la verdad: su hijo y yo pasamos casi cuatro meses juntos acompañando al Cid en su primer destierro. Coincidimos viajando en el tiempo, en el año 1081. Allí, su hijo Suso era Santiago, el hijo de Muño Gustioz, fiel siervo de Rodrigo Díaz de Vivar. Yo tuve el honor de ser Álvar Fáñez, primo y principal lugarteniente del Cid Campeador.

—¡No puede ser! —exclama mamá tapándose la cara con las manos.

—Mamá, papá. ¡Tenéis que creernos! —les suplico—. ¿No tuvisteis suficiente con lo de ayer? Ahora, Paco está aquí. ¿Qué más pruebas necesitáis? Mamá, tú misma lo has dicho: yo, en mi vida *de aquí*, nunca he tenido la oportunidad de conocer a este chico. Estoy todo el tiempo con vosotros, no tengo teléfono ni correo electrónico. ¿Cómo íbamos a conocernos si no?

—¿Qué os pasó ayer? —pregunta Paco cambiando de tema.

—Que encontré huellas en el presente de mi estancia en el pasado. Luego te lo cuento con calma. Fue *flipante, tío* —añado—. Se me pone la piel de gallina al acordarme.

—A mí también, hijo, a mí también —asegura mamá—. Pero aun así, necesitamos unos minutos, Suso. Entiéndelo. Esto sobrepasa cualquier experiencia que hayamos vivido.

De repente, papá toma las riendas de la situación y se centra en lo realmente importante.

—A ver —dice—. Esta longaniza y estos torreznos se están enfriando. Paco, ¿tú qué tomas? —le pregunta con naturalidad.

Paco no puede salir de su asombro. Mi padre es único. El ambiente se cortaba con un cuchillo y de repente papá, lo ha cortado del todo. ¡Vaya si lo ha cortado! Paco contesta con una enorme sonrisa.

—Lo mismo que tomes tú, Vicente —responde.

—Pues, ¡marchando un agua, un bocadillo de longaniza y un torrezno de Soria para este chaval! —exclama papi—. Voy a la barra.

Mamá no puede dejar de observar a Paco. Tampoco me dececiona.

—Tienes pinta de ser buena persona —le dice mamá a Paco—. Tu energía es muy dulce.

—¿Ves, Paco? —le comento—. ¿Tenía razón o no cuando te hablaba de mis padres?

—¿A qué te refieres exactamente? —pregunta Paco—. ¿A lo de que estaban locos?

—No, bobo, pero no les cuentes eso —le regaño intentando taparle la boca.

—¡Ah! Perdón —añade, zafándose de mi intento de censura—. Te referías a lo de las piernas largas y desproporcionadas de tu madre.

—¡No! ¡Eso tampoco! —exclamo—. ¿Serás chivato?

—¡Ya sé! Te referías a… ¿sus recetas milagrosas y sus habilidades de bruja? —bromea Paco.

—Pero, Suso —interviene mamá—, ¿qué le has contado de nosotros a este muchacho?

—Por cierto, mi amigo tiene razón —dice Paco—. Vaya *zancos* tienes. ¿Cuánto mides? —le pregunta a mami.

—Tampoco tanto… no llego al metro ochenta —contesta mamá.

—¡Paco! Me estás dejando fatal —lo reprendo—. Me refería a lo de que…

—Suso sabe que tiene a los mejores padres del mundo —me interrumpe Paco—. No paraba de hablarme de vosotros. Os ha echado muchísimo de menos.

—¡Gracias! ¡Por fin! —exclamo aliviado—. ¡Te ha costado! ¡Gamberro!

—Yo creo que te has quedado corto, Suso, te has quedado corto… —añade Paco.

Papá regresa con la comanda. El ambiente se ha suavizado por fin. Charlamos un poco de todo mientras almorzamos. Mamá le hace la ficha a Paco sobre su vida actual: a qué se dedica, de dónde es su familia, si tiene novia. Salgo en defensa de mi amigo para intentar detener el interrogatorio.

—Mamá déjalo ya —le pido—. Le estás acribillando a preguntas. Tenemos todo el día por delante.

—Es verdad, tienes razón —se disculpa mamá—. Perdóname Paco. La curiosidad me puede y como tú sabes todo sobre nosotros, quería ponerme al día con tu vida.

—No pasa nada —contesta Paco—. Lo entiendo. Si yo tuviera un hijo, también querría saberlo todo sobre su mejor amigo.

Ha dicho «su mejor amigo». ¡Suena tan bien! La verdad es que yo siento lo mismo hacia él. Por supuesto que sigo queriendo un montón a Rubén, Rodri y Lucas, mi *chupipandi*, pero ahora comparto algo muy especial con Paco. Lo que hemos vivido juntos le sitúa en el *top 1* de «mejores amigos».

—Bueno —dice papá—, alguien le tiene que poner el cascabel al gato. Vayamos al grano. ¿Cuál es vuestro plan? Está claro que habéis quedado aquí para dar el golpe de efecto final. ¿Qué hacemos ahora?

—Iremos a Alcocer —explica Paco—. Os lo contaremos todo sobre el terreno. Las ruinas servirán de ancla para nuestras memorias. Estoy seguro de que allí seremos capaces de reconstruir la historia con pelos y señales. Sé que es vuestra tierra, que sois maños, Suso me contó que ya habíais estado en las ruinas de Alcocer y Torrecid, pero yo no... en este siglo, quiero decir...

—Pongámonos en marcha, pues —responde papá.

—Paco, ¿has venido en coche? —le pregunto.

—Claro. Lo tengo aparcado justo a la puerta —contesta.

—Mamá, ¿puedo ir con Paco en su coche? —le pido con gesto suplicante.

—Ya sabes la respuesta... —añade de inmediato.

La respuesta es «no». Lo entiendo: por muy buena persona que parezca, para ellos, Paco es todavía un desconocido.

—Pero si quiere, Paco puede venir con nosotros —ofrece mami—. *Popi* es muy grande.

—¿*Popi*? Eso no me lo has contado, Suso. ¿Quién es *Popi*? —dice Paco.

—*Popi* es el Opel Insignia de mamá —agrego—. Es como un tanque... Ya sabes, mis padres tienen la manía de bautizarlo todo.

—¡Eso sí me lo habías contado! —exclama mi amigo—. Por supuesto que me apunto a ir de polizón en vuestro tanque. Dadme un momento que coja una cosa del coche.

Paco se dirige al maletero de su coche y regresa con una enorme maleta tipo *trolley*.

—Paco, ¿pensabas hacer noche en Calatayud? —le pregunto—. Nosotros no hemos traído equipaje.

—¡No sabía! —dice—; y como no lo tenía claro, me he traído la maleta. No os importa que la lleve conmigo, ¿verdad? Tengo el ordenador dentro y no me gustaría dejarla en el coche.

—Sin problema —consiente papá—. Caben cinco como esa en nuestro enorme maletero.

Ya estamos en marcha. En menos de una hora llegaremos a Ateca y, desde ahí, en cuestión de minutos, pisaremos las tierras que tan bien conocemos Paco y yo. Revisamos las notas de mamá juntos. Paco me cuenta que él también ha pasado al ordenador todos los datos que recordó al despertarse. Dice que todavía hoy sigue añadiendo detalles nuevos. Una pista en el entorno y, ¡zas!, una anécdota olvidada de repente vuelve a cobrar vida en su memoria. Estamos tan absortos en la lectura que no nos damos cuenta de que hemos dejado la A-2.

—¿Qué pasa ahí detrás? ¿Acaso estáis dormidos? —pregunta papá reclamando nuestra atención—. Estamos a punto de llegar.

Paco y yo dejamos los apuntes y prestamos atención al paisaje. Para llegar a los restos del castillo de Alcocer hay que coger la carretera que va de Ateca a Terrer. Unos dos o tres kilómetros después de dejar Ateca nos acercamos a un pinar. Un poco antes de internarnos en la zona de árboles, sale a la izquierda una pista sin señalización alguna que tras un kilómetro aproximadamente lleva a una zona donde hay una placa dedicada al Cid y a Alcocer. En ese punto hay indicaciones de que, tras unos cien metros a pie, se llega a las ruinas del castillo.

—¡Venga equipo! —anima mamá—. Todos fuera del coche. Caminemos lo que nos queda. Alcocer está aquí mismo.

Yo ya sabía lo que me iba a encontrar. Había estado antes… pero Paco… Para él el espectáculo es desolador. Los restos del castillo se limitan al basamento de sus muros de cuarenta centímetros de altura. También se dibujan restos de alguna habitación, de dos silos y un torreón de planta semicircular levantado sobre la roca. Por último, se conserva un gran farallón moldeado de manera artificial; alrededor del mismo, en 1081 había construido un enorme muro de tapial; pero del muro ya no queda nada.

—El cerro... el pequeño barranco... Es lo único que perdura —dice Paco con voz entrecortada—. Todo lo demás está prácticamente destrozado. Tantos meses preparando la conquista de esta fortaleza y ahora... no queda nada...

Paco está sobrepasado por los recuerdos. Se ha emocionado mucho. Tanto que no puede evitar echarse a llorar.

—Paco, amigo —le consuelo—; no pasa nada. Es normal... el paso del tiempo... es lo que tiene. ¿Qué esperabas? —le pregunto.

—No sé —confiesa Paco—. Encontrarme con mis recuerdos. Aquí cenamos la última noche y nos despedimos, ¿te acuerdas? Tal vez, en el suelo que estamos pisando, se hallara la casa en la que dormiste tu última noche.

Paco mira hacia el suelo con enorme tristeza. Papi se decide a romper el silencio para intentar animarnos.

—Mirad ahí, al otro lado está el cerro de Torrecid —señala—. El estado de conservación será similar, pero a lo mejor allí, algo hace *clic* en vuestras cabezotas. ¿Todavía queréis subir? —pregunta papá.

—¡Sí, sí! —afirma Paco—; por supuesto que queremos subir, seguro que lo que encontremos allí, me animará un poco. Cuando menos, disfrutaremos de las vistas, que son espectaculares, ¿verdad Suso? —añade.

En ese momento, Paco me hace uno de sus guiños seguido de una sonrisa. Por un momento, Álvar ha regresado. Reconozco en la cara de Paco, la mirada cómplice y el espíritu juguetón del gran guerrero del pasado. Tiene razón, en Torrecid está el final de nuestro camino, la prueba incontestable de nuestro viaje en el tiempo.

Nos toca retroceder hasta Ateca para coger la carretera que va de Ateca a Valtorres. En el punto kilométrico dos y medio sale una pista a la derecha que pasa por debajo de la A-2. Después de pasar por debajo del puente hay que seguir recto durante unos doscientos metros y girar a la derecha en una curva cerrada.

—Estad atentos —alerta papá—; hay que fijarse bien para no pasarse de largo. Debería haber un cartel donde dice Torrecid.

—¡Ahí está, papá! —exclamo ilusionado—. Por ahí sale la pista de tierra.

La pista nos acerca de nuevo a la autovía y va ganando altura mientras rodea una ladera. Cogemos un nuevo desvío a la derecha y, por fin, podemos ver las ruinas en lo alto del cerro.

—Ya estamos, Paco —le informo—. ¿Te atreves?

—¡Claro que sí! —dice con energía—. A eso hemos venido.

El enclave de Torrecid ha permanecido abandonado desde el siglo XI. El estado de ruina es total. Solo quedan los restos de los muros de sus estancias; apenas superarán el medio metro de altura.

Paco mira hacia arriba, como intentando visualizar la torre que una vez estuvo allí, aquella torre a la que subimos juntos el día de la batalla de Alcocer...

—¿Más animado, Paco? —le pregunta mami—. ¿Es lo que esperabas?

—Sí, Elena, mucho mejor, gracias —responde Paco—. Es justo lo que esperaba. Suso, ¿ves lo mismo que yo?

—Sí, colega —contesto—. Se han conservado los cimientos de la fortaleza. Así que, si seguimos la línea de las paredes del lado sur hacia el suroeste...

—¡Exacto! —exclama Paco—. Esperad un momento. Tengo que volver al coche.

Paco se aleja corriendo y cuando regresa trae consigo el *trolley*. Papá, mamá y yo nos miramos sin entender nada.

—Paco, ¿no querrás acampar aquí? —le pregunto extrañado—. Sé que te ha entrado la nostalgia, pero hasta ese punto...

—No es eso —me dice—. ¡Mira!

Paco abre la maleta y saca del interior un par de palas plegables. Mamá está emocionadísima.

—¡Jope! Paco, yo siempre he querido tener una de estas —le explica mamá—. Tienen de todo. Son las multiusos, ¿verdad? Las que llevan pala, pico, sierra, destornillador, machete... ¡Qué maravilla! Me volví loca intentando conseguir una durante la borrasca Filomena. Pero siempre estaban agotadas. Déjame una —le pide.

—Toma —le ofrece Paco alcanzándole una de las palas.

—Mamá, luego la ves con calma —protesto—. Dejásela a papá. Hay que cavar y tú no tienes fuerza con esos «dedos de lápiz».

—¿Cavar? —pregunta papá con cara de incredulidad.

—Sí, Vicente —responde Paco—. ¿Me ayudas? Yo te señalo el lugar exacto. Eran un par de zancadas de las piernas de Álvar, unos dos metros... Yo soy un poco más alto, así que... debería ser, ¡aquí! —calcula.

Papá y Paco empiezan a excavar. Yo no llegué a ver la profundidad a la que Álvar escondió nuestra cápsula del tiempo, pero Paco le ha dicho a papá que tendrán que cavar más de un metro y medio.

Papi no tiene rival en las tareas que requieren fuerza. Luego, se quejará de que le duele un poco la *bisagrita,* que es como denomina él a su zona lumbar, pero de momento cava como si no hubiera un mañana. No llevan ni un cuarto de hora con la tarea cuando de repente... ¡*Clonc!*

—¿Habéis oído eso? —pregunta Paco con nerviosismo.

—Sí. He tocado algo duro —comenta papá—. Y no ha sido piedra, ha sonado como si fuera madera.

—¡Lo hemos encontrado! —exclama Paco emocionado.

Dejo de ver a Paco de manera instantánea. Se ha metido de cuerpo entero en el agujero y está apartando la arena con las manos. Papá se agacha para ayudarle. Me asomo al borde para no perderme nada.

—Ayúdame a sacarlo, Vicente —le pide Paco—. Pesa bastante.

Mamá y yo ayudamos tirando desde arriba. Acto seguido, me aseguro de que no hay nadie en los alrededores. Si alguien nos viera, nos obligarían a donar nuestro hallazgo a algún museo. Este descubrimiento es nuestro, nosotros diseñamos este plan y enterramos nuestro pequeño tesoro para encontrarlo en el futuro. No es nada que pertenezca a un museo.

—Suso, ¿no hay *moros en la costa*? —susurra Paco, recordando viejos tiempos.

—Despejado, amigo —respondo—. No sabía que hubieras guardado nuestra cápsula del tiempo en un cofre. ¡Ábrelo ya! No puedo esperar más —añado ansioso.

—Me tomé la licencia de esconder algunas cosillas más —comenta Paco—. Veamos si está todo en orden.

Paco abre el cobre y nos quedamos pasmados. No solo está la piedra que tallamos sino que también hay un par de espadas y unas cuantas dagas con preciosas empuñaduras, monedas, joyas y montones de objetos de valor.

Mamá y papá lo examinan todo con la boca abierta. Paco y yo nos centramos en nuestra querida piedra. La agarramos los dos a la vez mientras leemos en alto nuestros nombres y el del Cid, nuestro querido Rodrigo. Es como si hubiéramos consumado el hechizo y cerrado de manera definitiva el agujero en el tiempo. Ahora sí que todo está en su lugar.

—Suso, ¿esto es lo que creo que es? —me pregunta mamá.

Me giro para ver a qué se refiere mi madre. Esconde algo entre sus manos. Cuando tiene claro que ha captado mi atención, las abre poco a poco y… ¡No puedo creer lo que ven mis ojos!

—Mamá, ¡es el gancho con el que traté a Rodrigo! —exclamo—. Paco, ¿cómo es posible? Lo utilicé varias veces más después de que enterrásemos nuestra cápsula del tiempo.

—Digamos que, alguien a quien tú admiras muchísimo, participó en esta pequeña *ampliación* de nuestra cápsula del tiempo —explica Paco.

—¿Qué quieres decir? —le pregunto.

—Cuando te marchaste, Rodrigo me pidió que le contara tu historia entera. Le hablé de tus orígenes, de dónde provenían tus conocimientos, incluso le conté lo de tus otros viajes en el tiempo. Cuando compartí con él nuestra pequeña travesura con la cápsula del tiempo, se empeñó en ampliarla. Quiso que tuvieras el gancho con el que tanto le ayudaste y también insistió en que recibieras tu parte del botín recaudado en Alcocer —me confiesa.

—*¡Halaaaaa!* ¡Mamá, papá, es mi primera nómina! —grito emocionado—. Pero, no pienso declarar nada a hacienda, ¡qué se fastidien! Esto ya ha prescrito, ¿no? Como hace mucho más de cinco años que gané este dinero, no pueden ir a por mí, ¿verdad papá?

Mis padres y Paco se parten de risa. No tengo remedio. Suelto todo lo que se me pasa por la cabeza. De repente, caigo en una cuestión importante:

—Oye, Paco. Y si le hablaste a Rodrigo de mis viajes y conseguiste que te creyera... ¿Te atreviste a hablarle de ti? —pregunto.

—¡Qué listo eres, *tío*! —me dice—. Veo que Suso está bastante menos *alelao* que Santiago —comenta riendo—. ¡Pues sí! Cuando me di cuenta de que Rodrigo estaba receptivo, le conté también mi historia. Fue una especie de alivio para él entender lo de mis *intuiciones* y mi extraña manera de luchar y entrenar a los hombres.

—Paco, hay una cosa que Suso no nos ha podido contar, porque volvió de 1081 mientras tú permanecías allí —añade mamá.

—¿Qué quieres saber? —pregunta Paco.

—¿Hasta cuándo permaneciste tú en esa línea de tiempo? —dice mamá.

—Hasta el 10 de julio de 1099 —responde Paco.

—¡Estuviste con él hasta el mismísimo día de su muerte! —exclamo con sorpresa.

—Murió plácidamente en su cama, Suso, en su querida Valencia —cuenta Paco—. «Yo» *regresé* en el mismo momento en que él dio su último suspiro. Él era mi misión. Con su marcha, yo ya no era necesario.

—¡Brutal! ¡Qué pasada todo esto! —grito excitado—. Me tienes que contar todo lo que pasó después, Paco.

—Suso, ya nos lo contará a todos durante el camino de vuelta. Creo que deberíamos irnos —propone mamá—. Aquí no estamos seguros. Si alguien nos encontrara con todo esto, tendríamos que dar muchas explicaciones. Volvamos al coche.

—Elena tiene razón; hay que marcharse —concluye papá—. Pero antes, tenemos que devolver la tierra a su sitio y volver a compactarla. No hay que dejar rastro de nuestra presencia aquí.

¡Dicho y hecho! Teníamos previsto pasar el día dando una vuelta por Calatayud y visitando Valtorres. Pero con el cargamento que llevamos en el coche, no nos atrevemos a movernos por ahí. Lo hemos metido todo en la enorme maleta: Paco ha tenido una gran idea al traerla. Ahora, solo faltaba que nos diese el alto la Guardia Civil. Papá para eso tiene una suerte...

—Papá, por Dios, céntrate —le ruego—. Sea cual sea la cara que pones siempre y que hace que te pare la Guardia Civil, no la pongas hoy, ¿vale?

—¿Qué dices, Suso? —pregunta Paco muerto de miedo.

—Mi padre es un imán para los controles de la Guardia Civil —comento—. Ha *soplao* el alcoholímetro en más ocasiones que las que ha *soplao* sus velas de cumpleaños. Y le han registrado el maletero otras tantas veces, llegando a sacarle los productos de la compra de las bolsas.

—¡Ah, no! —exclama Paco—. Pues hoy, no. Pon en marcha tus técnicas evasivas de *Torreznator* y llévanos a casa sin sobresaltos.

—¿Conoces a *Torreznator*? —pregunta papá, sorprendido.

—¡Pues claro! —afirma Paco—. Yo soy *samuraiwarrior_1995*.

—¿En serio? —añade—. ¡Eres bueno, chaval, muy bueno! Ahora sí que tienes mi más absoluto respeto —le dice—. Te veo mucho por el *Call of Duty*: me tienes que enseñar algunos de tus trucos.

—Sin problema —acepta Paco—. Pero me guardaré algún as en la manga, que tú ya sabes mucho...

—Paco, y a mí, ¿me seguirás entrenando en artes marciales? —intervengo—. Ahora ya no podremos jugar con las espadas pero podemos seguir practicando con el *shinai*.

—¡Pues claro! —asiente Paco—. Lo daba por hecho. Además, en Pinto, estoy muy solito. A lo mejor podría alquilar algo en Móstoles y estar más cerca de vosotros.

—¡*Buah!* Eso sí que sería perfecto —digo—. Móstoles es el mejor sitio del mundo para vivir. Tenemos de todo.

—Ya veremos —contesta Paco entre risas—. Tendrás que hacerme de guía y enseñarme tu pueblo para que acabe de convencerme.

—Entonces, date por perdido, Paco —le informa mami—. Suso es un enamorado de nuestra ciudad. No tienes escapatoria. Unos amigos nuestros tienen una inmobiliaria; ellos te ayudarán a encontrar casa.

—Todo solucionado, entonces —contesta Paco.

Estamos contentos y muy satisfechos. Todo ha salido según el plan. Hemos recuperado nuestro tesoro y, sobre todo, la confianza de mis padres. Ahora saben que todo lo que les conté acerca de mis viajes al pasado es cierto. Ni Paco ni yo queremos entrar a valorar en profundidad la influencia que todo esto tendrá en nuestras vidas. Tendremos que dejar al menos un par de días a mis padres para que digieran todo esto en condiciones.

Los dos sabemos que esto es solo el principio. Del mismo modo que nos preparamos para la batalla de Alcocer, ahora debemos prepararnos para la batalla final: la batalla de todos los tiempos. En esa batalla lucharemos a vida o muerte contra «las sombras».

Hay mucho que hacer: tendremos que destripar por completo la fórmula para viajar en el tiempo, investigaremos hasta averiguar quiénes están detrás del plan de «las sombras»; solo sabiendo quién trabaja para la oscuridad podremos organizar la resistencia. Y, cuando sepamos quiénes son «ellos», Paco nos convertirá en invisibles a «nosotros»: los «guerreros de la luz». Entonces, podremos viajar al futuro y traer toda la información y pruebas que necesitamos para convencer a la gente de que la agenda 2030 y la agenda 2050 no son lo que nos quieren vender. Paco se encargará de filtrar los datos que traigamos del futuro a *YouTubers* y periodistas. Aquí, en el siglo XXI, será un *ninja virtual,* aparecerá y desaparecerá sin dejar rastro.

Mi recién recuperado amigo nos acompaña de regreso a Móstoles. Después de recoger su coche en el bar de carretera donde lo dejó, nos sigue hasta *la cueva*. Tenemos que discutir dónde vamos a guardar nuestro tesoro. Ninguno estamos pensando en el dinero. De hecho, el valor de todo esto es incalculable: ¿cómo tasar objetos que pasaron por las manos del mismísimo Cid Campeador y su mano derecha, Álvar Fáñez y que además se conservan en perfectas condiciones? Pues bien, ese valor, fuese cual fuese, sería insignificante comparado con la lectura que nosotros hacemos: este hallazgo es la prueba de que la humanidad puede viajar en el tiempo. Esta información tiene más valor que cualquier objeto de este mundo.

El tesoro enterrado (Pixabay)

* * *

Queridos amigos. Estas páginas que tenéis entre manos son el resultado de mi apasionante aventura pero también de mi esfuerzo:

quiero decir que si no me hubiera sentado a escribir todo lo que viví, lo habría olvidado por completo y ahora no tendría constancia escrita de que todo esto sucedió de verdad. Las pruebas que dejé se habrían desvanecido en el tiempo y en el olvido... Me habría fallado a mí mismo, pero sobre todo le habría fallado a Él y a toda la humanidad.

Con esto quiero deciros que necesito que os detengáis, que volváis a ser dueños de vuestra atención y de vuestros pensamientos. Debéis salir del rápido flujo de acontecimientos que nos rodean y disfrutar momentos de quietud en los que charlar con vosotros mismos. Enormes cantidades de información están esperando ser descargadas a través de vosotros y de vuestros maravillosos cerebros.

Y el mejor truco para acceder a esa información y hacernos conscientes de que está ahí es escribir. ¡Sí!, escribir, escribir mucho, todos los días. El Legislador está intentando comunicarse con cada uno de nosotros pero hay terribles distractores que mantienen *la línea* ocupada todo el tiempo. Él lo intenta, una y otra vez, pero la persona al otro lado del *cable* «comunica» continuamente. Aun así, Él lo sigue intentando, nunca desfallece.

Hay personas que han cortado la *conexión* por completo, han borrado a Dios de su lista de contactos, como cuando tú bloqueas a alguien en el *WhatsApp* y las redes sociales. Desde ese momento, el único contacto posible de estas personas es con *este lado*, el de lo material, el de las sombras.

¿Recordáis el mito de la caverna de Platón? Habla de un montón de presos encadenados en una caverna, para quienes la realidad eran las sombras que se proyectaban en una pared. La realidad está al otro lado, amigos míos, detrás de la pared que nos encierra y que no nos deja ver que las sombras son solo la proyección, el reflejo de lo real. ¿Preferís el brillante hilo que os comunica con «Él» o la cadena que os mantiene encerrados en una oscura caverna?

En vuestras manos está venir conmigo, al lado de la luz, o permanecer encadenados en el mundo de las sombras.

Si decidís venir conmigo deberéis aprender todo lo que podáis: es crucial que estudiéis y os forméis en todas las disciplinas posibles. Aspirad a convertiros en polímatas como Aristóteles, Leonardo da Vinci, Descartes o Newton. Desconfiad de aquellos que os dicen que el esfuerzo no es necesario; sospechad de las intenciones de todos esos que os aconsejan dejar de memorizar conocimientos porque todo está a vuestra disposición en Internet. Os quieren indefensos e idiotas. Quienes os sugieren infrautilizar vuestros cerebros son los dueños de las aplicaciones y plataformas que almacenan los datos. Si consiguen que nuestros cerebros permanezcan vacíos mientras ellos manejan toda la información, ¿quiénes creéis que controlarán vuestras vidas?

¡Eso sí que sería un superpoder para «las sombras»! En cualquier momento podrían impedirnos el acceso a los datos o pedirnos un rescate por ellos. O, peor aún, ¡modificar la información a voluntad! Entonces, el ser humano, sin ningún otro soporte con el que comparar, dejaría de saber cuál es la verdad; incluso olvidaría su propia historia. Podrían incluso borrar al Legislador de nuestras vidas y erigirse ellos mismos en nuevas deidades.

Esto que os cuento no es ninguna exageración. ¿Qué pruebas tengo de ello? Sus actos: ya están intentando reescribir la historia a su manera, mediante leyes que obligan a interpretar los hechos históricos según su conveniencia. Del mismo modo, viajando conmigo habéis podido comprobar que ya no se conforman solo con mentir en los libros. También están tratando de alterar *in situ* las diferentes líneas de tiempo, en un intento de borrar del pasado cualquier rastro de grandeza de la humanidad. Si el ser humano olvida que es capaz de grandes gestas se convertirá en un ser sumiso, manejable y dependiente de los poderosos.

Estoy ansioso, nervioso, inquieto. Ahora mismo, no sé de cuánto tiempo disponemos. Nos podríamos ver obligados a emprender nuestro viaje al futuro en cualquier momento.

Mamá, papá, Paco y yo ya estamos trabajando sin descanso, estudiando física cuántica, historia, filosofía, matemáticas... Papá ya tiene identificados los nombres de algunos cabecillas del enemigo; os sorprendería saber quiénes son; hay de todo: políticos, artistas, deportistas, líderes religiosos, filántropos, economistas. Mamá y yo estamos a punto de unificar la teoría de Einstein-Rosen con las hipótesis del doble cuántico del doctor Garnier Malet. Paco casi ha terminado con el desarrollo de la pantalla defensiva que nos hará invisibles en el mundo digital. Aquel programa en el que participó, engañado por «las sombras», le ha proporcionado la clave para protegernos.

Recordad que cuando uno viaja en el tiempo no puede llevar sus apuntes, ni el móvil, ni el ordenador, ni puede consultar *Google* a placer. Un «guerrero del tiempo» solo puede contar con su sabiduría interior, su *mini yo* y su conexión con *la Fuente*.

¡Debéis elegir un bando! Me gustaría teneros de mi lado: el futuro de la humanidad está en nuestras manos. De todos nosotros depende que lo imposible deje de serlo.

¡Permaneced alerta! Tendréis noticias mías en cualquier momento...

El portal al futuro (Pixabay)

COMENTARIOS FINALES

Lo sé. Esta aventura ha sido muy intensa. Pero ya podéis relajaros, parar un segundo, coger aire y respirar en profundidad: todo está en orden. Suso ha conseguido proteger nuestro pasado. Estamos salvados, pero solo por el momento.

Imagino que querréis participar en la siguiente aventura y ayudar al pequeño *empollón* a *asegurar* nuestro futuro. Ya le habéis oído: «Tenéis que formaros, estudiar y aprender sobre todas las disciplinas posibles». Pero tal vez no tengáis claro por dónde empezar.

Saber cómo lo hizo Suso os ayudará a seguir su ejemplo: ¿cómo llegó Suso a convertirse en lo que es?, ¿cuáles son sus orígenes?, ¿qué formación recibió?, ¿cuándo empezó a escribir?, ¿quién es realmente *Torreznator*?, ¿y *patas largas*?, ¿cómo desarrolló su potencial y accedió a sus capacidades?, ¿cómo es su día a día?, ¿por qué llama a su casa «la cueva»?, ¿será pariente de Batman?

Pues bien, las respuestas a todas estas preguntas y otras muchas curiosidades y anécdotas divertidas las encontraréis en su otro libro: *Suso y el club de los despiertos*.

Comenzad por ahí y luego, dejad que El Legislador guíe vuestros pasos. Él nunca falla. Nos veremos en *Suso y la gran batalla*, pero solo cuando estéis preparados.

ALGUNAS ACLARACIONES DE LA AUTORA

Quería añadir unas anotaciones finales respecto al contexto histórico de las diferentes aventuras de nuestro protagonista. Como punto más importante, me gustaría aclarar lo siguiente: este libro no es ni pretende ser un libro de historia; es una novela de aventuras basada en los sueños de su protagonista, un niño de once años. Lo que sí intenta es despertar en los lectores la curiosidad y el gusto por la historia, la lectura, la escritura y el estudio en general.

Para ello, he procurado documentarme, en la medida de lo posible, para dotar de realidad y hacer creíbles los diferentes escenarios. Sé que me he concedido unas cuantas «licencias históricas». Solo soy consciente de algunas de ellas; es más que probable que sea el propio lector el que identifique el resto.

Me gustaría explicar a continuación el porqué de algunas de esas «licencias».

En la primera historia, situada en el Móstoles de 1808, he de decir que he adaptado la edad de Paula, la nieta de Andrés Torrejón, a la edad de Pedro (Suso), ya que en realidad, en ese año, Paula habría tenido solo dos años.

Además, en aquella época, desgraciadamente no existía escuela de niñas, pero para que Paula se diera cuenta de las nuevas «habilidades» de Pedro necesitaba que ella supiera leer y escribir.

He querido que el cónclave clandestino en el que se firmaba el *Bando de la Independencia* se produjera en la casa de Andrés

Torrejón simplemente por cercanía emocional. Paso por delante de esa casa prácticamente a diario, la he visto por dentro, me detengo a contemplar el patio en cada uno de mis paseos; me parece incluso que veo a Suso tirado en el suelo, justo después de la coz de la Paquita. Además, describí este escenario con todo lujo de detalles en mi primer libro sobre Suso (todavía sin publicar). Y tengo la esperanza de que con estos libros, los lectores, al menos los que son de Móstoles o sus proximidades, se animen a visitar la casa de Andrés Torrejón y el Museo de la Ciudad de Móstoles.

Si el lector realmente quiere empaparse de la realidad del Móstoles de 1808, le recomendaría seguir al historiador mostoleño David Martín del Hoyo. En su libro sobre Móstoles, escrito junto con Jesús Rodríguez Morales, se presenta la descripción más fiel del escenario histórico de aquellos días. El libro se titula: *El bando de los alcaldes de Móstoles del Dos de Mayo de 1808 y su influencia en el comienzo de la Guerra de la Independencia*.

En cuanto al viaje de Suso en la nao Santa María, me ayudaron mucho las explicaciones de don Marcelino González Fernández: la «Vida en una nao del siglo XVI» es una conferencia muy interesante disponible en YouTube. Gracias a ella pude sumergir a Suso en el día a día de lo que era la vida en un barco en aquellos tiempos. Don Marcelino es capitán de navío retirado, actualmente vicepresidente de la Real Liga Naval Española. Ha publicado numerosos artículos y es autor de trece libros de tema histórico y naval. El último, *La nao Victoria y su vuelta al mundo*, fue presentado en abril de 2019.

También me inspiré en algunas escenas de la película *1492: la conquista del paraíso*. Aún me viene a la mente aquella escena en que *Gérard Depardieu* (quien interpretó a Cristóbal Colón) enseñaba a un marinero a usar el cuadrante; recuerdo también las conversaciones de Colón con la Reina Isabel (*Sigourney Weaver*) o las órdenes que redacta Colón para tratar con respeto y corrección a los indígenas tras el descubrimiento. Dichas órdenes, en este libro, aparecen reflejadas en la nota de despedida de Suso para los marineros, justo antes de su siguiente salto en el tiempo.

Para intentar que las fechas cuadrasen, leí las anotaciones de la transcripción del *Diario de a bordo* de Cristóbal Colón realizadas por Bartolomé de las Casas: la *llegada* y la *salida* de Suso se explican por sendas lluvias de estrellas (avistamiento de luces) los días 15 de septiembre y 11 de octubre; de esta misma fuente también procede la descripción que hace Colón (y *adivina* Suso) de los amaneceres en el barco.

La fidedignidad de esta transcripción del *Diario de a bordo* es un problema muy discutido, pero aun así, como el objetivo de este libro no es la reconstrucción histórica literal sino la creación de escenarios creíbles, decidí basarme en fechas y anotaciones de este diario.

Finalmente, para fabricar mi propia imagen mental sobre la personalidad del Cid y desarrollar los capítulos de las andanzas de Suso con el Cid Campeador y Álvar Fáñez, me tropecé con los materiales de David Porrinas González (*El CID: historia y mito de un señor de la guerra*) y los escritos por Alberto Montaner (su introducción, edición, traducción y comentarios junto a Ángel Escobar del *Carmen Campidoctoris o Poema Latino del Cid Campeador*). Surgieron por el «paseo histórico» otros nombres como el de Ramón Menéndez Pidal y otras joyas, como la *Historia Roderici*, que podría haber sido fuente del *Cantar de Mio Cid*. Precisamente, utilicé una traducción moderna del *Cantar de Mio Cid* para ponerla en boca de Suso justo antes de la batalla de Alcocer.

La elección de la poco conocida batalla de Alcocer para el desarrollo de la aventura con el Cid se explica por mi vinculación con esa zona: la familia de mi marido procede de esa región de Zaragoza y hace poco tiempo, cuando me enteré de la existencia de las ruinas de Torrecid y Alcocer, de algún modo supe que acabaría haciendo algo con esa información.

Sin embargo, no todo fue enterrarse en libros, artículos y fragmentos de lecturas. También intenté impregnar de vivencias y emoción todo aquello cuanto iba escribiendo: de repente, me encontré con Vicen, mi marido, siguiendo las huellas del Cid por Burgos, como ya hicieran hace más de cien años Ramón Menéndez Pidal y su esposa María Goiri, en su viaje de bodas. En la Catedral de Burgos me hice la fotografía que aparece en la contraportada. También visitamos las ruinas de Torrecid y Alcocer. Desde lo alto del cerro donde se alzó Torrecid contemplamos las impresionantes vistas del valle medio del Jalón: sin duda, una posición estratégica que permitió al pequeño ejército del Cid vigilar toda la zona, desde Ateca a Calatayud. Después, decidimos cambiar nuestro punto de vista y acercarnos a las ruinas de la fortaleza de Alcocer: nos pusimos en la piel de los musulmanes que allí vivían mientras divisábamos con claridad el cerro de Torrecid a menos de un kilómetro: ver cómo un grupo de cristianos se instalaba tan cerca sin duda les llenaría de preocupación y desasosiego.

Pero este viaje ha sido mucho más. Ha sido en realidad un viaje por el mundo infinito de la imaginación, explorando mi capacidad creativa; un viaje con el que intento demostrar que todos somos capaces de «crear» aquello que nos atrevamos a visualizar en nuestras mentes. Solo es cuestión de dar el primer paso.

Como fisioterapeuta y docente universitaria, mi aventura con la escritura empezó colaborando en algunos capítulos de libros de carácter más *técnico*; después llegaron mis recientes publicaciones tituladas *Aprende A Aprender: aprendizaje basado en neurociencia (enero 2022)* y *Aprende A aprender: este libro lo escribes tú (septiembre 2023)*. En esos libros intenté transmitir a los lectores la importancia de dominar el aprendizaje (como entidad en sí misma) para poder aprovechar la capacidad ilimitada de nuestros cerebros.

Con esta novela intento demostrar que los principios sobre creatividad que presento en mis anteriores libros funcionan. Por eso, pido mil disculpas por haberme atrevido a escribir sin ser escritora, pero tenía que intentarlo...

¿Por qué no lo intentas tú también? Solo tienes que reactivar tu conexión con *la Fuente,* y cuando el cable de luz que te une con la

Inteligencia Infinita se encienda, ya no habrá marcha atrás. Entonces, descubrirás que esa conexión es mucho mejor que la *Wifi* más potente del mundo. Estarás *en línea* con tu «yo superior», que te permitirá acceder a lugares secretos en tu mente, a tu castillo, a *tu fortaleza interior*, como la llamaba el emperador romano Marco Aurelio.

Te agradezco que hayas querido acompañarme en esta gran aventura. Espero que la lectura de estas páginas te haya resultado tan amena, divertida y entrañable que quieras volver a encontrarte con Suso. Entonces, podrás conocerle en profundidad. Si «las sombras» lo permiten nos volveremos a ver en *Suso y el club de los despiertos*.

¡Hasta pronto!

SOBRE LA AUTORA

María Elena Benito González es doctora en Fisioterapia. Ha sido profesora universitaria durante 24 años, compaginando siempre la faceta docente con la asistencial. Ha publicado recientemente los libros, *Aprende a aprender: aprendizaje basado en neurociencia* (enero 2022) y *Aprende a Aprender: este libro lo escribes tú* (septiembre 2023). Su pasión por el estudio, la lectura y el aprendizaje le han animado a escribir su primera novela, como una prueba irrefutable de que cualquier persona, a cualquier edad, puede despertar su creatividad y su imaginación, gracias a la escritura manual.

www.ingramcontent.com/pod-product-compliance
Lightning Source LLC
LaVergne TN
LVHW020725200726
843506LV00009B/630